Pamięci mojej babci,
Yolandy P. Trigiani

Adriana
Trigiani

NAJWAŻNIEJSZA CHWILA

PRZEŁOŻYŁA
DOROTA STADNIK

WARSZAWSKIE WYDAWNICTWO LITERACKIE
MUZA SA

Tytuł oryginału: *The Queen of the Big Time*
Projekt serii i okładki: *Anita Andrzejewska*
Redakcja: *Marta Miziołek-Wieteska*
Redakcja techniczna: *Sławomir Ćwikliński*
Korekta: *Ludwika Wykurz*

ISBN 83-7319-727-3

Warszawskie Wydawnictwo Literackie
MUZA SA
Warszawa 2005

Część pierwsza

1924–1927

Rozdział pierwszy

Dzisiaj moja nauczycielka, panna Stoddard, odwiedza moich rodziców. Przysłała im list, w którym informuje, że chce się z nimi spotkać, by omówić „dalszą edukację Nelli Castelluki". List jest oficjalny, napisany na maszynie, podpisany przez pannę Stoddard wiecznym piórem i opatrzony datą pierwszego października tysiąc dziewięćset dwudziestego czwartego roku. Na górze kartki widnieje złota pieczęć z napisem PENNSYLVANIA EDUCATION AUTHORITY. Na farmie nigdy nie dostajemy eleganckiej korespondencji, jedynie odręcznie pisane listy od krewnych z Włoch. Mama trzyma dla mnie list panny Stoddard w pudełku na ważne dokumenty. Czasem proszę, żeby mi go pokazała, i za każdym razem, gdy go czytam, czuję dreszcz emocji.

Mam nadzieję, że rodzice pozwolą mi pójść do szkoły w Roseto. Szkoła w Delabole ma tylko siedem klas, z których ostatnią powtarzałam dwa razy, żeby tylko móc się uczyć. Panna Stoddard chce powiedzieć moim rodzicom, że powinni mnie posłać do szkoły średniej w mieście, ponieważ mam „wielkie możliwości".

Spośród pięciu córek jestem trzecią z kolei. Dotąd nigdy nie spotkało mnie żadne wyróżnienie. W końcu przyszła i na mnie kolej. Zupełnie jakby w trakcie konkursu muzyka nagle ucichła, a dziewczynka z zawiązanymi oczami wskazała na mnie, i wygrałam ciastko. Prawie nie zmrużyłam oka od chwili nadejścia listu. Z przejęcia. Całe moje życie ulegnie zmianie, jeśli rodzice pozwolą mi pójść do szkoły.

Moje starsze siostry, Assunta i Elena, zakończyły edukację na siódmej klasie. Żadna z nich nie chciała uczyć się dalej, poza tym na farmie jest tyle pracy, że temat ich dalszego kształcenia nawet nie był poruszany. Pomagałam mamie sprzątać dom na przyjęcie gościa. Kazała mi wyjść, ponieważ działałam jej na nerwy. Mama zdenerwowana? A co ja mam powiedzieć? Nie wiem, jak wytrzymam do drugiej.

Oparta plecami o pień starego wiązu rosnącego na końcu naszej drogi, podnoszę głowę i patrzę, jak popołudniowe słońce przebłyskuje między liśćmi i spływa w dół niczym deszcz gwiazd tak jaskrawy, że muszę mrużyć oczy, by nie oślepnąć. Na wzgórzu stoi nasz dom. Świeżo pomalowany jasnoszarą farbą, zdaje się tańczyć nad ziemią niczym chmura.

Nawet strumień płynący u moich stóp niesie z sobą obietnicę. Kamienie lśniące pod wodą przypominają srebrne dolarówki. Tak bym chciała, żeby to naprawdę były monety! Pozbierałabym je, wsadziła do kieszeni i zaniosła mamie, żeby kupiła sobie, co zechce. Kiedy o niej myślę, a robię to bardzo często, przypominam sobie wszystko, czego jej brakuje, i obmyślam sposoby, żeby jej to podarować. Mama zasługuje na piękne naczynia, miękkie dywany i błyszczące pierścionki. Tymczasem musi się zadowolić emaliowanymi talerzami, pomalowaną podłogą i medalionem podarowanym jej przez tatę w czasach narzeczeństwa. Tata uśmiecha się, kiedy opowiadam mu o swoich marzeniach. Czasem odnoszę wrażenie, że też chciałby ofiarować mamie piękne rzeczy, ale jesteśmy tylko rodziną farmerów.

Gdybym zdobyła wykształcenie, dostałabym dobrą pracę i podarowała mamie cały świat. Tata twierdzi, że inteligencję mam po niej. Mama jest bystra. Sama nauczyła się czytać i pisać po angielsku, a teraz po kolacji zwykle uczy tatę czytać w tym języku. Kiedy on źle wymawia jakieś słowo, mama się śmieje, a wtedy tata zaczyna kląć po włosku, czym prowokuje ją do jeszcze serdeczniejszego śmiechu.

Czuję się winna z powodu swojego szczęścia, ponieważ nastała ta smutna pora roku, kiedy zielone wzgórza Delabole rudzieją, zwiastując zimę i świniobicie. Tata mówi, że jeśli chcemy jeść, musimy przy tym pomagać. Kiedyś wszystkie czynności związane ze szlachtowaniem bardzo mnie poruszały, teraz płaczę niewiele. Po prostu robię, co do mnie należy. Pomagam rozciągać brezent, na którym kładzie się w wędzarni świńskie wnętrzności, zanim zostaną przerobione na kiełbasę, oraz ustawiać beczki na odpadki. Nauczyłam siostry, jak segregować wnętrzności i płukać je pod strumieniem zimnej wody. Zawsze mamy mnóstwo pomocników. Tata zaprasza wszystkich swoich przyjaciół z Roseto, więc świniobicie staje się spotkaniem towarzyskim. Największą atrakcją jest kolacja na dworze pod koniec dnia. Kobiety przyrządzają wtedy polędwicę na ruszcie, a przyjaciele taty opowiadają historie o Włoszech. Dobrze jest się pośmiać. To pomaga odwrócić myśli od sceny zabijania.

– Nella! – mama woła mnie z werandy.

– Tutaj! – odkrzykuję.

– Chodź już! – Macha do mnie i wchodzi z powrotem do domu.

Z namaszczeniem wkładam zakładkę w środek historii Jane Eyre, którą czytam już trzeci raz, podnoszę resztę książek i biegnę do domu. Po przemalowaniu nie jest już taki odrapany i jesienią teren wokół niego wygląda o wiele lepiej, trawa jest równa i krótka, bo starannie wyskubana przez kozę. Nasza farma nigdy nie będzie taka piękna jak domy i ogrody w mieście. Wszystko, co na niej ładne, jest dzikie: pola okryte jasnożółtym dywanem mleczy i rosnące wzdłuż drogi niskie zarośla krzewów różanych o drobnych czerwonych kwiatach. Kępy rudbekii wokół stodoły to wyjątek.

Roseto leży zaledwie trzy mile stąd, lecz równie dobrze mogłoby leżeć za oceanem. Kiedy tramwaj nie kursuje, musimy chodzić piechotą, głównie przez pola i bocznymi drogami, ale trasa jest warta przejścia. Tramwaj kosztuje pięć centów, więc wyprawa do miasta całą rodziną wychodzi za drogo. Czasem tata wyprowadza powóz, zaprzęga do niej naszą Moxie i wiezie nas do Roseto. Nie cierpię tego. W mieście ludzie mają samochody, a my w starym powozie wyglądamy idiotycznie.

Tata wie, że lubię jeździć do miasta po to tylko, by oglądać domy. Roseto leży na wzgórzu. Domy stoją tak blisko siebie, jakby były połączone. Kiedy patrzy się na nie w dół głównej ulicy, Garibaldi Avenue, ich czyste czerwone cegły, biały szalunek i polne kamienie wokół upodabniają je do pudełek cukierków.

Przed każdym domem jest niewielki ogródek, zielony kwadrat starannie przystrzyżonej trawy otoczonej niskim żywopłotem. Ani śladu nierówności terenu czy wystających spod ziemi łupków. Pomarańczowe, żółte i czerwone jaskry rosną w rzędach wzdłuż ścieżek. Na farmie ziemia jest pełna dziur i dołów, a trawa rośnie kępami. Tymczasem każdy szczegół krajobrazu w Roseto jest zachwycający, od drzew figowych z ich patykowatymi gałęziami po drewniane ażurowe altany obsypane wiosną białym kwieciem, które latem przeistacza się w aromatyczne winogrona.

Nawet historia powstania Roseto brzmi jak bajka. Czasem prosimy tatę, żeby ją nam przypomniał. Tata pamięta, kiedy miasto było tylko obozowiskiem włoskich mężczyzn, którzy przyjechali tu w poszukiwaniu pracy w kamieniołomach. Ani w stanie Nowy Jork, ani New Jersey nie chciano ich przyjąć, ponieważ pochodzili z Apulii i mieli śmieszny akcent, którego tutejsi włoscy emigranci nie rozumieli. Jeden z przyjaciół taty zobaczył w gazecie ogłoszenie, że w stanie Pensylwania poszukują robotników do kamieniołomów.

Wspólnie wysupłali pieniądze na bilety i pojechali pociągiem do Bangor, oddalonego o jakieś dziewięćdziesiąt mil od Nowego Jorku, by tam zgłosić się do pracy. Początkowo właściciele kamieniołomów mieli opory, by przyjąć Włochów, kiedy jednak przekonali się, że imigranci nie boją się ciężkiej pracy, postanowili przyjąć ich więcej. I tak nasi rodacy znaleźli się tutaj. Gdy pierwsza grupa mężczyzn już się zadomowiła, przyjechali następni, którzy ściągnęli swoje rodziny. Osiedlili się poza Bangor, w miejscu zwanym Howell Town. Następni zajmowali sąsiednie tereny. Włoska społeczność nadała temu miejscu nazwę Roseto na pamiątkę miasta, z którego wszyscy pochodzili. Po włosku „roseto" oznacza „zbocze wzgórza pokryte różami". Tata mówi, że rodziny stawiały tu swoje domy dokładnie w tym samym miejscu, co w dawnej ojczyźnie. Jeśli ktoś był moim sąsiadem w Roseto Valfortore, był nim też w nowym Roseto.

Tata pochodził z rodziny rolników, dlatego pierwszą rzeczą, jaką zrobił po odłożeniu wystarczającej ilości pieniędzy zarobionych w kamieniołomie, było wydzierżawienie kawałka ziemi w okolicy Roseto i założenie gospodarstwa. Najtańsza ziemia znajdowała się pod Delabole, dość blisko miasta, choć dla mnie i tak za daleko. Gdy potrzebujemy dodatkowych pieniędzy, tata od czasu do czasu najmuje się jeszcze do pracy w kamieniołomie, lecz głównym źródłem jego dochodów są trzymane na farmie zwierzęta: trzy krowy, dziesięć kur i dwanaście świń.

– Mama wszystko pięknie przygotowała – mówi Elena, zamiatając werandę. Ma szesnaście lat, jest tylko dwa lata starsza ode mnie, choć zawsze wydawała się dojrzalsza. Elena jest prawą ręką mamy, opiekuje się dwiema najmłodszymi siostrami i pomaga w pracach domowych. Jest szczupła i ładna, ma jasną cerę, brązowe oczy i czarne wijące się włosy. Emanuje z niej jakiś smutek, dlatego ciągle staram się ją rozweselać.

– Dzięki, że zamiotłaś.

– Ja też chcę, żeby na przyjście panny Stoddard wszystko wyglądało idealnie. – Elena posyła mi uśmiech.

Na farmie nie ma milszego zapachu niż aromat kawy parzonej na kuchni i maminego biszkoptu świeżo wyjętego z piekarnika. Dzięki mamie wszystko lśni czystością. Podłoga w kuchni jest zmyta, naczynia wiszą na swoich miejscach, a stół okrywa wyprasowany obrus w niebiesko-białą kratę. W pokoju od frontu mama udrapowała na kanapie biały muślin, a do stojącej przy kominku skrzyni z podpałką włożyła bukiet lawendy przewiązany wstążką. Może panna Stoddard nie zauważy niedostatków umeblowania.

– Jak wyglądam? – pyta mama i okręca się powoli w swojej odświętnej granatowej sukience z wełny, z obniżoną talią i czarnymi guziczkami. Długie ciemnobrązowe włosy zaplata w warkocz i spina w węzeł na karku. Ma wydatne kości policzkowe, głęboko osadzone brązowe oczy i ogorzałą od pracy w polu skórę.

– Ślicznie – odpowiadam.

Mama wybucha śmiechem.

– Och, Nello, zawsze kłamiesz, żeby mi poprawić nastrój. Ale to nic złego. Masz dobre serce. – Z glinianego garnka na parapecie mama wyjmuje łyżkę z długą rączką. Nie musi nic mówić. Sama przynoszę ze spiżarni słój zrobionego latem dżemu malinowego. Mama bierze do ręki długi nóż z ząbkami, kładzie dłoń na wierzchu schłodzonego ciasta i pewnym ruchem przecina biszkopt na pół. Choćbym nie wiem ile razy próbowała zrobić to samo, nóż zawsze utknie mi gdzieś w środku. Mama rozdziela połówki i kładzie je na desce do krojenia. Łyżką nakłada dżem na jedną z nich, rozsmarowuje go równo po całej powierzchni placka, po czym zgrabnie przykrywa go drugim. Na końcu sięga po cukier puder i przez sitko posypuje nim wierzch ciasta.

WŁOSKI BISZKOPT CIOCI IRMY

1 szklanka mąki
6 jaj
1 szklanka cukru
1/4 łyżeczki aromatu migdałowego
1/4 szklanki wody
1/2 łyżeczki soli
1/2 łyżeczki proszku do pieczenia

Nagrzać piekarnik do 165°C. Przesiać mąkę. Oddzielić białka od żółtek. Ubijać żółtka, aż będą miały kolor cytrynowy. W trakcie ubijania stopniowo dosypywać cukru. Do powstałej masy powoli dodawać mąkę na przemian z wodą zmieszaną z aromatem migdałowym. Dosypać soli i proszku do pieczenia. W oddzielnym naczyniu ubić białka na sztywną pianę, dołożyć masę z żółtkami i szybko wymieszać. Ciasto wylać do formy o średnicy 25 cm. Piec przez godzinę do momentu, kiedy środek ciasta ugina się przy lekkim dotknięciu i wraca do poprzedniej pozycji. Po wyjęciu z foremki przewrócić i poczekać, aż wystygnie.

– Czy jest wystarczająco godne twojej nauczycielki? – pyta mama, układając ciasto na najlepszej paterze.
– Wygląda lepiej niż ciasta na wystawie w cukierni.
– Mama na pewno wie, że znów kłamię. Choć jej ciasto jest wspaniałe, wolałabym, żebyśmy podali wypieki z miejskiej cukierni „U Marcelli", gdzie nad oknem wystawowym wisi różowa markiza, a nad wejściem dzwoneczki dźwięczące przy otwieraniu drzwi. W środku stoją małe białe stoliczki i białe krzesła z kutego żelaza, mające fantazyjnie wygięte oparcia. Kiedy tata kupuje tam ptysie z kremem (zawsze na

nasze urodziny, to taka rodzinna tradycja), właściciel układa je w białym kartonowym pudełku na papierowych serwetkach z falbankami i całość przewiązuje sznurkiem. Nawet wierzch pudełka jest elegancki. Widnieje na nim kobieta w kapeluszu z szerokim rondem, trzymająca chorągiewkę z napisem U MARCELLI. Nieważne, ile cukru pudru pójdzie na posypanie wierzchu maminego ciasta. I tak pozostanie ono zwykłym biszkoptem upieczonym w naszym starym piekarniku.

– Czy nauczycielka już jest? – woła tata od progu. Siatkowe drzwi zamykają się za nim z trzaskiem.

– Nie, tato – odpowiadam. Jak dobrze, że panna Stoddard nie słyszy jego farmerskiego krzyku.

Tata wchodzi do kuchni, obejmuje mamę od tyłu i całuje. Ma sto osiemdziesiąt centymetrów wzrostu. Jego czarne włosy przyprószone są siwizną na skroniach, a czarne wąsy zawsze starannie przycięte. Ma śniadą skórę spaloną słońcem od codziennej pracy na roli i szerokie ramiona, dwa razy szersze od mamy, która wcale nie jest drobną kobietką, lecz przy tacie wygląda filigranowo.

– Nie mam czasu na głupstwa – mówi mama i wysuwa się z jego objęć. W głębi serca cieszę się, że tak go sztorcuje. To mój wielki dzień i mama wie, że musimy zrobić dobre wrażenie. Roma i Dianna wpadają do kuchni. Elena chwyta je i każe umyć ręce.

– Pomagałam tacie karmić konia – oznajmia Roma. Ma osiem lat, jest słodka i pulchna, zupełnie jak bułeczki w oknie piekarni.

– Brawo – mówi mama. – A ty, Dianno? Co robiłaś?

– Patrzyłam. – Mała wzrusza ramionami. Drobna i bystra, nigdy nie wykorzystuje swojego sprytu do prac w domu. Zawsze chodzi z głową w chmurach. Jest najładniejsza z nas. Ma długie kasztanowe włosy ze złotawymi pasemkami i niebieskie oczy. Ponieważ Diannę i Romę dzieli zaledwie rok i są najmłodsze, traktujemy je jak bliźniaczki.

– Wszystko jest idealnie. – Na chwilę przytulam się do mamy.

– Tyle hałasu o nic. To tylko wizyta panny Stoddard.

– Assunta, moja najstarsza siostra, jest bladą tyczkowatą zołzą o kruczoczarnych włosach i brązowych oczach. Między brwiami ma zawsze zmarszczkę, skutek nieustannego obmyślania złośliwości pod adresem innych.

– Ja lubię pannę Stoddard – mówi cicho Elena.

– Zwyczajna nauczycielka – burczy Assunta. Elena patrzy na mnie i idzie w stronę okna, usuwając się Assuncie z drogi. Pozostaje w cieniu najstarszej siostry. Wszystkie pozostajemy. Assunta właśnie skończyła dziewiętnaście lat i jest zaręczona z młodym mężczyzną z rodzinnego miasta mamy we Włoszech. To małżeństwo zostało zaaranżowane dawno temu. Assunta i jej przyszły mąż korespondują ze sobą od dzieciństwa. Wszyscy niecierpliwie czekamy na spotkanie z nim, bo znamy go tylko ze zdjęcia. Jest bardzo przystojny i wydaje się wysoki, choć na podstawie fotografii trudno właściwie ocenić czyjś wzrost. Uważamy z Eleną, że takie swaty na odległość to dobry pomysł, ponieważ tutaj nikt nie zechciałby Assunty za żonę. Nasza starsza siostra nie żyje z ludźmi w zgodzie, poza tym większość chłopców po prostu się jej boi. – Nauczyciele są wszędzie tacy sami. Uczą i tyle – dodaje.

– Panna Stoddard jest najlepszą nauczycielką, jaką miałam – oponuję.

– Jest j e d y n ą, jaką miałaś, głupia.

Assunta ma rację. Chodziłam tylko do szkoły w Delabole. Przez większą część ostatniego roku pomagałam pannie Stoddard uczyć czytać najmłodsze dzieci, a po zajęciach przerabiałam z nią materiał wykraczający poza program siódmej klasy. Przeczytałam już dzieła Edgara Allana Poe, Jane Austen oraz Charlotte Brontë. Wszystkie wzbudziły mój zachwyt. Panna Stoddard uważa jednak, że potrzebuję większych wyzwań i powinnam pójść do szkoły, w której mogłabym uczyć się wraz z rówieśnikami.

Assunta opiera się o stół i taksuje wzrokiem ciasto. Mama właśnie odwróciła się w stronę zlewu, a tata wyszedł do spiżarni, więc moja najstarsza siostra korzysta z okazji i wbija w biszkopt swój długi spiczasty palec.

– Nie! – wołam i odsuwam od niej paterę.

Ciemne oczy Assunty zamieniają się w szparki.

– Myślisz, że zaimponujesz jej biszkoptem? Nie bądź śmieszna.

Nie wiem, czy działam pod wpływem jej spojrzenia czy myśli, że chciała zepsuć ciasto przygotowane dla mojej nauczycielki, a może daję upust czternastu latom narastającej wrogości, w każdym razie wymierzam Assuncie policzek. Jest zaskoczona, lecz już po chwili ochoczo mnie atakuje. Oddaje mi policzek, a potem wbija paznokcie w ramię. Mama odciąga mnie od niej. Assunta zawsze wszystko mi psuje, ale tego dnia nawet moja podła siostra nie jest w stanie zrujnować.

– Co się z tobą dzieje? – Mama nie wypuszcza mnie z uścisku.

Chcę jej powiedzieć, że dotąd niczego nie pragnęłam bardziej niż tej rzeczy, o której panna Stoddard będzie z nimi rozmawiać, nauczyłam się jednak skutecznie ukrywać swoje marzenia w obawie, że Assunta znajdzie sposób, by się nie ziściły. Mama tego nie rozumie, nie widzi, jaka naprawdę jest moja siostra, i wymaga, żebyśmy odnosiły się do siebie z szacunkiem. Tylko jak ja mogę szanować kogoś, kto jest okrutny? Rodzice twierdzą, że kochają nas jednakowo, ale czy to możliwe? Czyż niektórzy ludzie nie są milsi od innych? I czemu wrzuca się mnie do jednego worka z siostrą mającą dla mnie tyle względów co dla świni, którą kopniakiem odsuwa od siebie, gdy idzie do zagrody nakarmić inwentarz? Assunta jest pełna pretensji. Nieważne, ile ma.

Zawsze chce mieć więcej. Nie sposób jej zadowolić, lecz tylko ja jedna zdaję się to dostrzegać.

Elena, która nie znosi kłótni, zwiesza głowę i zaczyna płakać. Dianna i Roma wymieniają spojrzenia i wybiegają z kuchni.

– Kiedy przyjdzie twoja nauczycielka, powiem jej, żeby wracała do domu. Tak zrobię – ostrzega tata. Assunta stoi za nim, wygładza włosy i złośliwie się uśmiecha. Uderzyłam ją pierwsza. Tata, zawsze sprawiedliwy, widział to, więc wymierzy karę właśnie mnie.

– Nie odsyłaj jej, tato, błagam. – Przykro mi, że dałam się sprowokować Assuncie i że cała moja przyszłość staje pod znakiem zapytania z powodu mojej impulsywności. – Przepraszam, Assunto.

– Najwyższy czas, żebyś się nauczyła ogłady. Zachowujesz się jak zwierzak. – Assunta patrzy na mamę, potem przenosi wzrok na tatę. – Pozwalacie jej na wszystko. Zobaczycie, jak to się dla niej skończy. – Po tych słowach pędzi po schodach na górę. Zamykam oczy i liczę dni do pojawienia się Alessandra Pagano, który przyjedzie z Włoch ożenić się z Assuntą i zabierze ją z tego domu.

– Czemu nie umiesz nad sobą panować? – pyta cicho tata.

– Ona chciała zniszczyć ciasto.

– Assunta nie jest już dziewczynką. Niedługo wychodzi za mąż. Nie wolno jej bić. Ani nikogo innego – mówi stanowczym tonem. Szkoda, że nie mogę mu powiedzieć, ile razy Assunta bije mnie swoją szczotką do włosów, kiedy on nie patrzy.

Mama bierze tacę z ciastem i wychodzi do frontowego pokoju.

– Przepraszam – wołam za nią.

– Krew ci leci – zauważa Elena i sięga po leżącą w zlewie ściereczkę. – Nad okiem. – Przeciera zadrapanie zimną szmatką, a ja czuję piekący ból.

– Tato, pan Pagano nie może spotkać jej przed ślubem, bo wróci do Włoch.

Tata usiłuje opanować śmiech.

– Dosyć, Nella.

– On musi się z nią ożenić. Musi – mamroczę pod nosem.

– Pobiorą się – obiecuje tata. – Mama już dawno o to zadbała.

Tata musi wiedzieć, że umowę można zerwać, a wtedy będziemy skazani na Assuntę na wieki. Nieszczęście spada na człowieka w najmniej spodziewanym momencie. Tata idzie umyć ręce. Zanoszę słoik dżemu do spiżarni. Elena umyła łyżkę i odłożyła na miejsce, teraz wygładza obrus.

– Nie martw się, wszystko będzie dobrze – mówi.

– Poczekam na pannę Stoddard na werandzie – oznajmiam mamie, otwierając siatkowe drzwi. Siadam na schodkach, zbieram fałdy spódnicy i obciągam bordowy sztruks do samych kostek. Draśnięcie nad okiem zaczyna pulsować. Przyciskam to miejsce kciukiem. Tata nauczył mnie tego, kiedy niechcący się skaleczyłam.

Patrzę na drogę prowadzącą do naszego domu i wyobrażam sobie, jak Assunta w sukni ślubnej zajmuje przednie siedzenie w samochodzie Alessandra Pagano (oby tylko miał auto!). Alessandro uruchomi silnik i gdy auto gwałtownie szarpnie, świeżo poślubiony mąż Assunty zatrąbi, a my będziemy machać im na pożegnanie i stać tam, póki nie wjadą na Delabole Road i nie staną się punkcikiem rozmiarów główki szpilki, aż wreszcie znikną na zawsze. Jestem pewna, że będzie to najszczęśliwsza chwila w moim życiu. Jeśli aniołowie będą mi tego dnia sprzyjać, Alessandro stwierdzi, że nienawidzi Ameryki, wsadzi moją siostrę na statek i zabierze ją do Włoch.

– Nella! Idzie panna Stoddard! – Dianna wyskakuje zza stodoły. Roma jak zwykle trzyma się kilka kroków za nią.

Spoglądam na ścieżkę biegnącą przy starym wiązie i widzę, że moja nauczycielka idzie od strony przystanku. Panna Stoddard jest piękna. Ma rude włosy i orzechowe oczy. Zawsze nosi białą bluzkę i długą wełnianą spódnicę. Przy czarnych trzewikach ma małe srebrzyście lśniące sprzączki. Delikatne rysy jej twarzy upodabniają ją do porcelanowej lalki, którą mama zachowała z czasów dzieciństwa we Włoszech. Ta krucha pamiątka nie służy nam do zabawy. Siedzi na półce i mierzy wszystkich swoim nieskazitelnym, ceramicznym wzrokiem. Tymczasem w pannie Stoddard nie ma nic kruchego: biega, skacze, pokrzykuje i wrzeszczy jak chłopak. W czasie przerwy nauczyła mnie grać w *jacks**, *red rover** i warcaby. A najważniejsze, że nauczyła mnie czytać. Za to będę jej dozgonnie wdzięczna. Zna mnie od piątego roku życia, więc ja znam ją prawie tak długo jak rodziców. Roma i Dianna wybiegły jej naprzeciw, by poprowadzić na werandę. Panna Stoddard wzięła każdą z nich za rękę. Moje siostry też ją kochają.

– Witaj, Nello. – Uśmiech panny Stoddard ustąpił miejsca zaniepokojonemu spojrzeniu. – Co z twoim okiem?

– Uderzyłam się o drzwiczki klatki na kurczaki. – Wzruszam ramionami. – Niezdara ze mnie. Zna mnie pani.

Za plecami słyszę skrzypnięcie siatkowych drzwi.

– Panno Stoddard, zapraszam do środka – mówi mama, wyciągając rękę na powitanie. Cieszy mnie, że panna Stoddard ciągle ma na sobie rękawiczki, nie poczuje więc, jak szorstkie są dłonie mamy. – Proszę usiąść. – Mama każe Elenie iść po tatę.

Panna Stoddard siada na kanapie.

---

* *Jacks* – gra dla dzieci polegająca na zebraniu jedną ręką jak największej liczby kamyków lub żetonów w trakcie odbijania gumowej piłeczki drugą ręką.

** *Red rover* – gra dla dzieci, które tworzą dwie stojące naprzeciwko w rzędzie drużyny; pojedynczy zawodnicy próbują przebić szereg przeciwników. Zabawa trwa, dopóki wszyscy nie znajdą się po tej samej stronie.

– Wygląda ślicznie – mówi, wskazując biszkopt ułożony na drewnianej tacy. Bogu dzięki, że mama przykryła stare drewno lnianą serwetką.

– Dziękuję. – Mama uśmiecha się i nalewa pannie Stoddard kawę do niewielkiej filiżanki w różyczki. Mamy cztery filiżanki i cztery spodeczki z chińskiej porcelany, lecz nie na wszystkich są kwiatki. Wraz z filiżanką mama podaje pannie Stoddard wykrochmaloną koronkową serwetkę.

– Proszę nie wstawać – tata woła od progu tubalnym głosem. Starą roboczą koszulę zmienił na granatową z bawełny. Nie jest to wprawdzie koszula frakowa, ale przynajmniej wyprasowana. Tata nie zadał sobie trudu, żeby zmienić też spodnie z szelkami. Nic nie szkodzi. Przecież nie idziemy na tańce, poza tym panna Stoddard wie, że tata jest farmerem. Daję znak Diannie i Romie, żeby wyszły. Nie rozumieją, o co mi chodzi, więc Elena wyprowadza je z pokoju.

Mama siada wyprostowana na kanapie. Tata przysuwa stary fotel bujany sprzed kominka. Nalewam im kawę.

Panna Stoddard gryzie kęs ciasta, chwali mamę za wypiek, po czym popija łyk kawy i wdzięcznie odstawia filiżankę na spodeczek.

– Jak napisałam w liście do państwa – zaczyna – uważam, że Nella jest wybitnie zdolną uczennicą.

– Wybitnie zdolną? – powtarza wolno tata.

– Wyprzedziła wszystkich swoich rówieśników, jakich uczyłam. Czyta książki zalecane uczniom wyższych klas.

– Właśnie skończyłam *Moby Dicka* – oznajmiam z dumą.

– I drugi raz czytam *Dziwne losy Jane Eyre*.

– Dwa razy powtarzała siódmą klasę. Nie mogę trzymać jej dłużej – ciągnie panna Stoddard. – Wielka szkoda, gdyby skończyła naukę na tym etapie. – Spogląda na mnie i uśmiecha się. – Stać ją na więcej. Napisałam do Columbus School w Roseto. Odpowiedzieli, że ją przyjmą. Tam nauka trwa do dwunastej klasy.

– Musiałaby jeździć do miasta?

– Tak, tato, szkoła jest w mieście. – Sama myśl o tym jest tak ekscytująca, że nie mogę usiedzieć cicho. Boże, jak bym chciała co rano jeździć do miasta i każdego popołudnia wstępować na makaronik do „Marcelli"!

– Szkoła mieści się przy Main Street, pół przecznicy od przystanku – wyjaśnia panna Stoddard.

– Wiemy, gdzie to jest – uśmiecha się tata. – Ale Nella nie może sama jeździć tramwajem.

– Ja mogłabym z nią jeździć, tato. – Elena staje w drzwiach pokoju. Patrzy na mnie, wiedząc, jak mi na tym zależy.

– Nie stać nas na dojazdy dwa razy dziennie, a wy dwie... To już w ogóle nie wchodzi w rachubę.

– Mogę chodzić pieszo! To tylko trzy mile!

Tata robi lekko zgorszoną minę, lecz Elena znów spieszy mi z pomocą.

– Mogłabym jej towarzyszyć, tato. – Jaka dobra ta moja siostra. W szkole radziła sobie średnio i nie mogła doczekać się końca siódmej klasy. A teraz proponuje, że dla mnie będzie chodzić godzinę w tę i z powrotem.

– Dziękuję, Eleno. – Jestem jej szczerze wdzięczna.

– Dziewczynki, pozwólcie, że porozmawiam z panną Stoddard sam.

Wyraz twarzy taty mówi mi, że nie powinnam się upierać. Mama dotąd nie powiedziała ani słowa. I nie powie. Tata przemawia w imieniu całej rodziny.

– Tato? – Assunta, która najwidoczniej podsłuchiwała na schodach, wkracza do pokoju. – Ja będę ją odprowadzać.

– Wymieniamy z Eleną spojrzenia. Assunta nigdy nic dla mnie nie zrobiła, czemu teraz miałaby odprowadzać mnie do miasta?

– Dziękuję ci – tata zwraca się do Assunty, a potem spogląda na mnie, jakby mówił: widzisz, twojej siostrze naprawdę na tobie zależy. Jestem jednak pewna, że za wspaniałomyślnością Assunty coś się kryje. Ona na pewno ma w tym jakiś interes!

– W przyszłym miesiącu zaczynam pracę w mieście – wyjaśnia Assunta pannie Stoddard. Elena i ja znów zerkamy na siebie. Pierwszy raz o tym słyszymy. – W Roseto Manufacturing Company. O siódmej rano muszę być w pracy – dodaje.

Elena szturcha mnie łokciem. Assunta miała przed nami tajemnicę. Nie wiedziałyśmy, że będzie pracować w zakładzie odzieżowym w Roseto.

– Lekcje zaczynają się o ósmej – zauważa panna Stoddard.

– Będę czekać, aż otworzą szkołę. To mi nie przeszkadza! – wołam. Panna Stoddard posyła mi uśmiech. – Naprawdę! Mogę stać w śniegu. Żaden problem!

– Nello, pozwól, że sam porozmawiam z twoją panią nauczycielką. – Ton głosu taty nie pozostawia wątpliwości. Idę więc za Eleną na piętro do naszego pokoju.

– Wyobrażasz sobie? Pójdę do szkoły! – Wygładzam leżącą na łóżku narzutę, aż koronka na jej brzegach dotyka desek podłogowych.

– Zasługujesz na to. Ciężko pracujesz.

– Ty też!

– Tak, ale ja nie jestem taka bystra. – Elena mówi to bez cienia żalu. – Ty mogłabyś kiedyś zostać nauczycielką.

– Bardzo tego chcę. Chcę być taka jak panna Stoddard. Chcę uczyć małe dzieci czytać. Codziennie godzina na różne opowieści. Będę im czytać na głos bajki Ezopa i historie z Szekspira. Tak jak ona. A w szczególne dni, na przykład w urodziny, zrobię bułeczki z rodzynkami i lemoniadę, a potem zarządzę dodatkową przerwę.

Do pokoju wkracza Assunta.

– Kiedy postanowiłaś zacząć pracę w fabryce? – pyta Elena.

– Kiedy zorientowałam się, jaki skromny będzie mój posag. Pieniądze taty ulokowane są w inwentarzu. Alessandro nie może odnieść wrażenia, że jest skazany na biedaczkę z farmy. – Assunta podchodzi do okna i ogarnia wzrokiem naszą posiadłość. – No, ale skoro d o s t a j e m u s i ę biedna dziewczyna z farmy, muszę zrobić swoje.

Nigdy nie myślałam o posagu, nie przywiązywałam do niego wagi, ale słowa Assunty mają sens. Rzeczywiście powinniśmy zapłacić temu, kto ją stąd zabierze. Przecież nikt nie zdecyduje się na to za darmo.

– Alessandro na pewno nie oczekuje... – zaczyna Elena.

– Skąd wiesz, czego oczekuje? – wchodzi jej w słowo Assunta.

Zabawne, ale czytałam wszystkie jego listy (Assunta trzyma je w metalowym pudełku w szafie) i nie przypominam sobie ani jednego słowa na temat spodziewanego posagu. Tyle że to nie najlepszy moment na takie uwagi. Zamiast tego postanawiam wkraść się w łaski Assunty, ponieważ to jej wielkoduszność pozwoli mi spełnić marzenia.

– Dziękuję, Assunto. Bardzo dziękuję. Nie musiałaś proponować odprowadzania mnie do szkoły, a jednak to zrobiłaś. Jestem ci bardzo wdzięczna.

– Musisz odpracować ten zaszczyt. – Assunta krzyżuje ramiona na piersiach niczym generał i spogląda na mnie z góry.

– Zaszczyt?

– Przygotujesz całą bieliznę pościelową i stołową na moją wyprawę. A kiedy wybiorę dom w mieście, uszyjesz wszystkie zasłony. Przez pierwszy rok mojego małżeństwa będziesz moją służącą, chyba że zdecyduję inaczej. Masz gotować, prać i sprzątać. Zrozumiałaś?

Przez chwilę chcę jej powiedzieć, że nigdy nie będę sprzątać jej domu, szyć dla niej ani robić czegokolwiek, bo odkąd pamiętam, nienawidzę jej. Modlę się co wieczór, by Bóg przerwał to straszne uczucie, ale im bardziej się modlę, tym mi gorzej. Nie umiem się tego wyzbyć. Z drugiej strony chcę być nauczycielką i bez względu na to, co będę musiała zrobić, żeby osiągnąć cel, zrobię to. Nie chcę do końca życia tkwić na farmie. Chcę zobaczyć miejsca, o których czytałam, i odnaleźć je na mapach, nad którymi ślęczałam. Bez pomocy Assunty tego nie dokonam.

– Umowa stoi – mówię. Assunta uśmiecha się złośliwie i wraca na dół.

– Powinna odprowadzać cię do szkoły, bo jesteś jej siostrą. Jakim prawem żąda od ciebie wdzięczności? – Elena jest zła, choć wie równie dobrze jak ja, że w tym domu Assunta jest królową, a my jej służymy. A nauka w Columbus School warta jest wyszorowania tysiąca podłóg.

Co roku tata urządza świniobicie w ostatnią sobotę listopada. Zawsze mamy wyjątkowe szczęście do pogody. Nie jest zbyt zimno i zwykle świeci słońce. Wczesnym rankiem mężczyźni zabili świnie ciosem w łeb, a potem wyparzyli je w ogromnych kadziach, by usunąć szczecinę. Po południu odbywa się najtrudniejsze: rozbieranie mięsa. Tata wraz z resztą mężczyzn oddzieli najlepsze części na wędzoną szynkę i pieczeń. Potem odetną mięso, z którego będzie bekon. Reszta pójdzie na kiełbasy. Nic się nie zmarnuje, nawet nóżki, które mama pekluje i wkłada do słoików. Kiedy praca dobiega końca, wszystkim dzielimy się z pomocnikami. Zostaje nawet trochę mięsa, które tata sprzedaje rzeźnikowi w mieście.

Razem z siostrami ciężko pracowałyśmy, by przygotować wędzarnię dla taty, a teraz pomagamy mamie przy posiłku. Obfita kolacja, piknik pod chmurką, jest nagrodą za całodniowy wysiłek. Prawie cały dzień mama przyrządzała mięso na ruszcie. Żony pomocników taty upiekły słodkie ziemniaki, przygotowały sałatkę z czerwonej papryki, pudding kukurydziany i świeży chleb. Na deser będą rozmaite ciasta: z malinami, z dyni, z kremem. Ja najbardziej lubię placek rabarbarowy. Dziś mama upiekła dwa.

Dzieci bawią się na polu. Kiedyś sama urządzałam gry, teraz jestem na to za duża. Miło, kiedy na farmie roi się od ludzi. Napełniają dom i obejście śmiechem, opowieściami i rozmowami, których nigdy dość.

Nakrywając do stołu, podnoszę głowę. Zapada zmierzch, a na niebie nie ma ani jednej chmurki. Elena zapala kaganki.

– Spójrz. – Wskazuje na słońce chowające się za wzgórzami niczym ciemnoróżowa piwonia.

– Kiedyś będę miała kapelusz w takim kolorze – śmieję się i kładę na stole ostatnie blaszane talerze.

Powietrze staje się ostre, lecz otwarty ogień, nasze długie wełniane pończochy i swetry chronią nas przed chłodem.

– Kiedy się przebierzesz do kolacji? – pyta Elena. Wyszła z domu ubrana w swoją najlepszą spódnicę z jasnoniebieskiej wełny i wydziergany przez mamę sweter w podobnym odcieniu.

– A muszę?

– Byłoby dobrze. Idź. Ja skończę nakrywać do stołu.

Dotąd nigdy nie przebierałam się do kolacji. Skoro teraz powinnam, to kolejny znak, że staję się młodą damą. Zmierzając ku schodom, mijam mamę i resztę kobiet w kuchni. Mówią po włosku. Mama śmieje się, odrzucając głowę do tyłu. Rzadki widok. Tak mi zależy, żeby tata zechciał przeprowadzić się do miasta, gdzie mama na okrągło miałaby towarzystwo swoich przyjaciółek. Wszyscy czujemy się szczęśliwsi, gdy są u nas goście. Mamy wtedy wrażenie, że nic nas nie omija.

Wchodzę do pokoju i wyjmuję z szafy bordową spódnicę ze sztruksu. Mam do niej śliczną różową bluzeczkę z kretonu. Sweter, który zrobiła dla mnie mama, też jest bordowy, więc wszystko pasuje idealnie. Zdejmuję odymiony kombinezon. Podchodzę do umywalki, myję twarz i ręce. Szczotkuję włosy, a na końcówki kładę trochę pudru, by pozbyć się zapachu dymu. Wkładam halkę i pończochy, potem bluzkę, którą starannie zapinam. Różowy kolor świetnie pasuje do mojej karnacji.

W drzwiach staje Assunta.

– Po co się przebieracie? – pyta, gdy zapinam guzik po guziku.

– Mama chce, żebyśmy dobrze wyglądały przy stole.

– Tylko niczego nie wylej na spódnicę – mówi Assunta tonem matki. Podchodzi do szafy i zdejmuje z wieszaka swoją najlepszą sukienkę: prostą, luźną, z długimi rękawami, uszytą z zielonej wełny. Z górnej szuflady komody wyciąga jedwabne pończochy. – Na bluzkę też uważaj – dodaje, nie patrząc na mnie. Nie wiem, czemu bez przerwy nami dyryguje, skoro mamy już jedną stanowczą matkę. Niepotrzebna nam druga. Patrzę na swoje odbicie w lustrze. Bardzo bym chciała położyć na twarz trochę różu albo pudru. Wyglądam tak pospolicie.

– Wcale nie jesteś ładna – zauważa Assunta, wciągając pończochy. Zupełnie jakby czytała w moich myślach. – To nie twoja wina. Odziedziczyłaś najgorsze cechy mamy i taty. Tak to już jest. – Wkłada sukienkę i daje mi znak, żebym zapięła jej suwak na plecach. – Przynajmniej nie jesteś ani za gruba, ani za chuda, tylko średnia. Ale to żaden powód do dumy.

W miarę jak Assunta paple o moich niedostatkach, czuję, że moja wiara w siebie topnieje, rozpływa się niczym wosk. Zamiast zebrać się w sobie, popadam w przygnębienie. W głębi duszy wiem, że Assunta ma rację. Nie jestem ładna. Nie pierwszy raz przechodzi mi to przez myśl, lecz po raz pierwszy to stwierdzenie wydaje się prawdą. Może dlatego, że dziś nie bawię się z innymi dziećmi. Dziś mam być dobrze wychowaną młodą damą. Kiedy grałam w *bocci*[*], nie miało znaczenia, czy jestem ładna. Liczyło się tylko to, że byłam w tym dobra i mogłam wygrać. Tymczasem dobrze wychowane młode damy powinny być ładne, a ja nie jestem. Przysiadam na łóżku.

– Nie ma się co mazać – mówi beznamiętnym tonem Assunta. – I tak nic z tym nie zrobisz. Niektóre dziewczęta są ładne, inne nie. – Odwraca się i spogląda w lustro.

– Wiem, że nie jestem piękna – odpowiadam. Assunta sprawia wrażenie zaskoczonej moimi słowami. – Są inne rzeczy godne podziwu u ludzi. Na przykład rozum, dobroć, opiekuńczość. Cechy, których ty nie doceniasz, bo mają trwałą wartość.

Zamiast odgryźć się i wszcząć kłótnię, Assunta przygląda się swojemu odbiciu w lustrze.

– Dziwna jesteś – mówi, po czym łapie sweter i wychodzi. Słyszę, jak stuka na schodach starymi butami mamy. I wtedy przypominam sobie, dlaczego Assunta mówi takie okropne rzeczy. Ona po prostu nosi rzeczy po mamie, na dodatek nikt nigdy nie uznał jej za wyjątkową. Alessandro Pagano się nie liczy. Została mu narzucona, sam jej nie wybrał. Jakaś cząstka mnie chciała powiedzieć Assuncie, że ona też jest tylko córką farmera, ale gdybym wywołała kłótnię, tata kazałby mi zostać w pokoju przez cały wieczór i straciłabym szansę przebywania z naszymi gośćmi, na co czekałam przecież cały rok.

Pochylam się w stronę lustra, by z bliska zajrzeć sobie w oczy. Zamiast skrzywić się na widok własnej twarzy, unoszę nieco podbródek i uśmiecham się. Prawda, mam piegi, gruby czubek nosa, ale mam też ładne oczy, proste zęby i, mimo pełnych policzków, mocno zarysowane szczęki. Nie

---

[*] *Bocci* – gra dla dzieci, do której używa się *pollino*, małej piłki, i ośmiu, po cztery dla drużyny, *bocci* (lm.), większych piłek.

jestem znów taka brzydka. „Najważniejszą cechą prawdziwej damy jest odpowiednia postawa i sposób trzymania głowy" – dźwięczą mi w uszach słowa panny Stoddard. Prostuję się i pozwalam ramionom naturalnie opaść, co optycznie wydłuża moją szyję. Teraz wyglądam lepiej.

Schodząc po schodach, pilnuję, żeby nie stukać o nie butami. Muskam ich drewnianą powierzchnię cicho niczym baletnica. Kiedy panna Stoddard przechadza się między ławkami, stawia stopy na ziemi bezgłośnie, szeleszcząc jedynie suknią i zostawiając za sobą słodką woń brzoskwiń.

– Cóż za piękność! – Elena klaszcze w ręce, gdy wchodzę do kuchni. – Masz. – Zdejmuje z włosów atłasową różową wstążkę, wiąże nią moje włosy, a potem wskazuje moje odbicie w przeszklonych drzwiach spiżarni. – Jesteś śliczna.

– Dziękuję, Eleno.

– Niby drobiazg, a jaka różnica – mówi moja siostra, poprawiając mi lok nad uchem.

Mama ustawia nas w rządku, daje każdej całusa, a potem instruuje, co i jak podawać. Tuż obok nakrytego stołu stoi bufet i mama chce, żebyśmy prócz dolewania napojów i obsługiwania gości, uzupełniały braki, gdy tylko zauważymy pusty półmisek. Wręcza Diannie koszyk z gorącymi bułeczkami. Ja łapię czystą ściereczkę, przez którą będę podawać pieczywo gościom.

Tata wychodzi ze stodoły w towarzystwie innych mężczyzn. Roześmiana armia, zadowolona z siebie po dobrze wykonanym trudnym zadaniu. Zbierają się wokół stołu, a potem siadają na długich ławkach naprzeciwko siebie. Tata uwielbia towarzystwo, zwłaszcza męskie. Pewnie mu trudno na co dzień w otoczeniu samych kobiet. Wiem, że chciałby mieć syna, który przejąłby po nim farmę. Staramy się pomagać mu ze wszystkich sił, ale w takie dni jak dziś jest mu pewnie szczególnie ciężko, gdy większość pomocników przyjeżdża z synami.

Tata staje u szczytu stołu, dziękuje gościom za pomoc i zachęca, by wzięli talerze, podeszli do bufetu i nałożyli sobie jedzenie. Mężczyźni ustawiają się w kolejce, ani na chwilę nie przerywając rozmów. Zapełniają talerze i wracają na swoje miejsca. Gawędzą po włosku, wtrącając angielskie słowa. Dianna i ja jesteśmy gotowe do rozdawania pieczywa. Tata daje nam znak mrugnięciem. Zaczynamy od mężczyzny siedzącego po prawej ręce taty. Ma podkręcone do góry wąsy, ogromne dłonie i żartami prowokuje tatę do śmiechu. Dianna trzyma kosz, a ja kładę bułkę na brzegu talerza naszego gościa.

– *Bellissima*! – woła mężczyzna, spoglądając na Diannę. Kiedy przenosi wzrok na mnie, uśmiecha się uprzejmie. Zastanawiam się, jak to jest być piękną, tak piękną, że mężczyzna, widząc cię po raz pierwszy, musi ci to powiedzieć. Dianna nie słyszy komplementu, nie dostrzega też, że czuję się urażona. Moja siostra jest jeszcze za mała, by rozumieć potęgę swojej urody.

Uwijamy się między kolejnymi gośćmi. Dotarłszy do końca stołu, kładę na talerz ostatnią bułkę z koszyka i odwracam się, by pójść do kuchni po następne.

– Ciężko pracujesz – odzywa się mężczyzna zajmujący miejsce na samym końcu stołu.

– Wszyscy tu ciężko pracują. – Spoglądam na niego i uświadamiam sobie, że nigdy przedtem go nie widziałam. Nie przypomina obecnych tu mężczyzn. Większość z nich jest w wieku taty, a ten jest znacznie młodszy, choć starszy ode mnie. Wygląda na jakieś dwadzieścia lat. Ma rudawobrązowe włosy i idealne zęby, które odsłania w szerokim uśmiechu. Mama powtarza, żeby zawsze patrzeć na zęby mężczyzny, bo to one są świadectwem ogólnego zdrowia. Chyba patrzę na niego za długo i ze zbytnim zachwytem. Nieznajomy smaruje bułkę masłem.

– Coś nie tak? – Sprawia wrażenie wysokiego. Ma szerokie ramiona, lecz jego dłonie różnią się od dłoni innych mężczyzn. Ma długie cienkie palce, żadnych stwardnień ani skaleczeń tak widocznych u taty.

– Nie, nie – zaprzeczam skwapliwie.

– Jak masz na imię? – pyta uprzejmie.

– Nella.

– O! Rymuje się z *bella*.

– W mojej rodzinie nie ja jestem ta piękna.

Mój rozmówca śmieje się.

– Może po prostu tego nie widzisz.

– Widzę. Mam w pokoju lustro. Właściwie to nie jest tylko mój pokój. Dzielę go z Eleną, Dianną i Romą. Assunta ma swój, bo jest najstarsza. – Nie wiem, czemu zdradzam te szczegóły nieznajomemu mężczyźnie, właściwie co mu do tego, ale stało się. Przynajmniej okazuje zainteresowanie, a może jest po prostu uprzejmy. Daje mi znak, żebym usiadła, więc siadam.

– Jestem jedynakiem, chciałbym mieć brata, z którym mógłbym się dzielić swoimi rzeczami. – Sposób, w jaki się do mnie uśmiecha, każe mi spojrzeć mu w oczy, niebieskie jak szafir w medalionie mamy.

– Ale nie czterech. Nigdy nie mam chwili spokoju.

Moje słowa wywołują jego śmiech.

– Ani chwili?

– No, prawie. Często muszę przerywać czytanie, bo akurat jest coś do zrobienia albo muszę dopilnować młodszych sióstr.

– Lubisz czytać?

– To moje ulubione zajęcie.

– Moje też. Chodzisz do szkoły?

– W Delabole. Ale tam jest tylko siedem klas. Mam czternaście lat, więc już dwa razy powtarzałam siódmą klasę. Moja nauczycielka daje mi lekcje, ale uważa, że powinnam uczyć się ze swoimi rówieśnikami. Chce, żebym poszła do Columbus School.

– Musisz być inteligentna, skoro twoja nauczycielka chce, żebyś kontynuowała naukę.

– Zawsze miałam same piątki.

– Ja skończyłem Columbus School.

Nie myliłam się. Ma co najmniej osiemnaście lat.

– Jak tam jest?

– Wspaniali nauczyciele. Wyszedłem dobrze przygotowany do nauki w college'u.

– Jesteś w college'u? Ja też chcę studiować.

– Kim chcesz zostać?

– Nauczycielką. – Serce wali mi jak młotem. Wypowiedzenie swojego marzenia na głos jest ekscytujące, a fakt, że słucha tego student, przyprawia mnie o jeszcze większy dreszcz. – A ty kim chcesz być? – pytam. Patrzy na mnie lekko zdziwiony moją dociekliwością.

– Jeszcze nie wiem.

– Czemu nie?

– Interesuje mnie mnóstwo rzeczy – odpowiada, wzruszając ramionami.

– Jedz. Wszystko ci stygnie – mówię i wstaję z miejsca. Spoglądam ku spowitym mrokiem polom i budzi się we mnie chęć ucieczki w tę noc. Czuję się jak w pułapce. Ogarnia mnie smutek, że mam tylko czternaście lat i nigdy nie poznam tego młodego mężczyzny tak, jak bym pragnęła. Muszę znaleźć sposób na zgrabne wycofanie się z tej sytuacji. Przypominam sobie nauki panny Stoddard. Prostuję plecy.

– Nella, tata chce kawy – oznajmia Assunta miłym tonem. Co za ulga. Nie wybaczyłabym jej, gdyby przyniosła mi wstyd przed tym młodzieńcem o pięknych dłoniach.

– Już, już – odpowiadam.

Ruszam pospiesznie w stronę kuchni, czując na sobie wzrok nieznajomego. Wchodzę do środka i biorę głęboki oddech. Serce mi łomocze.

– Zwolnij – mówi mama, niosąc półmisek sałatki z czerwonej papryki. – Nie ma pośpiechu.

– O co chodzi? – Elena rzuca jedno spojrzenie na mnie, drugie na pusty koszyk z pieczywem. Wyczuwa, że coś się stało.

– O nic.

– Jesteś czerwona.

– To od wiatru – kłamię. – Zrobisz coś dla mnie?

– Pewnie.

– Tata chce kawy. Zaniesiesz mu?

– Uhm. Ale coś jest nie tak. Co? Mnie możesz powiedzieć. – Elena wkłada flanelową rękawicę i zdejmuje z kuchni dzbanek z kawą.

– Na końcu stołu siedzi chłopak, ten najdalej od taty. Dowiesz się, jak ma na imię?

Elena wybucha śmiechem.

– To szejk?

– Nie... To znaczy tak. – Odkąd widziałyśmy w kinie Rudolfa Valentino w filmie *Szejk*, Elena przysięga, że jestem już nie ta sama. – Jest po prostu miły. – Po tych słowach oblewam się rumieńcem barwy najlepszej chustki do nosa, jaką ma nasz tata.

– Oj, chyba więcej niż miły. Cała drżysz – mówi cicho Elena.

– To przez jego głos: niski, łagodny i... nie wiem, jak to powiedzieć... taki kojący.

– Rozumiem – uśmiecha się Elena. Cieszę się, że mogę jej mówić o różnych sprawach, nawet jeśli nie umiem nazwać tego, co czuję. – Sprawdźmy, co da się zrobić. – Elena zmierza ku drzwiom. Zatrzymuję ją.

– Tylko nie mów, że to ja – szepczę.

– Nie martw się.

Dwie kobiety wynoszą ze spiżarni mamine ciasto rabarbarowe. Choć je uwielbiam, nie wyjdę z domu, żeby wziąć kawałek. Boję się, że jeśli jeszcze raz spojrzę na tego niebieskookiego chłopca, zacznę płakać. Dotąd żaden nie zawrócił mi w głowie. To musi być miłość od pierwszego wejrzenia. A jeśli tak, to naprawdę straszne. Czuję się źle, jestem zdenerwowana i smutna. Spotkałam chłopca, którego pragnę i którego nie mogę mieć. Jest dużo starszy. Nie poczeka na mnie. Musiałby czekać przynajmniej cztery lata, póki nie skończę osiemnastu. Cztery lata. Równie dobrze mogłoby to trwać cały wiek.

Przeżywałam już drobne zauroczenia, jednak chłopcy w szkole w Delabole przeważnie są głupi. Prawie się nie uczą i nie interesują ich książki, chodzą do szkoły tylko dlatego, że tak im każą rodzice.

Ciekawe, jak Elena zdobędzie informacje. Nie chcę wiedzieć o nim wszystkiego, tylko jak ma na imię, gdzie mieszka i ile ma lat. Żałuję, że nie spytałam go o ulubioną książkę. Upodobania do konkretnych tytułów wiele mówią o człowieku. Jak tylko zbiorę się na odwagę, a z moich policzków znikną rumieńce, może wyjdę na podwórko i znów z nim porozmawiam. Tata na pewno uznałby, że jestem za młoda dla tego chłopca, ale zapomnę o tym na chwilę i zagram rolę młodej damy. Udam, że jestem panną Stoddard i zdobyłam już wykształcenie. Zastanawiam się, czy uważa mnie za ładną. Pewnie tak, skoro nazwał mnie *bella*. Biorę ściereczkę i idę do spiżarni. Gdy słyszę trzaśnięcie siatkowych drzwi, wydaje mi się, że minęła wieczność.

– Nella? – Elena woła ściszonym głosem.

– Tutaj – odpowiadam.

– Co ty wyprawiasz? – Rozgląda się po półkach zastawionych słoikami i puszkami, wśród których się skryłam. – Już wiem. Nazywa się Renato Lanzara.

– Śliczne imię.

– Prawda? Ma dwadzieścia jeden lat.

– Dwadzieścia jeden! – Serce mi zamiera. Przy takiej różnicy wieku mógłby mieć nawet czterdzieści.

– To ci się spodoba: mieszka w mieście. Jego ojciec jest fryzjerem.

– Czemu nigdy wcześniej go nie widziałam? – pytam na głos.

– Nella, on jest o siedem lat starszy od ciebie. To bardzo dużo.

Nie mam już ochoty wyjść z domu. Tracę odwagę do rozmowy. Nie zależy mi na słuchaniu opowieści dorosłych o Włoszech ani na cieście z rabarbarem, które właśnie przechodzi mi obok nosa. Chcę tylko pójść na górę do pokoju i być sama.

– Musiał iść – Elena delikatnie przekazuje złe wieści. Jestem tak zawiedziona, że nie mogę wykrztusić słowa. – Ale mam ci powtórzyć, że było mu miło cię poznać.

– Naprawdę? – nie posiadam się ze zdumienia.

– A potem powiedział, żeby powtórzyć ci coś, co tylko ty zrozumiesz.

– Co takiego?

– „Powiedz Nelli, żeby nie zapomniała rymu". – Elena poprawia mi kokardę we włosach. – O jaki rym chodzi?

– Nic takiego – odpowiadam. Bardzo kocham Elenę, lecz ten sekret chciałabym zachować dla siebie. „Nella rymuje się z *bella*", tak powiedział. Uważa, że jestem piękna! Przesłał mi wiadomość. Co za przeżycie! Te słowa przywracają mi chęć dołączenia do gości. Zupełnie jakby ogarniała mnie gorączka. Nie zostanę w spiżarni ani chwili dłużej. Posiedzę do późna, będę słuchać opowieści dorosłych i jeść ciasto, a po wyjściu gości umyję wszystkie naczynia, garnki i rondle. I nie chcę się kłaść. Zamiast spać, chcę rozmyślać o przystojnym chłopcu z miasta. Renato Lanzara… Jakie cudowne imię.

Rozdział drugi

*I*dę po Delabole Road kilka kroków za Assuntą, która niesie w ręku nieduży lampion. Skręcamy na główną drogę prowadzącą do miasta. Słońce jeszcze nie wzeszło. Dziwnie zaczynać pierwszy dzień nauki w ciemnościach, skoro przedtem wystarczyło mi pięć minut, by dobiec do szkoły w Delabole, zanim panna Stoddard obwieściła dzwonkiem początek lekcji. Szare poszarpane wzgórza przed nami wyglądają groźnie na tle wstęgi słonecznego światła nad górami majaczącymi na horyzoncie.

– Chodź szybciej – rzuca niecierpliwie Assunta.

– Przepraszam. – Przyspieszam kroku. Assunta jest dziś wyjątkowo rozdrażniona, ponieważ nie ma ochoty chodzić do pracy. Wolałaby urodzić się w rodzinie, która jest w stanie zapewnić córkom odpowiedni posag. – Szkoda, że nie możemy dojeżdżać.

Assunta przystaje, odwraca się i patrzy na mnie.

– Marzycielka. Jak zawsze. Zejdź z chmur na ziemię. Nie stać nas na tramwaj. I nie będzie nas stać. Pobożne życzenia nic tu nie pomogą.

– Przepraszam.

– I przestań wiecznie przepraszać. To twoje ciągłe przepraszanie nie może być szczere.

Przez resztę drogi idę za Assuntą w milczeniu.

– To jest Division Street – mówi w pewnej chwili rzeczowym tonem Assunta. – Oddziela Roseto od Bangor. Brytole z Bangor nie lubią Włochów, więc z nimi nie rozmawiaj. Niedługo i tak sama zrozumiesz, co to za ludzie.

Tata opowiadał nam o nich. Ci Brytole to walijscy biznesmeni, którzy przybyli zza oceanu, kupili kamieniołomy i zatrudnili Włochów, płacąc im psie pieniądze. W zeszłym roku, gdy ulewy zniszczyły naszą kukurydzę, tata przez całe lato pracował w kamieniołomie. Zwykle najmuje się tam na zimę, ponieważ zajęcia na farmie ograniczają się wtedy do oporządzania krów i koni. Praca w kamieniołomach jest katorżnicza. Zginęli tam dwaj nasi kuzyni. Najczęściej przyczyną śmierci jest wpadnięcie do wyrobiska, zdarzają się też śmiertelne rany odniesione przy wysadzaniu łupkowych skał dynamitem.

– W szkole będą Brytole? – pytam.

– Pewnie tak. Pilnuj się. Nie zwracaj na nich uwagi.

Assunta nigdy przedtem nie martwiła się o moje bezpieczeństwo, dlatego teraz jej ton bardzo mnie dziwi. Może w jej czarnym sercu jest skrawek różowego aksamitu, może nie jest do końca zła.

Kiedy słońce wzbija się nad Góry Błękitne, szeroka Garibaldi Avenue ożywa. Mijając domy, słyszę śmiech i rozmowy dzieci, czekających na śniadanie przygotowywane przez matki. W oknach palą się światła. Mogę zajrzeć z ulicy prawie do każdego domu, do każdego porządnie urządzonego pokoju od frontu. Na farmie dopiero co podłączyli prąd, w mieście mają go prawie od dziesięciu lat. Nasza ubikacja jest na zewnątrz, tutejsi mieszkańcy mają łazienki w domach.

Zastanawiam się, jakby to było brać kąpiel w głębokiej białej wannie, do której woda leci prosto z kranu i nie trzeba jej ani pompować, ani nosić ze strumienia. Jakby to było nie kąpać się już w stalowej balii stojącej pośrodku kuchni obok pieca, z którego bije ciepło, ale w pomieszczeniu za zamkniętymi drzwiami! I te włochate ręczniki wprost z katalogu Searsa, zamiast wielkich płacht flaneli obszytych ręcznie przez mamę. I woda do kąpieli, której nie trzeba dzielić z siostrami! To musi być boskie uczucie, kiedy się ma swoją porcję gorącej wody.

Assunta przystaje przed cukiernią „U Marcelli".

– Zaczekaj – rzuca krótko.

Patrzę na weselny tort na wystawie, na szereg idealnie okrągłych warstw jedna na drugiej, oddzielonych kolumienkami cukru. Tort jest pokryty warstwą białego lśniącego lukru. Na obrzeżach tańczą marcepanowe aniołki. Na samej górze stoi figurka młodej pary. Panna młoda i pan młody trzymają między sobą w porcelanowych dłoniach koronkowe serce. Chłonę każdy szczegół: od srebrnej koronkowej serwetki na postumencie podtrzymującym to cudo po rokokowe zawijasy lukru o barwie lawendy, na których stoją aniołki.

– Masz. – Assunta wręcza mi niewielkie pudełko. – Tata chciał, żebyś miała ptysia do lunchu.

– Dziękuję. – Ostrożnie chowam pudełko do pojemnika z jedzeniem. Kochany tata. Chce, żeby pierwszy dzień szkoły był dla mnie wyjątkowy. Przykro mi, że nie wystarczyło pieniędzy na ptysia dla Assunty, która dziś zaczyna pracę.

– Spójrz na tort – mówię. – Ty i Alessandro powinniście taki mieć!

Moja siostra uśmiecha się na te słowa.

– Może tak będzie.

Odprowadza mnie pod samo wejście do Columbus School, ogromnego kwadratowego budynku z cegieł oddzielonego boiskiem od Garibaldi Avenue. Otwiera mi drzwi.

– Zaczekaj w środku na dzwonek. Trochę to potrwa, zanim ktoś przyjdzie. Lekcje zaczynają się dopiero za godzinę. Spodziewają się ciebie, więc podaj swoje nazwisko w sekretariacie. Powiedzą ci, gdzie iść. Pracuję na końcu Front Street, jedną przecznicę stąd. Gdybyś czegoś potrzebowała, to mam przerwę na lunch od dwunastej do wpół do pierwszej. Przyjdę po ciebie piętnaście po trzeciej. Lekcje kończą się o trzeciej. Czekaj tu na mnie.

– Dobrze – odpowiadam. Odprowadzam Assuntę wzrokiem i kiedy znika mi z oczu, wchodzę do szkoły. Jakie szerokie korytarze! Stąpam po lastrykowej posadzce w czarne, białe i złote plamki. Jest tak wywoskowana, że aż błyszczy. Wciągam w płuca zapach drewna sosnowego i kredy. W różowych lśniących płytach pokrywających ściany widzę zarys swojej sylwetki. Klasy mieszczą się po obu stronach korytarza. W drodze do biura zaglądam do każdej z nich, podziwiając nieskazitelność detali, czystość tablic i idealnie proste rzędy ławek.

– Czego szukasz? – dobiega mnie tubalny męski głos. Podskakuję ze strachu.

– Sekretariatu – wykrztuszam z siebie odpowiedź i odwracam się. Stoi przede mną przyjaciel taty. Poznaję te podkręcone wąsy. Widziałam je w dniu świniobicia. – Pan Ricci?

– Castelluca – mówi wyraźnie zdziwiony.

– Tak, proszę pana. Jestem Nella.

– A ja jestem woźnym w tej szkole. Twój tata nic nie mówił, że jedna z was będzie się tu uczyć. Przyjechałaś tramwajem?

– Przyszłyśmy na piechotę. Moja siostra Assunta pracuje w fabryce odzieżowej przy Front Street.

– Na piechotę! To prawie trzy mile.

– Nie było tak źle.

– Masz dużo czasu do dzwonka. Chodź ze mną. – Pan Ricci prowadzi mnie do kotłowni, gdzie stoją krzesła i niewielki stół. Nalewa do kubka gorące mleko z jednego termosu i odrobinę kawy z drugiego. Wsypuje dwie czubate łyżeczki cukru, miesza i podaje mi. Teraz nalewa mleko dla siebie, tyle że dodaje do niego więcej kawy. Sięgam po pudełko z ptysiem.

– Od taty – mówię. – Chciałby panu podziękować za opiekę nade mną.

Pan Ricci otwiera pudełko. Uśmiech rozjaśnia mu twarz.

– Podzielimy się. – Kroi ptysia na dwie części i daje mi tę większą. – Moja córka chodzi tu do szkoły. Jest w podobnym wieku. Concetta. Nazywamy ją Chettie.

– Jestem w dziewiątej klasie. Przynajmniej według wieku. W Delabole chodziłam do siódmej.

– Chettie pokaże ci, co i jak. Będziesz miała dobrą nauczycielkę. Pannę Ciliberti.

– Jest Włoszką?

– O, tak. Mamy tu cztery włoskie nauczycielki. Szkoda, że nie przywiozłem Chettie na świniobicie. Poznałybyście się wcześniej.

– Na pewno się zaprzyjaźnimy – odpowiadam.

Pan Ricci uśmiecha się do mnie zupełnie jak tata, kiedy moje słowa sprawiają mu przyjemność. Potem mówi już niewiele. Kończy kawę, dojada ciastko i wraca do swoich obowiązków. Na dźwięk dzwonka idę do sekretariatu, gdzie wpisują mnie na listę. Pan Ricci miał rację, będzie mnie uczyć panna Ciliberti. Moja klasa mieści się na końcu korytarza. Kiedy wchodzę do środka, widzę roześmianych, pogrążonych w rozmowach uczniów. Podchodzę do nauczycielki i podaję jej kopertę z sekretariatu.

– Nella Castelluca? – Panna Ciliberti uśmiecha się, lecz nie jest to serdeczny uśmiech panny Stoddard. Raczej rzeczowe uniesienie kącików ust. Jej równo obcięte ciemne włosy ściśle przylegają do głowy. Panna Ciliberti jest drobną kobietą o mocno zarysowanych szczękach.

– Tak, proszę pani.

– Przeskakujesz ósmą klasę?

– Tak, proszę pani. Mam czternaście lat, ale wyprzedziłam program i przeczytałam wszystkie książki polecane w ósmej klasie.

– Jakie? – pyta niecierpliwie panna Ciliberti.

– *Walden* Henry'ego Davida Thoreau, *Trzech Muszkieterów* Aleksandra Dumasa, *Dumę i uprzedzenie* Jane Austen,

41

Wichrowe Wzgórza Emily Brontë, *Dziwne losy Jane Eyre* Charlotte Brontë...

– Dobrze. Wystarczy. – Unosi rękę i miło się uśmiecha.
– Zobaczymy, jak sobie radzisz. – Zapisuje coś na kopercie.
– Usiądź na ostatnim miejscu w drugim rzędzie.

Dziewczęta zajmują dwa rzędy po jednej stronie klasy, chłopcy jeden rząd po drugiej. Jest nas więcej, ale tego należało się spodziewać. Większość chłopców w tym wieku zaczyna już pracować w kamieniołomach. A więc w dziewiątej klasie jest prawie trzydzieścioro dzieci.

Kiedy siadam, pyzata dziewczynka z czarnymi lokami sięgającymi brody klepie mnie w ramię.

– Jestem Chettie – przedstawia się. – Tata powiedział, że potrzebujesz przewodniczki.

Uśmiecham się do niej z wdzięcznością, a potem rozglądam się po klasie i widzę, że inni są ładniej ubrani niż ja. Jedna z dziewcząt ma na sobie kraciasty wełniany bezrękawnik z obniżoną talią. Przekonuję się, że moja najlepsza spódnica i biała bluzka to za mało. Będę musiała nauczyć się szyć. Też chcę mieć taki bezrękawnik w szkocką kratkę. Jako jedyna przyniosłam pojemnik z lunchem, który teraz szybkim ruchem wsuwam pod krzesło.

Panna Ciliberti zaczyna od matematyki, która nie jest moją mocną stroną. Skupiam całą uwagę, by zrozumieć, o czym mowa. Kiedy dzwonek oznajmia koniec lekcji i panna Ciliberti zwalnia nas na lunch, czuję ulgę. W tej szkole jest o wiele trudniej niż w Delabole. Do tego pannie Ciliberti brakuje cierpliwości. Jeśli ktoś nie umie od razu podać odpowiedzi na zadane przez nią pytanie, kieruje uwagę na kolejnego ucznia. Nie będzie lemoniady i słodkich bułeczek z rodzynkami jedzonych pod drzewem w trakcie przerwy. Wątpię, czy w ogóle mają tu przerwy.

– Gdzie jesz lunch? – pyta Chettie.
– Gdziekolwiek. Chyba na dworze.

42

– Na dworze? Nikt nie je na dworze.

– Więc gdzie?

– W domu.

– W domu? Dla mnie to trzy mile stąd.

– Wszyscy mieszkamy o kilka przecznic od szkoły. Chcesz iść do mnie?

– Pewnie. Nie sprawię kłopotu. Mam z sobą lunch. – Pokazuję Chettie pojemnik.

– Wygląda jak to, co tata zabiera do kamieniołomu. Pracuje tam latem, kiedy szkoła jest zamknięta.

– Bo mój tata nosi właśnie ten pojemnik do kamieniołomu. Jest farmerem, ale zatrudnia się tam, kiedy potrzebujemy pieniędzy.

– Nie podoba mi się, że tata tam pracuje.

– Czemu nie?

– Widziałaś kiedyś kamieniołom? To najstraszniejsze miejsce pod słońcem, ogromny dół wypełniony czarną wodą. Mężczyźni wchodzą do takich klatek i są spuszczani do dziury, w której pracują.

– Tata za dużo o tym nie mówi. Nigdy nas tam nie zabierał. – Moja nowa przyjaciółka nie ma pojęcia, że właściwie to ja nigdzie nie byłam. Nawet w Allenton czy Easton. Nasza rodzina nie rusza się z farmy.

– Mój tata też o tym nie opowiada – przyznaje Chettie.

Już wiem, że mamy z sobą wiele wspólnego. Jakie to szczęście, że spotkałam ją w pierwszym dniu szkoły. Będzie mi o wiele łatwiej.

W drodze do domu Chettie przedstawia mnie swoim przyjaciółkom. Są miłe, ale przyglądają mi się podejrzliwie. Kiedy mówię o tym Chettie, ona odpowiada:

– Będą milsze, kiedy cię lepiej poznają. Przecież żadna z ciebie Brytolka. Ty też jesteś Włoszką.

Na Dewey Street Chettie skręca ku werandzie jednego z domów.

– To tu. Pałac Riccich – oznajmia ze śmiechem. Otworzywszy siatkowe drzwi, woła mamę, która odkrzykuje jej z kuchni. W domu Riccich stoi więcej mebli niż w naszym. Ich kanapa jest obita bordowym aksamitem, a na podłodze leżą chodniki, stare wprawdzie, lecz czyste. We wnęce wisi szafka, a pod nią stoi maleńki sosnowy stolik. Miejsce na półkach zajmuje komplet delikatnych filiżanek do herbaty ze spodeczkami. W ceramicznym białym półmisku na stoliku leżą zielone jabłka.

– Chodź tu, Nello – woła Chettie.

Idę korytarzem do końca, do słonecznej kuchni pełnej młodszych od nas dzieci.

– Jestem najstarsza – informuje mnie Chettie i sięga po bułkę z salami. Siada przy stole i pomaga mamie karmić maluchy. Zaczynam je liczyć. – Jest nas sześcioro. – Chettie oszczędza mi trudu. – Spora gromadka.

– Potrzebuję służącej – mówi pani Ricci zrezygnowanym tonem. Jest drobną kobietą o kasztanowych włosach przetykanych siwizną. Ma łagodne brązowe oczy i wielki uśmiech, taki jak Chettie.

– Ja pomogę. – Odstawiam swój lunch i siadam obok małego chłopca. – Proszę. – Nabieram na łyżkę makaron i zbliżam ją do buzi małego.

– Oreste nienawidzi jeść – ostrzega mnie Chettie.

– Naprawdę? – pytam go. Moja intonacja wywołuje uśmiech na twarzy chłopca. – Spróbujesz troszkę? Za mnie. Jestem twoją nową przyjaciółką. Mam na imię Nella.

– Nay Nay? – powtarza Oreste.

– Możesz mnie nazywać Nay Nay.

– Mamo, spójrz, Oreste je – mówi Chettie.

– Cud, poniedziałkowy cud. Dziękuję, Nello. I witaj w naszym domu. – Widzę, że pani Ricci mówi szczerze. Już czuję się częścią tej rodziny. Wiedziałam, że w szkole mi się spodoba, nie miałam jednak pojęcia, że lunch też będzie wspaniały.

44

W drodze powrotnej do domu usiłuję opowiedzieć Assuncie o szkole i swojej nowej przyjaciółce, ale starsza siostra nie daje mi dokończyć.

– Po przyjeździe Alessandra chcę mieszkać przy Dewey Street. Na początek może być nawet bliźniak. Na końcu ulicy widziałam ładny dom z czerwonej cegły. Ma zielone markizy. Obok rośnie wielkie drzewo. – Assunta raczy mnie jednym ze swoich rzadkich uśmiechów. – Myślę, że tam byłabym szczęśliwa.

Droga ze szkoły do domu wydaje mi się znacznie krótsza. Nagle uświadamiam sobie, że nie jestem jedyną córką w rodzinie Castelluców, która marzy o życiu w mieście. Mam cichą nadzieję, że Alessandro Pagano jest zaradny, ponieważ Assunta na pewno zażyczy sobie orientalnych dywanów, filiżanek do herbaty, miedzianych garnków i patelni. Założę się, że każe mu kupić pasiaste markizy. Trzeba przecież ocienić werandę w upalny dzień.

– Gdzie chodzisz na mszę? – dopytuje się Chettie, gdy wracamy po lunchu do szkoły. Od miesiąca pomagam swojej przyjaciółce i jej mamie karmić dzieci. Odwdzięczają mi się gorącym posiłkiem, nie muszę już więc nosić z sobą jedzenia. Wolę talerz minestrone pani Ricci i kawałek świeżego chleba niż zimną kanapkę. Posypujemy z Chettie zupę tartym serem i moczymy w niej chleb. W piątki pani Ricci pozwala nam wypić napój korzenny. – Jesteś katoliczką, prawda?

– Tak – odpowiadam, oblewając się rumieńcem, ponieważ nasza rodzina chodzi do kościoła tylko w Boże Narodzenie i na Wielkanoc. Nie stać nas na tramwaj dla wszystkich, poza tym w niedzielę też mamy obowiązki. „Krowy nie wiedzą, co to niedziela – mawia tata. – Doić trzeba codziennie". Jak to wyjaśnić Chettie, aby moja rodzina nie wyszła na zgraję bezbożnych barbarzyńców? – W niedziele pracujemy. Na farmie pracuje się codziennie bez względu na pogodę.

– Przecież t r z e b a chodzić do kościoła. Trzeba znaleźć na to czas.

– Czemu?

– Bo inaczej pójdziesz do piekła, a tam nie mam zamiaru cię odwiedzać – śmieje się Chettie. Aż dziw bierze, że stałyśmy się takimi dobrymi przyjaciółkami. Chettie mogłaby zaprzyjaźnić się z każdym. Jest zabawna i wszyscy ją lubią. Choć ma uroczy uśmiech, nie jest pięknością. Lecz ja już wiem, że bycie zabawnym jest ważniejsze niż uroda. – A może pójdziesz ze mną do mojego kościoła?

– Tego dużego na wzgórzu? – pytam.

– Matki Bożej z Góry Karmel. Zupełnie nowy. Dzwony na wieży powiesili w zeszłym roku.

– Jest ładny – mówię. Z całego serca pragnę pójść do kościoła z Chettie. Nie mam jednak odpowiedniego stroju i kapelusza, żeby pokazać się w takim miejscu. Może mama pożyczyłaby mi rękawiczki!

– Zanim zbudowali tu katolicki kościół, przez rok byliśmy prezbiterianami.

– Naprawdę?

– Uhm. Przez długi czas biskup Filadelfii nie chciał wybudować tu kościoła dla katolików, bo nie lubił Włochów. Był Irlandczykiem. Więc Włosi stali się prezbiterianami, ponieważ ci chcieli wybudować tu swój kościół. I zbudowali, na drugim końcu Garibaldi Avenue. Kiedy biskup się o tym dowiedział, czym prędzej zaczął budowę naszego kościoła, i nawet przysłał tu miłego włoskiego księdza, ojca Impeciato, żeby kierował tutejszą parafią i żeby Włosi byli zadowoleni.

– To jakieś szaleństwo – śmieję się.

– Racja. Tata twierdzi, że poszło o pieniądze. Biskup się zorientował, ile pieniędzy z tacy przechodzi mu koło nosa, bo Włosi zostali prezbiterianami, i dlatego zbudował kościół. Dla mamy to straszne, że tata tak krytykuje Kościół, ale on wyraża tylko swoją opinię.

Wyobraźnia podsuwa mi obraz pani i pana Riccich, dyskutujących o kościele, oraz sąsiadów, którzy przyłączają się do ożywionej wymiany zdań. Taka rozmowa może się zdarzyć tylko w mieście.

– Na farmie w Delabole czuję, że coś tracę. Jest tak spokojnie, nikt nie wpada bez zapowiedzi, każda wizyta jest umówiona. Tutaj słyszysz rozmowy na ulicy, śmiech ludzi. Masz ładne sklepy: piekarnię, sklep mięsny, sklep spożywczy. Masz miejsca, gdzie możesz pójść, na przykład kościół. Ludzi naokoło. Na farmie po całych dniach nie oglądasz nikogo prócz własnej rodziny.

– Tutaj tak nie ma. Co wieczór po kolacji idziemy się przejść po mieście. Wszyscy tak robią. To się nazywa *la passeggiata*, według taty „rozprostowywanie nóg".

– To musi być cudowne.

– Jest. Wtedy słyszy się wszystkie plotki: czyi mężowie mają przyjaciółki – nazywamy je *comares* – które odwiedzają w soboty wieczorem, podczas gdy ich żony siedzą w domu i czekają na nich, i czyje żony spędzają za dużo czasu w sklepie mięsnym, i inne śmieszne rzeczy, na przykład o pani Ruggiero, która jeździ do fryzjera do Filadelfii i tam każe też strzyc i czesać swojego pudla w taki sam sposób, co ona. Takie różne ciekawostki.

– Myślisz, że zostaniesz tu na zawsze? – pytam.

Chettie zastanawia się nad odpowiedzią.

– Tak, bo jestem najstarsza. Najstarsze dziecko zawsze zostaje blisko rodziców.

– Dlaczego?

– Bo bycie najstarszym narzuca ci rolę przywódcy. Czy Assunta się nie rządzi?

– O tak, zawsze się rządziła.

47

– A widzisz? Wie, że będzie musiała zająć się wszystkim pod nieobecność rodziców albo gdyby, nie daj Boże, zachorowali, czy coś im się stało. Bycie najstarszym to przekleństwo. Szkoda, że jestem najstarsza.

To właśnie lubię w Chettie. Prócz tego, że umie mnie rozśmieszyć i mogę jej powiedzieć o wszystkim, jest rozsądna. Widzi w świecie pewien porządek i dostosowuje do niego swoje marzenia. Nie ma wielkich oczekiwań ani nadziei, których nigdy nie da się spełnić. Jest praktyczna. Bycie praktycznym to najlepsza cecha. Kiedy mierzy się za wysoko, człowieka spotyka rozczarowanie. Chciałabym być taka jak Chettie. Dotąd nie zdradziłam się przed nią ze swoją słabością do Renato. Bardzo mi zależy na jej opinii, chcę wiedzieć, czy według niej uczucie do kogoś o wiele starszego jest tylko próżnym marzeniem, dlatego pytam:

– Byłaś kiedyś zakochana?

Moje pytanie wprawia ją w rozbawienie.

– Jeszcze nie. Przynajmniej tak mi się zdaje. Zresztą co to znaczy „być zakochanym"? Czuć miętę do kogoś? Kolana mi miękną na myśl o Anthonym Maruccim. Podoba mi się, ale nigdy nie zwróci na mnie uwagi. Przynajmniej teraz.

– Skąd wiesz?

– Bo jemu podobają się dziewczęta z West Bangor.

– A co w nich takiego nadzwyczajnego?

– Ujmę to tak: są o wiele bardziej przyjacielskie niż dziewczęta z Roseto, jeśli wiesz, co mam na myśli. Ale w odpowiednim czasie chłopcy z Roseto ożenią się z nami.

– Moja siostra jest zaręczona z Włochem.

– Z Włochem z Włoch? – Chettie potrząsa głową. – To się nigdy nie sprawdza. Siostra mojej mamy wyszła za mężczyznę stamtąd, a on wydał wszystkie rodzinne oszczędności na firmę dekarską. W końcu wprowadzili się do nas, ale on pokłócił się z tatą. Wreszcie wyjechali do Filadelfii, gdzie mąż ciotki zaczął kolejny interes. Teraz szybko się dorabiają. Wyobrażasz sobie? Trzeba uważać na tych zza oceanu.

– Na pewno nie wszyscy są tacy źli. My też jesteśmy stamtąd.

– Po prostu im nie ufam, przykro mi. – Chettie wzrusza ramionami. – A ty? Podoba ci się ktoś?

– Spotkałam tylko jednego, który mi się podoba.

– Tylko jednego? Ktoś z naszej klasy?

– Nie. Jest starszy.

– O ile? – Chettie mruży oczy.

– O siedem lat – mówię cicho, pełna obaw.

– Siedem? Ma dwadzieścia jeden lat! Ale dużo.

– Wiem. Beznadziejna sprawa.

– Jak się nazywa?

– Renato Lanzara.

– Kochasz się w Renato Lanzarze? – uśmiecha się Chettie.

– A co? Znasz go?

– Wszystkie dziewczęta w Roseto się w nim kochają. Te w Bangor, West Bangor, Pen Argyl i Martins Creek pewnie też. Muszę cię ostrzec. Dziewczęta z Martins Creek są bardzo zdeterminowane. Jak to rzymianki. Twarde sztuki. Wybrałaś sobie bardzo popularnego chłopca.

– No właśnie. To jeszcze pogarsza moją sytuację. Mam talent do wplątywania się w beznadziejne sprawy.

– Teraz musisz iść ze mną do kościoła.

– Modlić się, żeby opuściły mnie nieczyste myśli?

– Nie. Tam go zobaczysz. Renato prowadzi chór. Śpiewa jak anioł – kusi Chettie.

Jaka szkoda, że nie mam na tramwaj. Dziś powrót ze szkoły trwa stanowczo za długo. Panna Ciliberti wystawiła nam oceny. Mam najlepsze stopnie w klasie. Panna Ciliberti wygłosiła długą mowę o tym, że mieszkając na farmie i nie

49

mając dostępu do książek ani udogodnień do nauki, znalazłam sposób, jak się uczyć. Powiedziała: „Skoro Nella Castelluca sobie poradziła, wy też możecie". Chyba nigdy nie odczuwałam takiej dumy. Nareszcie jestem w czymś dobra. Nareszcie mam coś wyłącznie swojego.

Kiedy docieramy z Assuntą do domu, już zmierzcha. Na ganku płonie zapalona przez mamę lampa. Wchodząc po schodkach, słyszymy dobiegający z kuchni śmiech.

– Szybko! Tata ma dobre wieści! – W drzwiach staje Elena. Idziemy za nią do kuchni.

– Co się stało, tato? – Assunta kładzie na podłodze torbę i siada na ławie. Przy tym świetle wygląda na starszą, po długich godzinach pracy w fabryce ma podkrążone oczy. Mam nadzieję, że Alessandro zjawi się tu niedługo, zanim uroda Assunty przeminie.

– Mam umowę z kupcami z Hellertown. Będę dostarczać mleko i jajka do czterech sklepów. Przyjechali do mnie, przyjrzeli się naszym krowom i powiedzieli: „Panie Castelluca, ma pan pracę". Wokół jest wielu farmerów, z którymi mają kontrakty, ale po latach prób ze mną też w końcu zawarli umowę.

– Gratulacje, tato! – Zarzucam mu ręce na szyję. Koniec wożenia mleka i jaj furmanką. Koniec błagania sprzedawców, żeby zechcieli kupić towar. Koniec z rozczarowaniem, kiedy tata wraca do domu z tym, co usiłował sprzedać.

– Wprowadzają nowoczesne maszyny, u nas też je zainstalują – ciągnie tata. Mama milczy i uśmiecha się. – Czeka nas mnóstwo pracy, ale i korzyści. Może nawet będę musiał zatrudnić kogoś do pomocy. – Na te słowa mama klaszcze w dłonie. Na pewno chciałaby pospać wreszcie dłużej i nie martwić się o dojenie krów, zanim zaczną muczeć o brzasku.

– Nie ty jeden masz dobre wieści, tato. Przyniosłam świadectwo – oświadczam dumnie rodzicom.

– I jak? – pyta mama.

– Jestem najlepsza w klasie.

– Dobrze, dobrze. – Mama ogląda moje świadectwo. – No popatrz, tato.

– Może kiedyś będzie nas stać na dojazdy dla dziewczynek – uśmiecha się tata.

– Tylko w niedzielę – mówię.

– Czemu akurat w niedzielę?

– Chcę chodzić na mszę z Chettie.

– Na mszę? – dziwi się tata.

– Słyszałeś. – Mama delikatnie trzepie tatę moim świadectwem. – Msza. Nella chce iść do kościoła. Wszyscy powinniśmy chodzić do kościoła. Kiedy zatrudnisz pomoc, nie będzie żadnej wymówki. – Mama patrzy na mnie. – Brawo. Jest dobrą katoliczką. Codziennie wieczorem odmawia różaniec, ochrzciła wszystkie córki, każe nam modlić się przed jedzeniem. Pobożna z natury, nigdy nie wzbudzała w tacie poczucia winy, że praca na farmie wygrywa u niego z niedzielną mszą. Mama uważa, że Bóg rozumie pracującego mężczyznę i jego codzienne obowiązki. Niesiona chęcią pomocy rodzinie, przyrzekam tacie, że będę chodzić na msze pieszo. – Trzeba oszczędzać – mówię.

– Nie mam zamiaru chodzić z tobą do kościoła – oznajmia Assunta znużonym tonem, rozcierając kostki dłoni. – Będziesz musiała przekupić kogoś innego. Wędrówka do miasta i z powrotem pięć razy w tygodniu zupełnie mi wystarczy. Oczywiście po przeprowadzce do Roseto wszystko się zmieni. Będę najbardziej świątobliwą, najbardziej pobożną kobietą, jaką widzieliście w życiu. Stanę się taka religijna, że wyrosną mi skrzydła. Ale dopiero kiedy zamieszkam w mieście. – Assunta bierze płaszcz i kapelusz i wchodzi na schody.

– Ja będę z tobą chodzić – obiecuje Elena.

– Nie zjesz obiadu? – mama woła za Assuntą.

– Jestem zbyt zmęczona, żeby jeść.

51

– Możesz iść na mszę zaraz po zainstalowaniu u nas maszyn, ale w tę niedzielę jeszcze potrzebuję twojej pomocy – mówi tata. – Przez następne dwa tygodnie będę pracować w kamieniołomie. Mają jakąś pilną robotę, w całym mieście wiszą plakaty. Był u mnie Carlo Ricci, idziemy obaj.

– Nie chcę, żebyś tam szedł. – Mama kładzie dłoń na ramieniu taty. Tata bierze ją za rękę i uśmiecha się.

– Na Wielkanoc przyjeżdża Alessandro. Czeka nas opłacenie wesela. Chcesz gości? Chcesz ładnego ubrania? Potrzebuję tej pracy. – Tata podchodzi do kredensu, wyjmuje wino i kilka szklanek. – Wypijmy za nasze powodzenie. Romo, idź po siostrę.

Roma biegnie na piętro. Tata rozlewa wino; to przeznaczone dla najmłodszych córek rozcieńcza wodą. Elena podaje pełne szklanki. Dianna się uśmiecha. Pewnego dnia nasza rodzina będzie mieć tyle pieniędzy, że i ona pójdzie do szkoły. A mama, kochana mama, nie będzie już musiała pracować od rana do wieczora.

Assunta i Roma dołączają do nas.

– Na zdrowie! – mówi tata i wychyla swoje wino. Idziemy w jego ślady.

– Powinniśmy podziękować Bogu – stwierdza mama, patrząc na mnie.

– Tak, powinniśmy. – Nagle staję się religijnym centrum rodziny. Gdyby mama wiedziała, że jedynym powodem, dla którego chcę chodzić do kościoła, jest Renato Lanzara... Jestem pewna, że ludzie wierzą w Boga z bardziej błahych powodów.

– Coś wam powiem. Jeśli Bóg ześle nam dobrą pogodę i niezły zysk, nawet ja pójdę do kościoła – ogłasza tata.

Mama przewraca oczami.

– Jaki dobry katolik.

Tak pięknej wiosny jak ta w tysiąc dziewięćset dwudziestym piątym roku nigdy przedtem nie widziałam. Topniejący śnieg odsłania błotnistą ziemię, która pokrywa się bladozielonym dywanem, a kiedy moje spojrzenie wędruje ku Górom Błękitnym, całą zimę pokrytym srebrzystoszarą czapą, widzę stonowaną niebieskość, która wkrótce przejdzie w barwę wieczornego nieba.

W domu wszyscy chodzą podenerwowani. Assunta dostała list, że Alessandro Pagano zjawi się w Filadelfii piętnastego marca. W tym tygodniu mama trzy razy wyszorowała dom od góry do dołu. Codziennie rano chodzi do wędzarni, by wybrać dla przyszłego zięcia najlepszy kawałek surowej wędzonej szynki. Tata beszta ją za ten perfekcjonizm, tymczasem Assunta jest wdzięczna. Alessandro widział jej zdjęcie, lecz jeśli nie spodoba mu się reszta rodziny, nie musi się żenić. Dlatego Elena i ja prasujemy każdy obrus, każdą serwetkę i zasłonkę, wszystko, co z materiału, nawet szmatki do mycia naczyń. Przez trzy dni mama piekła ciasta, ciasteczka i placki. Przykazała, że każdy kąt ma lśnić, każdy rąbek tkaniny ma być nakrochmalony. Alessandro musi zobaczyć, że wchodzi do porządnej rodziny, bo inaczej odwróci się na pięcie i wróci do Włoch.

Wiemy, że Alessandro pochodzi z dobrej rodziny. Jest trzecim dzieckiem z ośmiorga rodzeństwa. Przyszedł na świat w rodzinnym mieście mamy, w Rimini nad Adriatykiem. Tata też pochodzi z regionu Bari, mieszkał jednak dalej na południe. Nasi rodzice pobrali się we Włoszech, dopiero potem przypłynęli do Ameryki za kuzynami, którzy osiedli w Pen Argyl. Ich małżeństwo nie zostało zaaranżowane, co jest rzadkością. Zwykle ojciec i matka wybierają dla swojego dziecka żonę lub męża, zawierając układ z jakąś porządną rodziną. Dzięki temu obie strony wiedzą, co dostają. Udane swaty oznaczały połączenie dwojga ludzi, którzy do siebie pasują i których związek wzmocni obie rodziny. Nawet

rodzice Chettie zostali wyswatani. Tymczasem moi zako-
chali się w sobie, a tata szybko przekonał do siebie rodzinę
mamy. Mama nigdy nie chciała żyć na farmie, zdecydowała
się na to z miłości do taty.

Wczoraj, kiedy tata pojechał pociągiem do Filadelfii po
Alessandra, Assunta została w domu, by dopilnować ostatnich przygotowań. Mama tak się napracowała, że zasnęła
przy kuchennym stole, kiedy tylko skończyła obszywać ko-
ronką nocną koszulę Assunty, część jej ślubnej wyprawy.

– Mamo? – Łagodnie potrząsam jej ramię. – Zasnęłaś. Idź
się połóż.

– Zamiotłaś ścieżkę? – pyta półprzytomna.

– Wszystko już zrobione – zapewniam ją.

Mama wolno podnosi się z krzesła i wchodzi do siebie na
górę. Gaszę światła i idę za nią. W pokoju wkładam koszulę
nocną. Po ciemku, żeby nie budzić sióstr. Są tak samo zmę-
czone jak mama. Niedługo wstanie dzień i znów zacznie się
krzątanina. Alessandro zamieszka w pokoju Assunty, więc
ona śpi u nas. Pięć sióstr w jednym pokoju. Przypominam
sobie wyjątkowo mroźne zimy, kiedy przytulałyśmy się do
siebie, żeby było nam cieplej; teraz jesteśmy razem z innego
powodu.

Wślizguję się do łóżka obok Romy. Popycham ją do ściany,
by zrobić sobie miejsce. Leżę na plecach i czuję ból w każdym
mięśniu, w każdej kości. Prócz przygotowania domu na
przyjęcie gościa musiałyśmy rano zrobić wszystko za nie-
obecnego tatę. Zdumiewa mnie, jak on ciężko pracuje. Nie
mam pojęcia, jak to robi. Dzień w dzień to samo, i jeszcze
najmuje się do kamieniołomu. Musi kochać nas tak bardzo,
że zrobiłby wszystko, by zaspokoić nasze potrzeby. Zadaję
sobie pytanie, czy kiedykolwiek tak mocno kogoś pokocham.

Odwracam się na bok, bliska zaśnięcia, i słyszę, że Assunta pociąga nosem. Po chwili zaczyna płakać. Leżę w ciemnościach i nasłuchuję.

– Assunto? – mówię w końcu. – Wszystko w porządku?
Nie odpowiada.

– Assunto? – Wstaję z łóżka i klękam obok niej. – Źle się czujesz?

Potrząsa głową.

– Więc co ci jest?

Naciąga rękaw koszuli na pięść i wyciera oczy.

– Boję się.

– Boisz się? Czego? – Właściwie znam już odpowiedź. Assunta boi się opuścić dom, mamę i tatę, nawet nas, choć działamy jej na nerwy. Boi się, że przy pierwszym spotkaniu Alessandro jej się nie spodoba i obie rodziny przeżyją srogie rozczarowanie.

– A jeśli mu się nie spodobam?

Nawet mi to nie przyszło do głowy! Assunta się boi, że nie będzie się podobać? Znam swoją siostrę całe życie, lecz teraz naprawdę mnie zaskoczyła.

– O to bym się nie martwiła. Przecież widział twoje zdjęcie, pisze do ciebie od lat.

– Ale zdjęcie to nie rzeczywistość.

– Nieprawda. Ze zdjęcia można wiele wyczytać. – Nie przyznam się oczywiście, że wraz z Eleną analizowałyśmy zdjęcie Alessandra milion razy i ciągle nie wiemy, czy jest wysoki czy niski. Nigdy nie wiadomo, jaki wazon – duży czy mały – postawił fotograf na stole obok krzesła, na którym siadają pozujący. Postura Alessandra może być przecież złudzeniem optycznym.

– Nie martw się. Na pewno mu się spodobasz – przekonuję.

– Niby czemu?

– Hm, jesteś bardzo stanowcza... – zaczynam. Wymyślenie komplementu zajmuje mi chwilę, ponieważ jestem raczej przyzwyczajona do narzekania na Assuntę. Nie daję jednak za wygraną – ... i masz piękne długie włosy. Czarne

55

jak noc. Mama zawsze tak mówi. Masz ładne oczy i stopy nieduże jak na swój wzrost.

– Dziękuję – mówi cicho Assunta. – Chodzi o to, że... Myślałam, że będę szczęśliwa, kiedy przyjedzie, a teraz chciałabym, żeby wrócił do siebie.

– Nie, niemożliwe.

– Naprawdę tak myślę. Przecież go nie znam. – Assunta znów zaczyna płakać.

– Jeśli ci się nie spodoba, nie musisz za niego wychodzić. Tak mówiła mama.

– Nie mówiła poważnie – łka Assunta.

– Właśnie że tak. Wiesz co? Jeśli Alessandro ci się nie spodoba, powiesz mi, ja powiem mamie i tacie, zamknę cię w tym pokoju i nie wypuszczę, póki on nie wyjedzie.

– Zrobiłabyś to dla mnie?

– Tak. Żadna kobieta nie powinna wychodzić za mężczyznę, którego nie kocha. Nigdy. – Przytulam ją, czego nie robiłam, odkąd byłam mała. Wracam do łóżka i znów trącam Romę, która przysuwa się do ściany.

Wkrótce płacz Assunty przechodzi w regularny oddech. Leżąc na plecach, błądzę wzrokiem po suficie jak zawsze, kiedy nie mogę doczekać się nadejścia snu. Choć Assunta jest apodyktyczna i złośliwa, w głębi serca wiem, że kiedy wyjdzie za Alessandra Pagano, będzie mi jej brakować. Przez tyle lat byliśmy rodziną, a ona stanowiła jej część. Nierzadko była tą wpadającą w złość częścią, zawsze jednak częścią. Mam nadzieję, że Alessandro jest dobrym człowiekiem. I że Assunta stworzy rodzinę, w której odnajdzie szczęście, jeśli szczęście jest jej pisane. Żegnam się i zamieniam swoje prośby w krótką modlitwę. Chettie byłaby zadowolona.

– Śmieją się i rozmawiają! – Dianna wpada do salonu nazajutrz rano. – Jest wyższy od taty!

Patrzę przez okno i widzę na ścieżce tatę z Alessandrem Pagano, który wygląda dokładnie tak jak na fotografii. Assunta, stojąca w drzwiach kuchni w skromnej lnianej sukience, z szafirowym medalionem mamy, wygląda prześlicznie. Jej lśniące czarne włosy sięgają pasa. Słyszę westchnienie ulgi.

– Assunta, na górę – zarządza mama.

– Ale mamo...

– Idź. – Assunta wchodzi na schody. – Musisz być przedstawiona we właściwy sposób. Kobiecie nie uchodzi czekać na mężczyznę. To on czeka na nią.

Wymieniamy z Dianną spojrzenia. Mama żartuje? Alessandro czekał tyle lat, a teraz każemy mu czekać jeszcze dłużej?

Tata otwiera drzwi i wprowadza Alessandra do domu.

– Panie Pagano, to moja żona, pani Castelluca.

– Miło mi panią poznać – mówi wolno Alessandro, po czym wyjmuje z torby jakiś pakunek i wręcza go mamie. – To od pani siostry Eleny. – Mama siada i otwiera paczuszkę. Na widok kompletu koronkowych serwetek łzy napływają jej do oczu.

– Spokojnie, Celeste, nie płacz. Pan Pagano odbył długą podróż i jest głodny – mówi tata. On wie najlepiej, jak mama tęskni za bliskimi z Włoch, dlatego przy każdej wzmiance o nich jest wyjątkowo delikatny.

– Iść po Assuntę? – pytam.

– Jeszcze nie. – Wzrok mamy mówi, że najchętniej smagnęłaby mnie rózgą.

– Chodź, Alessandro, najpierw zjemy kolację, a potem poznasz naszą piękną Assuntę.

W trakcie najdłuższej kolacji w historii, na dodatek rozpoczętej w środku dnia, mama częstuje Alessandra wszystkimi swoimi specjałami. Elena i ja obsługujemy go niczym księcia. Alessandro umie zachować się przy stole, a po długiej podróży apetyt mu dopisuje. Pochłania plasterki pomarańczy w oleju z oliwek z pieprzem, *prosciutto* z tartym parmezanem, sałatkę z czarnych oliwek i mniszka lekarskiego, zupę z tortellini na rosole, świeży chleb z masłem i plasterkami szynki, i wino do woli.

Na mój gust jest przystojny. Ma kościstą twarz, wydatny nos, pełne wargi, kruczoczarne włosy ze starannym przedziałkiem na boku, duże, lecz przylegające do głowy uszy, grubą szyję, szerokie ramiona, duże i stwardniałe dłonie jak tata, zadbane i obcięte paznokcie. Widać, że nie tylko Assunta chciała zrobić wrażenie na swoim wybranku.

Elena daje mi znak, żebym pomogła jej przynieść wodę ze studni. Mama tymczasem ze śmiechem przyjmuje wieści z Włoch, którymi dzieli się Alessandro.

– I co myślisz? – pytam Elenę.

– Dosyć przystojny. Spodoba jej się – odpowiada rzeczowo Elena.

– Wydaje się cichy.

– I dobrze. To ona będzie gadać, przecież wiesz. – Elena pompuje wodę do wiadra. – Będą dobraną parą. Ona będzie nim dyrygować, a on nawet tego nie zauważy. Mam tylko nadzieję, że zarobi tyle, ile ona chce. Ma sprowadzać orzechy i słodycze z Włoch. To dobry interes?

– Nieważne. Tata potrzebuje pomocy na farmie.

– Przecież Assunta chce żyć w mieście.

– Najpierw niech się pobiorą. Potem można się zastanawiać nad resztą.

– Mam nadzieję, że mnie nie będą swatać. – Elena podaje mi pierwsze wiadro.

– Ja też.

– To zbyt denerwujące. Wolałabym zostać w domu z rodzicami.

– Ja też – kłamię. Tak naprawdę chciałabym mieszkać w mieście i wyjść za Renato Lanzarę. Ale tego nie mogę powiedzieć Elenie. Nikomu prócz Chettie, ponieważ mój Renato jest tak samo nieosiągalny jak jej Anthony Marucci.

Kiedy niesiemy pełne wiadra do domu, wyobrażam sobie dzień, w którym nie trzeba już będzie wyciągać wody ze studni, doić krów, układać siana w stogi i szlachtować świń. Może kiedy zostanę nauczycielką, tata sprzeda farmę i przeniesie się do miasta, gdzie dołączymy do innych wytwornych rodzin, które po kolacji przechadzają się po Garibaldi Avenue, by rozprostować nogi. Może farma w Delabole jest zaledwie początkiem naszego życia, nie przeznaczeniem.

– Dziewczynki, chodźcie już! – Mama macha do nas z ganku. Kiedy się zbliżamy, zniża głos. – Teraz przedstawimy Assuntę.

Elena i ja omal nie upuszczamy wiader, lecz perspektywa przyniesienia kolejnej porcji wody zmusza nas do zachowania szczególnej ostrożności. Stawiamy wiadra na ganku przy drzwiach i wchodzimy za mamą do domu. Roma i Dianna siedzą na kanapie ze splecionymi dłońmi. Tata nalewa wina do niewielkich srebrnych kieliszków, które mama trzyma w szkatułce wyściełanej aksamitem.

– Eleno, przyprowadź siostrę – mówi mama.

Zerkam na Alessadra, który wciąga głęboko powietrze. Kroki Eleny idącej na górę brzmią niczym tykanie olbrzymiego zegara. Wkrótce w drzwiach salonu staje Assunta.

– Alessandro, chciałbym przedstawić ci swoją córkę Assuntę. – Tubalny głos taty załamuje się. Mama zaczyna płakać. Alessandro odwraca się i patrzy na przyrzeczoną mu dziewczynę. Widzimy, że jest bardzo zadowolony. Assunta, zawsze poważna, posyła mu promienny uśmiech, jakby Alessandro był najprzystojniejszym mężczyzną, jakiego w życiu widziała. Pod wpływem tego uśmiechu pięknieje tak, że choć znamy ją dobrze, nie wierzymy własnym oczom. Miłość zmienia ludzi. Dopiero przybycie obcego człowieka z Włoch uświadamia nam, jak bardzo.

Rozdział trzeci

Ksiądz Impeciato jest surowym kapłanem o pociągłej twarzy i wąskich ustach tworzących linię prostą. Pod liturgiczną szatą nosi na łańcuszku srebrny zegarek, na którym sprawdza godzinę, gdy w kościele rozbrzmiewa grany na organach hymn procesyjny. Ksiądz Impeciato zaczyna mszę dokładnie o ósmej rano. Słynie z tego, że wyrzuca z kościoła parafian, którzy zjawią się minutę po ósmej, gdy on jest już przy ołtarzu. Chettie wierzy, że ksiądz Impeciato ma oczy z tyłu głowy. Choć przez większą część mszy stoi plecami do wiernych, wie, kto się wierci, szepcze albo ziewa, ponieważ odwraca się zupełnie nagle i przeszywa wzrokiem grzesznika, który dopuścił się obrazy.

Księża oraz zakonnice, które się nimi zajmują, są dla mnie istotami z innego świata. Być może z powodu czarnych habitów, welonów i szat liturgicznych, które zasłaniają samego człowieka. Cokolwiek to jest, oddziela nas od nich. Może chodzi też o układ kościoła, wielką odległość od ławek do ołtarza albo złowrogą marmurową balustradę u jego stóp, która sprawia, że kapłan wydaje się bardzo odległy. Wszystko jest okazałe. Wysokie sufity, przycupnięte anioły, czające się w ciemnych wnękach figury o szklanych oczach, stacje Drogi Krzyżowej obrazujące szczegóły męki Chrystusa w ostatnich chwilach życia, a zwłaszcza realistyczny krucyfiks nad ołtarzem, którego zadaniem ma być chyba przerażenie wiernych i wymuszenie na nich cnotliwego zachowania. Ten zamysł najwyraźniej się sprawdza, ponieważ co niedzielę podczas każdej mszy nasz kościół pęka w szwach.

Wszelkie rytuały wydają mi się upiorne: od wiszących na łańcuchu dymiących kadzielnic, którymi macha ksiądz Impeciato, po lodowatą wodę w chrzcielnicy, w której trzeba umoczyć rękę, by się przeżegnać, wchodząc i wychodząc z kościoła. Witraż nad ołtarzem przedstawia cierpiące dusze, które wyciągają ręce ku Najświętszej Marii Pannie spoglądającej na grzeszników w otchłani piekielnej z bezpiecznego miejsca na chmurze. Matka Boska trzyma na ręku maleńkiego Jezusa, który patrzy prosto na nas, nie na grzeszników w dole. Nie wiem, jaki zbawiciel odwraca głowę od cierpiących, ale ten Jezus to robi.

Tego ranka na farmie wstaliśmy wcześnie, żeby zjeść ostatnie wspólne śniadanie z Assuntą przed jej ślubem. Wszystko odbyło się bardzo spokojnie, choć mama prasowała jeszcze nasze nowe sukienki, które szyła do ostatniej chwili. Assunta była zaskakująco pogodna. Spakowała się, ubrała i zjadła śniadanie, nie mówiąc zbyt wiele. Zupełnie jakby już przeprowadziła się do miasta.

Stoimy na tyłach kościoła, czekając na dźwięk organów. Tata wręcza kopertę księdzu Impeciato, który rozumie, że tata jako farmer nie może regularnie uczestniczyć w niedzielnej mszy z powodu nawału pracy, lecz Święty Kościół Rzymski rad jest przyjąć jego datek wraz z opłatą za udzielenie ślubu najstarszej córce.

Assunta Maria Castelluca i Alessandro Agnello Pagano na dzień swego ślubu wybrali· dwunasty kwietnia tysiąc dziewięćset dwudziestego piątego roku. Chcieli w ten sposób uhonorować naszych rodziców. Tego dnia przypada kolejna rocznica ich małżeństwa. Przez całe życie Assunta chełpiła się, że będzie mieć dwanaście druhen, tymczasem musi wystarczyć jej Elena. Alessandro poprosił na świadka kuzyna z Filadelfii. To przypochlebny typek o drapieżnym uśmieszku i posmarowanych pomadą brązowych kręconych włosach z przedziałkiem pośrodku. Kiedy się uśmiecha, odsłania szparę między przednimi zębami. Tata przestrzegł nas, żebyśmy trzymały się z dala od niego. Widocznie wie o nim coś, czego my nie wiemy.

W połyskliwej satynowej sukni o obniżonej talii i barwie kości słoniowej, z długim trenem, Assunta wygląda prześlicznie. Na głowie ma wianek z drobnych białych różyczek, zrobiony przez mamę wczesnym rankiem. Jej bukiet to trzy lilie, choć prosiła tatę o dwanaście. Assunta nigdy nie dostaje dokładnie tego, czego pragnie, lecz dziś na nic się nie skarży.

Kiedy Assunta i Alessandro klękają przed księdzem, wracam myślą do chwili ich pierwszego spotkania. Assunta zachowywała się nienagannie. Alessandro nadal nie ma pojęcia, jaki wulkan w niej drzemie. Jeszcze nie zna jej napadów szału. Kiedy Assunta wreszcie wybuchnie, jej mąż dozna szoku. Elena żałuje, że Alessandro nie pojawił się dziesięć lat wcześniej. Oszczędziłby nam lat udręki. Widać jak na dłoni, że kiedy nagroda jest warta poświęceń, kiedy na czymś Assuncie naprawdę zależy, jest zdolna do całkowitej przemiany.

Mam na sobie uszytą przez mamę prostą różową satynową sukienkę do kolan z szeroką szarfą na biodrach, którą mama ozdobiła guziczkami obciągniętymi materiałem, by nadać jej bardziej interesujący wygląd. Jako piętnastolatka chciałabym mieć tunikę z rozcięciem, jaką noszą starsze dziewczęta. Zwłaszcza taką z długimi wąskimi rękawami. Krótkie kimonowe rękawki są już dla mnie zbyt dziecinne, ale mama nie dała się przekonać. Całość dopełniają białe dziecięce rękawiczki, które według Chettie przydają mojemu strojowi elegancji. Mam nadzieję, że to prawda.

W kościele zgromadził się spory tłum. Tata zna mnóstwo ludzi z czasów, kiedy woził mleko i jajka do miasta. Rodzina Chettie zajmuje jeden rząd. Przed rozpoczęciem uroczystości moja przyjaciółka przyznała, że cały ranek spędziła, prasując koszule braciom.

Po złożeniu przysięgi małżeńskiej Assunta zmierza ku niszy, w której znajduje się pomniejszona marmurowa wersja głównego ołtarza i figura Najświętszej Marii Panny na złotym piedestale. U stóp figury Assunta składa swój ślubny bukiet i zatrzymuje się na czas, gdy organy grają *Ave Maria*. Wraz z pierwszymi taktami melodii rozlega się nad głowami zebranych męski głos, tak piękny i czysty, że odwracam się, by spojrzeć na śpiewaka. Moim oczom ukazuje się Renato Lanzara. Nie widziałam go od listopada ubiegłego roku. Nie żebym nie próbowała. Chettie i ja często przechodziłyśmy obok męskiego zakładu fryzjerskiego należącego do ojca Renato, w nadziei że na siebie wpadniemy. Odkąd zaczęłam chodzić do kościoła, rozglądałam się za nim co niedziela, niestety bezskutecznie. Może Bóg karze mnie za nie dość duchowe pobudki chodzenia na mszę. Przecież ksiądz mówi, że prócz naszych uczynków Bóg zna także nasze myśli, więc uczęszczanie na mszę w nadziei ujrzenia Renato na pewno nie podoba się Stwórcy.

Renato wygląda tak, jak go zapamiętałam. Tyle że śpiew przydaje mu wielkości. Może sprawia to złotawe światło późnego poranka, wlewające się przez dzwonnicę i wypełniające chór, a może tembr głosu Renato, ale nie mogę oderwać od niego oczu. Elena kuksańcem napomina mnie, żebym się odwróciła. Wykonując to bezgłośne polecenie, zauważam, że Chettie puszcza do mnie oko.

Mam wrażenie, że mijają godziny, gdy Assunta i Alessandro idą środkiem kościoła do wyjścia. Kiedy stają u szczytu schodów, całują się. Najbardziej ekscytującą częścią ślubów w naszym kościele Matki Bożej z Góry Karmel jest procesja gości weselnych prowadzonych przez pannę młodą i pana młodego do „Pinto's Hall". Co za radość dla oczu widzieć wystrojonych mieszkańców Roseto – kobiety w pastelowych sukniach i kapelusikach z piórkiem, mężczyzn w eleganckich garniturach – jak zmierzają na miejsce przyjęcia weselnego.

Chettie, ubrana w luźną białą sukienkę w maleńkie dziurki i elegancki słomiany kapelusik, dołącza do mnie na ulicy.
– Piękny ślub. Jeden z najładniejszych, jakie widziałam.
– Tak myślisz? – pytam pełna nadziei, że reszta gości podziela jej opinię. Tyle się przecież napracowaliśmy nad każdym szczegółem.
– Kwiaty, suknia Assunty, wszystko było idealne – potwierdza Chettie. – Teraz czas na dobrą zabawę. Byłaś kiedyś w „Pinto's Hall" na futbolu?
Potrząsam głową.
– Kiedy wchodzisz do środka, mówisz, czy chcesz z szynką czy pieczenią wołową, a oni rzucają ci zawiniętą kanapkę. Taka tradycja. Patrz.
Przy drzwiach stoją dwaj chłopcy z koszami. Chettie mówi:
– Z szynką proszę. – Jeden z chłopców rzuca jej kanapkę z szynką.
– Dla mnie też z szynką – oznajmiam. Chłopak rzuca mi owiniętą w biały pergamin kanapkę.
Alessandro prowadzi młodą żonę na parkiet. Orkiestra gra *O, Marie*. Państwo młodzi zaczynają tańczyć. Na końcu długiego stołu z boku sali widzę antałek piwa dla dorosłych, na drugim stole jest beczułka z lemoniadą dla dzieci. Członkinie parafialnej sodalicji powiesiły pod niskim sufitem, tak by się przecinały, białe serpentyny, a pośrodku srebrne dzwonki. Parkiet otaczają ze wszystkich stron okrągłe stoły nakryte białymi obrusami. Punkt centralny każdego stołu stanowi piramida ciasteczek weselnych mamy. Kruche ciasteczka obsypane cukrem pudrem, kulki kokosowe i ciasteczka z figami tworzą na srebrnych tacach misterne konstrukcje, które mama dodatkowo udekorowała stokrotkami.

CIASTECZKA WESELNE MAMY

110 g niesolonego masła
110 g niesolonej margaryny
1 szklanka cukru
3 duże jajka
1 łyżeczka esencji migdałowej
1/2 szklanki mleka
3 1/4 – 3 1/2 szklanki mąki
szczypta soli
5 łyżeczek proszku do pieczenia

Utrzeć masło, margarynę, cukier i jajka. Dodać esencję migdałową i mleko. Wymieszać. Wsypać mąkę, sól i proszek do pieczenia. Dobrze wymieszać. Wilgotnymi rękami formować okrągłe ciasteczka w kształcie kopczyków. Piec w temperaturze 175°C przez około 13 minut do lekkiego zbrązowienia.

POLEWA

1/2 opakowania cukru pudru
2 łyżki niesolonego masła
odrobina mleka do cukru pudru
esencja migdałowa
wiórki kokosowe

Dokładnie wymieszać. Polukrować ciasteczka i obtoczyć je w wiórkach kokosowych.

Kolejni goście łapią swoje kanapki rzucane przez chłopców dyżurujących przy wejściu, kładą je na stołach i oznaczają swoje krzesła. Tata bierze mamę za rękę, prowadzi ją na parkiet, obejmuje i zaczyna wirować pod dzwonkami. Rodzice wyglądają na szczęśliwych, a może to tylko uczucie ulgi. Assunta wyszła za porządnego człowieka i choć to aranżowane małżeństwo, wydaje się, że i bez ingerencji rodziny przypadliby sobie do serca. Assunta jest czuła dla Alessandra, pokazując się nam z nieznanej dotąd strony. Mam nadzieję, że ta słodycz nie przeminie.

– Nella, tak? – słyszę za plecami męski głos.

Odwracam się na pięcie, by stanąć twarzą w twarz z Renato Lanzarą. Jest jeszcze przystojniejszy niż wtedy na farmie. Ma na sobie gołębi ornat, a pod nim czarny garnitur. Jedwabny krawat w biało-czarne paski połyskuje na tle śnieżnobiałej koszuli. Prawdziwy szejk, albo – jak Chettie nazywa każdego wyjątkowo przystojnego mężczyznę – pożeracz serc.

– Witaj. Nie znam twojego imienia – kłamię. Mam wrażenie, że nadal otacza go złocista poświata z chóru. Renato nie musi wiedzieć, że nie tylko znam jego imię, ale i wypisuję je wszędzie, gdzie się da: na pokrytej błotem ziemi w chlewiku, na tablicach w pustej klasie panny Ciliberti, zanim wytrę je przed wyjściem, a nawet w dzienniczku, aż każdy skrawek kartki zajmuje „Renato Lanzara", najbardziej melodyjne imię, jakie znam.

– Jestem Renato.

– Miło cię znów widzieć. Pięknie śpiewałeś.

– Trochę wyszedłem z wprawy.

– Nie zauważyłam. Tata ma płyty Amedea Bassiego, ale twój głos bardziej mi się podobał.

– Dziękuję. – Renato jest chyba pod wrażeniem, że znam wielkiego włoskiego tenora.

– Przez kilka miesięcy nie byłem w kościele, dlatego wyszedłem z wprawy.

– Naprawdę? – Oczywiście wiem już o tym. Zniosłam katechezę i specjalny kurs przygotowujący do Pierwszej Komunii i bierzmowania tylko po to, by móc widywać Renato.

– Czemu nie byłeś w kościele?

– Wyjechałem do Włoch.

Dziwne, że Chettie o tym nie wiedziała. Powtarza przecież wszystkie ploteczki z Roseto.

– Po co wyjechałeś? – pytam.

– Uczyć się. I odwiedzić rodzinną wioskę mojego ojca, żeby potem o tym napisać.

– Piszesz?

– Poezję.

Oczywiście że jest poetą! Wystarczy spojrzeć. Jest romantykiem, jak Keats, Shelley i mój ulubiony Robert Browning. Ile to razy prosiłam pannę Stoddard, by opowiedziała historię miłości Roberta Browninga i Elizabeth Barrett: jak Robert nalegał, żeby Elizabeth uciekła z domu despotycznego ojca, by mogli wziąć potajemny ślub i wyjechać razem do Włoch. Ciekawi mnie, czy Renato znalazł już swoją Elizabeth Barrett, a jeśli nie, czy zaczekałby na mnie? Chcę mu powiedzieć, że w styczniu skończyłam piętnaście lat, ale to ciągle za mało dla młodego mężczyzny, który chodzi do college'u i podróżuje po świecie.

– Chyba powinienem tańczyć – stwierdza Renato i lustruje spojrzeniem dziewczęta zgromadzone wokół parkietu, które nie spuszczają z niego oczu. – Zatańczysz? – pyta, nie patrząc na mnie.

– Wolałabym porozmawiać – przyznaję szczerze.

– Porozmawiać? – Renato śmieje się i zwraca ku mnie wzrok. Jego uśmiech mnie peszy. Jestem za młoda, zbyt niewyrobiona i brak mi urody, by rozmawiać z najprzystojniejszym mężczyzną na sali. Biorę głęboki oddech i zbieram się na odwagę.

– Chciałabym dowiedzieć się o tobie czegoś więcej – mówię. – Dopiero co poznałam twoje imię – kłamię. Mam niejasne wrażenie, że Renato czuje się nieswojo. Nie zamierzałam wprawiać go w zakłopotanie. Nie mam doświadczenia w postępowaniu z chłopcami. Nie wiem, co mówić, czego nie mówić, jak się zachować. Chettie opowiada mi o nich różne rzeczy, ale skąd mam wiedzieć, czy to prawda. Przecież ich nie znam. Wiem jednak, że nie jestem kokietką ani nowoczesną, odważną dziewczyną. A sądząc po tym, co widziałam na przykładzie Assunty, kobieta powinna całkiem zmienić swoje zachowanie, żeby zdobyć mężczyznę. Nie jestem pewna, czy to dobry sposób. Coś mi mówi, że nie. Czy w pewnym momencie nie ujawni się stara Assunta i nie wystraszy męża? I co wtedy?

– Co chcesz wiedzieć? – Renato patrzy na mnie z rozbawieniem. Już odzyskał panowanie nad sobą, moja pewność siebie natomiast słabnie, lecz ciekawość wygrywa. Są rzeczy, o których chcę usłyszeć.

– Chodzisz do college'u, tak?

– Kończę w czerwcu.

– Nie mogę się doczekać, kiedy pójdę do college'u. Jak tam jest?

– Ciężko. Trzeba się cały czas uczyć. Ja przynajmniej się uczyłem.

– Nauka mnie nie przeraża. Zrobię wszystko, żeby zostać nauczycielką. Uczenie dziecka liter i czytania to najszlachetniejsze zajęcie. Lepsze niż bycie pielęgniarką czy gospodynią domową. Najlepsze ze wszystkich.

– Wiesz, że w college'u nie ma wielu dziewcząt?

– To już ich problem. – Macham ręką w stronę dziewcząt zgromadzonych wokół parkietu, czym wzbudzam śmiech Renato. – Jak to jest być w szkole, gdzie wszyscy mają takie same ambicje, gdzie wszyscy myślą jak ty?

Renato się uśmiecha.

– Właśnie powiedziałaś o czymś, co najbardziej podobało mi się w college'u. Ludzie i ich chęć do nauki taka jak u mnie. Ale jest z tym pewien problem. Kiedy wracasz do domu, już tu nie pasujesz.

– Niemożliwe!

– Rozejrzyj się. Jesteśmy kamieniarzami, farmerami, rzeźnikami, piekarzami i robotnikami. Poeta tu niepotrzebny.

– Mylisz się. Praca fizyczna wcale nie odbiera nam marzeń. Potrzebujemy słów, które opisywałyby nasze najgłębsze uczucia, muzyki, która wyrwałaby nas z ciszy i przyniosła natchnienie. Włosi zawsze odnajdywali sztukę w zwyczajnym życiu. Moja mama doi krowy, ale robi też koronki. Doskonałe i delikatne jak pajęcza sieć. Widzisz? – Pokazuję Renato rąbek sukienki. – A tata orze pole, ale słucha też opery i uwierz mi, odbiera i rozumie muzykę z pasją i znawstwem wykształconego człowieka.

Renato milczy i przygląda mi się badawczo.

– Nie powinnam się tak rozgadywać – mityguję się.

– Nie, nie, w porządku – odpowiada, lecz wygląda na poirytowanego.

Na pewno uważa mnie za idiotkę. Za bezczelną dziewuchę z farmy, która durzy się w za starych dla siebie mężczyznach, a potem plecie androny o sztuce, ubrana w głupią różową sukienkę z dziecięcymi rękawkami. Ten obyty w świecie mężczyzna przejrzał mnie na wylot. Moja wiedza pochodzi z książek, nie z doświadczenia. Renato Lanzara przewyższa mnie o klasę, teraz wiem to na pewno.

Na szczęście po drugiej stronie sali dostrzegam Chettie, ruszam więc ku niej bez słowa przeprosin czy pożegnania. I wtedy czuję na ramieniu dotyk dłoni. Nie idę już do swojej przyjaciółki, lecz wpadam w objęcia Renato Lanzary, który okręca mnie na parkiecie jak ja starego mopa w naszej stodole, gdy ćwiczę taneczne kroki. Staram się nie wypaść z rytmu. Renato jest bardzo szybki, a dla mnie to zupełna nowość. Kiedy tak wirujemy, widzę rozmazane twarze Chettie, Eleny i pani Ricci. Uśmiechają się do mnie, jakby dobrze mi szło. Wiem, że nie jestem dobrą tancerką. Poruszam się w rytm muzyki, lecz nie umiem się z nią stopić. Mam dopiero piętnaście lat i nie potrafiłam nawet przekonać mamy do długich wąskich rękawów. Nie powinnam być na parkiecie z najprzystojniejszym mężczyzną na tej sali! Tak chciałabym mieć dwadzieścia jeden lat.

– Dziękuję – mówi Renato, gdy muzyka milknie. Zostawia mnie w tym samym miejscu, w którym porwał mnie do tańca, i znika w tłumie, zupełnie jakby wyparował.

– O rany! – Chettie odciąga mnie na bok. – Tańczyłaś z nim! Jesteś pierwszą dziewczyną, z którą tu rozmawiał. A są tu wszystkie Calzetti z Martins Creek. Mężczyźni zawsze zaczynają od nich. – Chettie zerka na pięć wytwornych sióstr w modnych kapeluszach, tunikach z rozcięciem i lśniących pończochach, jedna bardziej ponętna od drugiej. – Ale nie Renato! On wybrał ciebie! – Chettie jest bardziej podekscytowana niż ja po swoim pierwszym w życiu tańcu. – Co powiedział? Długo rozmawialiście.

– Mówił o college'u i... poezji.

– Poezji?

– Pisze wiersze.

Nigdy nie jest tak, żeby mieć wszystko razem:
I porę, i miejsce, i ukochaną!
Ta ścieżka – jak miło nią kroczyć!
Ten maj – jakaż urocza pogoda!*

– On to napisał?

– Nie, Robert Browning. Ale ja tak właśnie czuję.

Rozbrzmiewa muzyka i parkiet się zapełnia. Szukam w tłumie Renato. Nie ma go. Nic dziwnego. Nie jest mi przeznaczone, żeby został. Miał tylko pojawić się w moim życiu, wzbudzić we mnie uczucie i odejść. Renato Lanzara nie jest dla mnie i tyle.

---

* Tłum. Juliusz Żuławski w: *Poezje wybrane*, PIW, Warszawa 1969.

– Zasłony są ładne, ale ja chcę lambrekiny. Zamówię brokat w „Delgrosso's". – Assunta cofa się o kilka kroków, by przyjrzeć się oknu wykuszowemu w swoim salonie i ocenić moją pracę. Zgodnie z jej życzeniem Alessandro kupił połowę domu przy Dewey Street, udało mu się nawet wynegocjować tę z ogromnym drzewem w ogrodzie. I zgodnie z życzeniem Assunty wpadam do nich i pomagam w pracach domowych. Przeprowadzka mojej siostry z farmy do miasta poszła gładko. Dobrze, że Alessandro nawiązał kontakty z największymi sklepami w Allentown, Bethlehem i Easton, gdzie ma zbyt na importowane orzechy i słodycze. Zarabia przyzwoicie, a Assunta znajduje sposoby na wydawanie pieniędzy. Kupiła mahoniowy stół do jadalni i pasujące do niego krzesła wyściełane aksamitem. Pokój po pokoju zamienia dom w atrakcję dla zwiedzających.

Czekam niecierpliwie na koniec lata. Liczę na to, że dzięki nowemu kontraktowi tata zarobi wystarczająco, bym mogła zacząć dojeżdżać do miasta i żebym nie musiała mieszkać u Assunty i Alessandra w czasie roku szkolnego. Nie znoszę domowego kieratu i domowych obowiązków, a tu mam je codziennie. Assunta wymyśla dla mnie coraz to nowe zajęcia, choć ma już najlepiej wypucowany dom przy Dewey Street.

Zaraz po przyjeździe Alessandra moja siostra rzuciła pracę w fabryce, ma więc mnóstwo czasu na zastanawianie się, w którą stronę powinny być skierowane uszka stojących w kredensie filiżanek do herbaty. Raz na jakiś czas odzywa się w niej stara Assunta, wyłazi na światło dzienne jej podły charakter, i kiedy dochodzi do wybuchu, Alessandro wygląda na zdezorientowanego.

Teraz Assunta zwraca się do mnie:

– Zajmę się kolacją. A ty, Nella, zdejmij pranie ze sznurka za domem.

Łapię głęboki wiklinowy kosz i przez tylny ganek wychodzę do ogrodu. Pranie wisi między drzewami, oddzielając

71

ogród od domu niczym kurtyna. Zdejmuję ze sznurka sztywne białe prześcieradła wyschnięte na wiór w prażącym słońcu. Alessandro, zajęty pracą w ogrodzie, podnosi głowę.

– Pomóc ci? – pyta.

– Nie. To kobiece zajęcie – żartuję.

– Wybierasz się wieczorem na farmę?

– Bardzo bym chciała. – Natychmiast uświadamiam sobie, że te słowa mogły go zranić. Alessandro stara się, jak może, bym czuła się u nich jak u siebie w domu, a nie jak służąca. – Chciałabym sprawdzić, co z mamą, czy nie potrzebuje pomocy przy dziewczynkach. I chcę obejrzeć nowe urządzenia taty – dodaję w nadziei, że zatrę swoją nieuprzejmość.

– Moja żona za bardzo goni cię do pracy.

– Nie jest tak źle – mówię, choć tak naprawdę chciałabym powiedzieć coś innego: Assuntę nie sposób zadowolić i założę się, że Alessandro codziennie żałuje swojej decyzji. Zamiast żenić się z Assuntą – apodyktyczną Amerykanką – mógł wybrać jedną z cichych dziewcząt ze swojej rodzinnej wioski.

– W Italii jest zwyczaj, że zamężnej kobiecie pomaga niezamężna ciotka. Wiedziałaś o tym?

– Nie.

– Tak jest. I ta zamężna kobieta staje się całkowicie zależna od tej pomocy. – Alessandro wskazuje motyką dom.

– Powiedziałem żonie, żeby za bardzo się nie przyzwyczajała do zrzucania na ciebie domowych prac, bo przyjdzie taki dzień, kiedy nas opuścisz.

– O to się nie martw. College dopiero za trzy lata.

– A tak. Chcesz się uczyć – przypomina sobie Alessandro.

– Ja i d ę do college'u – mówię nie tylko do niego, ale i do starego czarnego kota wylegującego się na kamiennym murku między domami i do wszystkich przy Dewey Street, którzy mogą mnie teraz usłyszeć.

72

– *Bène, bène*. Wierzę ci – śmieje się Alessandro. – Jesteś za młoda na niezamężną ciotkę. Na pewno wyjdziesz za mąż – dodaje.

– Zobaczymy.

– Jesteś bardzo miła. A to bardzo wiele dla mężczyzny.

Wątpię, czy znajdzie się mężczyzna, który będzie dla mnie znaczył tyle, co książki, lecz Alessandro i tak tego nie zrozumie. Poza tym ten, którego kocham, jest dla mnie za stary i ożeni się, zanim ja dorosnę, więc po co to wszystko?

– Castellucowie nie grzeszą łagodnością – żartuję.

– Twoja rodzina jest bardzo krzykliwa. Trochę czasu mi zajęło, zanim do tego przywykłem. – Alessandro znów się uśmiecha. – W mojej ludzie są łagodni.

– Więc przeżyłeś wstrząs, tak?

– Kiedy kogoś kochasz, przymykasz oko na wiele spraw – mówi cicho Alessandro.

– Alessandro? – Na ganku pojawia się Assunta. Ton jej głosu przypomina starą Assuntę. Alessandro patrzy na nią, odkłada motykę, ociera czoło czerwoną chustką.

– Tak?

– Kiedy skończysz, możesz przyjść i przesunąć meble? Zasłony już wiszą, teraz mam pomysł na nowe ustawienie krzeseł, tak żeby padało na nie popołudniowe światło. Idealne do czytania. – Assunta rzuca mu uśmiech i wraca do kuchni.

– Niby mały dom, a ciągle tyle w nim roboty – wzdycha Alessandro.

Wraca do pracy, a ja zdejmuję ze sznurka poszewki na poduszki. Assunta organizuje nam zajęcia od świtu do zmroku. Już niedługo Alessandro się przekona, że i tak nie zadowoli swojej królowej, ale ja nie mam zamiaru mu tego uświadamiać. Mąż mojej siostry zerka na mnie i potrząsa głową. Może już wie.

Umowa ze sklepami w Hellertown okazała się błogosławieństwem. Tata adaptuje oborę, żeby pomieścić w niej silnik napędzający dojarki mechaniczne, dzięki czemu nie będziemy musieli doić krów własnoręcznie. Mimo wszystko tata sam musi podłączać maszyny, co w jego mniemaniu wymaga tyle samo pracy co przedtem. Cały tata. Według niego stare sposoby są lepsze, domowe potrawy smaczniejsze od kupnych, a każdy, kto wsiada do fikuśnego auta i szybko mknie drogą, traci widoki, jakie można oglądać z wozu w takt stukotu końskich kopyt. Tata lubi wolne tempo. Lecz ma też ambicje. Wie, że jeśli dokupi kilka krów, zwiększy dostawy do sklepów, dlatego bez zgody mamy wrócił do kamieniołomu po dodatkowy zarobek. Chce kupić dwie krowy rasy Holstein, jakie wypatrzył na targu w Allentown.

Zaniosłam do spiżarni świeże ciasto z brzoskwiniami upieczone przez Assuntę na kolację. Ponieważ wyczerpała już pomysły na dzisiejsze zajęcia dla mnie, wyszłam do domu wcześniej. Nie mam nic przeciwko chodzeniu na piechotę. Dzięki temu mam czas na przemyślenia. Samotność nigdy mnie nie męczy. Nauczyłam się delektować długimi wędrówkami z domu do miasta i z powrotem. Jeśli tramwaj nadal będzie za drogi, mam nadzieję, że po rozpoczęciu roku szkolnego tata pozwoli mi chodzić samej.

Dom jest pogrążony w ciszy. Chwytam ostatnie puste wiadro i ruszam na pole za stodołą. Jest idealna pogoda na zbieranie truskawek, dlatego kiedy zastaję opustoszały dom, wiem, gdzie znajdę mamę i siostry.

Tej wiosny nie brakowało deszczu, dzięki czemu truskawki wspaniale obrodziły. Na polu nie ma drzew, więc operujące bez przeszkód słońce dodało owocom soczystości i słodyczy. Mama przekopała wzdłuż rzędów ścieżki, inaczej nie miałybyśmy miejsca, by uklęknąć przy zrywaniu. Splątane łodygi tworzą istny gąszcz pełen czerwonych, wręcz purpurowych owoców. Dzięki żyznej ziemi niektóre truskawki osiągnęły rozmiary jajka.

Roma zjada jeden z owocowych gigantów.

– Nie objadaj się. Będzie ci niedobrze – ostrzegam.

– Mamo, upieczemy tacie kruche ciasto z truskawkami?

– Roma ignoruje moją uwagę.

– Czemu nie. Pod warunkiem, że nie zjesz wszystkich.

– Mama przesypuje truskawki z fartuszka Romy do wiaderka.

– Mamo, opowiedz nam tę historię o tobie i tacie – proszę. Słońce praży niemiłosiernie, truskawek jest mnóstwo, potrzebna nam ciekawa opowieść, żeby czas szybciej zleciał.

– Znów ta stara historia? – mówi mama, ale widzę, że moja prośba sprawia jej przyjemność.

– Proszę… – Spośród wszystkich opowieści mamy o Włoszech najbardziej lubię właśnie tę historię miłosną.

– No dobrze. Tata przyjechał do Rimini, żeby łowić ryby z braćmi. Był piękny dzień. Lśniło niebieskie i spokojne morze, piekło słońce. Zupełnie jak dziś. Mój tata miał niedużą żaglówkę, ale wynajął im kajak, bo nie był pewien, czy znają się na rzeczy. Poszło im dobrze, złapali mnóstwo ryb i wieczorem wasz dziadek zaprosił wszystkich braci na kolację. Mój tata umiał liczyć: braci było siedmiu, a on miał siedem córek. Podobało mu się ich zachowanie i pomyślał, że przynajmniej jednej z córek spodoba się któryś z tych młodzieńców. Więc moja mama przygotowała stodołę.

– Lubię tę część o stodole – mówię Elenie.

– To takie romantyczne. – Elena siada na ziemi obok mamy.

– Wasza babcia przygotowała na kolację ryby. Bracia Castelluca umieli się zachować. Okazywali szacunek, byli uprzejmi i nie wkładali do ust noża z jedzeniem. Ich maniery zrobiły na niej wrażenie. Zaprosiła więc ich do stodoły, gdzie rozwiesiła lampy i sianem wyznaczyła okrąg, pośrodku którego ustawiła dwa drewniane krzesła.

– Czemu dwa? – pyta Roma.

– By połączyło nas przeznaczenie. Mama ustawiła wszystkich wokół krzeseł na przemian: chłopiec dziewczyna, chłopiec dziewczyna. Miała nadzieję, że moja najstarsza siostra...
– Assunta – dopowiadamy z Eleną jednym głosem.
– ... właśnie, Assunta... że Assuncie spodoba się jeden z braci. Jako najstarsza powinna pierwsza wyjść za mąż.
– To głupie. Co, jeśli najstarsza nie chciałaby wyjść za mąż? – pyta Elena, wysypując do wiadra truskawki z fartuszka Dianny.
– Każda dziewczyna chce wyjść za mąż. Nieważne. Najstarszemu bratu taty, Enricowi, Assunta się podobała, ale on nie spodobał się jej. Dlatego przez większą część wieczoru krzesła stały puste. Rozmawiałam z waszym tatą tak po przyjacielsku i kiedy mama chciała już wynieść lampy i odesłać wszystkich do domu, wasz tata poprosił mnie, żebym usiadła koło niego.
– Na środku?
– W następnym tygodniu wzięliśmy ślub.
– Czy ciocia Assunta była zła?
– A widziałyście jakieś listy od mojej siostry Assunty?
– Nie – przyznaje Elena.
– Ciągle się gniewa – wzdycha mama. – A teraz bierzmy truskawki. Trzeba robić dżem.
Elena sięga po wiadra, a ja pozbywam się pokrzywy spomiędzy palców. Mam dłonie poplamione czerwonym sokiem i choć popołudniowe słońce grzeje mnie w plecy, czuję nagły dreszcz. Zupełnie jakbym miała na rękach krew. Usiłuję nie brać tego za zły znak. Na próżno. Zawsze byłam przesądna i dzieliłam się swoimi obawami z Eleną. Teraz Elena patrzy na moje ręce, potem na mnie, i już wie, o czym myślę.
– Daj spokój, zaraz je umyjesz.
Idziemy za mamą i młodszymi siostrami do domu, przed który niespodziewanie zajeżdża stary ford Assunty i Alessandra. Assunta krzyczy i biegnie ku nam.

– Tata! Tata miał wypadek! Chodźcie!

Mama zastyga w bezruchu. Zawsze powtarzała, że tacie przytrafi się w kamieniołomie coś strasznego, i nagle dostaje wiadomość, której tak się bała.

– *Vieni*, mama, *vieni*! – Assunta patrzy na mnie z rozpaczą. Biorę mamę pod rękę z jednej strony, Assunta z drugiej i pomagamy jej wsiąść do samochodu. Siostry sadowią się na rozkładanym siedzeniu z tyłu. Alessandro naciska pedał gazu.

– Nie pozwól mu umrzeć – powtarzam w duchu. – Nie mojemu tacie.

Kiedy Alessandro wiezie nas do szpitala leżącego w sporej odległości od farmy, moim oczom ukazują się zupełnie nowe rzeczy. Bez auta byliśmy skazani na tramwaj albo piesze wędrówki do Roseto. A teraz widzę mnóstwo małych wiosek za miastem, o których istnieniu nie miałam dotąd pojęcia. Mijając witryny sklepów i domy z werandami wychodzącymi wprost na chodniki, zauważam, że tutejsi mieszkańcy nie wyglądają na Włochów. To na pewno Brytole.

Przez całą drogę mama nie mówi ani słowa. Patrzy prosto przed siebie, lecz nie odnoszę wrażenia, by się modliła. Pogrążone w milczeniu Dianna i Roma trzymają się za ręce. Elena płacze bezgłośnie. Assunta jest zła. A ja jestem odrętwiała.

Alessandro skręca w szeroką ulicę, najwyraźniej główną w całym Easton. Nagle świat wygląda zupełnie jak w książkach. Obszerne domy oddzielone od ulicy zielonymi trawnikami i oszklonymi werandami. Lśniące kabriolety w garażach wielkości naszej stodoły, tyle że ładniejszych: z pomalowanymi drzwiami i maleńkimi oknami. Więc to jest Easton, myślę, rozglądając się wokół. To tutaj mieszkają właściciele kamieniołomów. Oto gdzie trafił tata.

Alessandro parkuje forda przed szpitalem, ogromną szarą kamienną budowlą z białymi kolumnami od frontu. Assunta pomaga mamie wysiąść i wszyscy biegniemy do wejścia. Już w środku rozglądamy się za kimś, kto mógłby nam pomóc. Assunta wskazuje pielęgniarkę za wielkim kontuarem. Podchodzimy do niej.

– *Mio marito ha avuto un incidente...* – zaczyna mama. Wymieniamy z Eleną spojrzenia. Czemu mama mówi po włosku? Przecież zna angielski równie dobrze jak my. Assunta zwraca sie do niej:

– Mamo, mów po angielsku.

Spoglądam na pielęgniarkę, ładną blondynkę ze złotym krzyżykiem na szyi. Do białego fartucha ma przypiętą małą plakietkę z napisem: L. ANDERSON, R.N. Kobieta patrzy na mamę, potem przygląda się nam wszystkim. Nagle widzę w jej oczach taką pogardę, że robi mi się wstyd. Ta kobieta patrzy na nas jak na zwierzęta. Odsuwa się i zagląda do notatnika.

– Zbierałyśmy truskawki – usprawiedliwiam nasz wygląd. – Mamy farmę w Delabole. Mój tata nazywa się Salvatore Castelluca. Pracował w kamieniołomie w Pen Argyl. Otrzymaliśmy informację o wypadku.

– Tak, zdarzył się wypadek. Wybuch. Twój ojciec jest na oddziale intensywnej opieki. Nic więcej w tej chwili nie mogę powiedzieć – odpowiada pielęgniarka, nie podnosząc głowy znad papierów. – Powiem lekarzowi, że tu jesteście. – Odwraca się na pięcie i chce odejść.

– Panno Anderson? – mówię. Zdumiona pielęgniarka zatrzymuje się, by na mnie spojrzeć. – Proszę wziąć mamę z sobą. Mama nazywa się Celeste Castelluca. Chce zobaczyć mojego tatę. Proszę...

Oczy mamy napełniają się łzami. Zaczyna płakać. Nawet pielęgniarka o lodowatym sercu i ściągniętych ustach mięknie.

– No, dobrze. Pani Castellini...

– Castelluca – poprawiam ją.

– Proszę za mną.

78

Mama rusza za panną Anderson.

– Chodźcie – wydaję polecenie siostrom. Assunta zostaje z Alessandrem. Dopiero teraz widzę, że nawet oni nie są ubrani, jak trzeba. Moja siostra chyba znów kazała mężowi przesuwać meble, bo Alessandro jest bez marynarki i bez kapelusza. Sama Assunta ma na sobie fartuch. Niestety, wszyscy wyglądamy jak banda farmerów.

Otwieram drzwi damskiej toalety. Elena podnosi Diannę i sadza na jednej umywalce, a ja Romę na drugiej. Nie ma tu żadnych ściereczek ani ręczników, tylko mydło i woda. Wkładamy ręce pod kran, mydlimy je obficie i zabieramy się do szorowania naszych młodszych sióstr. Najpierw domywamy im ręce, potem moczymy rąbki swoich fartuchów, namydlamy je i tak długo trzemy buzie Dianny i Romy, póki nie lśnią czystością. Na końcu doprowadzamy do porządku siebie.

– Tatuś nie chciałby widzieć, jakie jesteśmy brudne – tłumaczy Elena dziewczynkom. – Byłyście bardzo dzielne. – Przytula najpierw jedną, potem drugą.

– Teraz dajcie fartuszki – mówię, a Dianna i Roma zdejmują je przez głowę i podają. Ich brązowe bezrękawniki wyglądają nie najgorzej. Są oczywiście sfatygowane – uszyte ze starej sukienki mamy – ale co z tego, przecież pracowałyśmy w polu. Wygładzam dziewczynkom spódnice i poprawiam włosy. Niełatwe zadanie bez grzebienia. Wreszcie składam cztery nasze fartuchy w kostkę i wiążę paskami w mały węzełek. – Pamiętajcie, macie być cicho – napominam. Elena bierze Diannę za rękę, ja biorę Romę, i wracamy do poczekalni, gdzie siadamy obok Alessandra i Assunty.

Nagle wahadłowe drzwi, za którymi zniknęła pielęgniarka z mamą, otwierają się szeroko i staje w nich Chettie, podtrzymująca swoją mamę. Podbiegam do nich, ale pani Ricci patrzy na mnie nieobecnym wzrokiem.

– Pani Ricci? To ja, Nella. – Spoglądam na Chettie. Nigdy dotąd nie widziałam, by miała zachmurzoną czy smutną twarz. Teraz, gdy Chettie płacze, zdaje się rozpadać na tysiące kawałków. – Co się stało, Chettie? – Moja przyjaciółka potrząsa głową. Już wiem wszystko. Jej ojciec nie żyje. Nie mogę uwierzyć, że Carlo Ricci, który okazał mi tyle serca, kiedy się bałam, nie żyje.

– Kto został z maluchami? – pytam delikatnie.

– Pani... – Chettie zaczyna łkać. – Pani Spadoni. Przyjechałyśmy tramwajem.

– Zawiozę was autem. Chodźcie – mówi Alessandro, który stoi tuż za mną.

– Dziękuję – zwracam się do swojego szwagra. Po raz pierwszy od jego ślubu z Assuntą myślę o nim jak o prawdziwym członku naszej rodziny. Alessandro obejmuje Chettie i jej mamę. – Chodźcie – powtarza.

– Jezu, Jezu – pojękuje pani Ricci.

– Chodź, mamo. – Chettie mocniej ujmuje swoją mamę w pasie. Gdyby ją teraz puściła, pani Ricci upadłaby na ziemię. Alessandro otwiera drzwi i wyprowadza je ze szpitala. Na myśl o cierpieniu przyjaciółki serce ściska mi się z bólu tak, że niemal zapominam o własnym cierpieniu. Roma łapie mnie za rękę.

– Czy tata też umrze? – pyta.

– Módl się – odpowiadam i całuję ją w czubek głowy. Każę jej robić coś, na co sama nie potrafię się zdobyć. Nie wiem, czy wiara pomaga, czy Bóg nas słucha. Szczerze mówiąc, wątpię. Gdyby naprawdę słuchał, czy odwróciłby się od rodziny Riccich? To dobrzy ludzie. Doświadczyłam ich wielkiej dobroci. Zawsze traktowali mnie jak swoją.

– Mamo! – Assunta rzuca się w kierunku mamy, która właśnie stanęła w drzwiach. – Co z tatą?

Elena pomaga mamie usiąść.

– Wyjdzie z tego... – zaczyna. Obejmujemy ją wszystkie, potem ściskamy się między sobą. – Ale to potrwa.

– Co się stało? – pytam łagodnie.

– Tata, pan Ricci i dwaj inni mężczyźni byli w kamieniołomie, kiedy wybuchł dynamit. Pan Ricci był bliżej niż tata.
Tata jest ranny w nogę.
– A ci dwaj pozostali?
– Wyszli z tego cało. Tata został ranny, próbując ratować
pana Ricciego. – Mama zaczyna łkać. – Lekarz nie wie, czy
tata całkiem wróci do zdrowia, jeszcze za wcześnie, żeby to
ocenić.
– Wszystko będzie dobrze, mamo. Na pewno – dodaję
jej otuchy. A jednak wszystkie myślimy o tym samym: jak
poprowadzimy farmę bez taty? Jak dostarczymy do sklepów
mleko, na które ma umowę? Bez taty jesteśmy całkiem
bezradne.
– Modliłam się – mówi mamie Roma.
– Módl się dalej. Wszystkie musimy się modlić. Musimy.
– Mamo... Pan Ricci... – zaczyna Assunta.
– Wiem, wiem – mama unosi dłoń. Nie chce znać szczegółów. Nie zniosłaby tego.

Słońce, które wychyla się znad stodoły, jest tak jaskrawe,
że zdaje się zatapiać pole kukurydzy w złotej poświacie. Nawet stare ogrodzenie wokół obory lśni niczym balustrada
przy ołtarzu kościoła Matki Bożej z Góry Karmel. Uwielbiam lato, ale w tym roku wiązało się jedynie z pasmem
obowiązków. Pod nieobecność taty, który nadal leży w szpitalu, spadły na nas wszystkie farmowe zajęcia. Skończyło
się pluskanie w strumieniu, łażenie po drzewach i robienie
lodów w starej kadzi. Nie było ani chwili na zabawę, tylko
praca i praca.

Pole, które zaczyna się przed domem, prowadzi na wzgórze i biegnie dalej ku drodze, jest obsypane białymi stokrotkami. Zbieramy je codziennie, robimy z nich bukiety i wkładamy do każdego starego naczynia w domu, by podnieść

mamę na duchu. Kwiaty zawsze poprawiały jej nastrój. Alessandro i Assunta przeprowadzili się do nas na czas pobytu taty w szpitalu. Nie wiem, co byśmy zrobiły, gdyby Alessandro nie miał auta. Trzy razy w tygodniu mój szwagier wozi mamę do Easton i z powrotem. Piątkowe noce mama spędza w fotelu przy łóżku taty, by dotrzymać mu towarzystwa.

Lekarz wyjaśnił, że w wyniku eksplozji doszło do uszkodzenia prawej nogi. Póki kości się nie zrosną, a to może potrwać wiele miesięcy, tata będzie musiał nosić szynę, więc do przyszłej wiosny nie będzie zdolny do pracy. Alessandro zawiaduje farmą, a my pomagamy mu ze wszystkich sił. Czasem myślę, że lepiej mu idzie współpraca ze sklepami w Hellertown niż tacie. Alessandro szuka nowych rozwiązań. Wymyślił na przykład zbiornik chłodzący w składziku. Zamówił ciężarówkę na popołudnia, żeby woziła mleko z drugiego udoju. Ciągle jednak potrzebuje pomocy taty. Kiedy jakieś urządzenie się psuje, jeździ do szpitala i wypytuje tatę, jak je naprawić.

– Możemy iść nad strumień? – pyta Roma, wlewając wodę do koryta Moxie.

– Strasznie gorąco – dodaje, wachlując się, Dianna.

– Idźcie, tylko nie na całe popołudnie.

– Zawołajcie nas – krzyczy Roma przez ramię i wybiega z Dianną z obory.

Wychodzę za nimi i patrzę, jak pędzą w stronę strumienia. Biorę torbę z książkami i ruszam pod stary wiąz, żeby trochę poczytać. Panna Ciliberti dała mi listę lektur na lato. Za kilka tygodni zaczynam dziesiątą klasę, ale z powodu ostatnich wydarzeń nie mogłam przeczytać wszystkiego. Skończyłam *Oliwera Twista* i teraz męczę się z *Juliuszem Cezarem*. Wolę sonety Szekspira, jego sztuki są dla mnie trudniejsze. Ledwo zdążyłam usadowić się pod drzewem i zaczęłam czytać, kiedy dobiega mnie dźwięk klaksonu.

Alessandro przystaje przed bramą i wyskakuje z auta.

– Mam dobre wieści, Nello. Tata wraca do domu.

– Chodź. Musisz powiedzieć mamie. – Otwieram bramę. Wchodzimy razem na ganek. – Dziękuję za wszystko, co dla nas zrobiłeś. Bez ciebie nie przetrwałybyśmy tego lata.

– Jesteście teraz moją rodziną – uśmiecha się Alessandro.

– Niech się wam przyjrzę – mówi mama. Stajemy w rządku obok auta Alessandra. Za chwilę pojedziemy do szpitala w Easton. – Musimy zaprezentować się tacie jak najlepiej. – Mama upięła wysoko włosy i włożyła granatową sukienkę. Wsiadam do auta jako ostatnia. Zanim zajmę rozkładane siedzenie, mocno ściskam mamę. Pachnie wodą lawendową. Dostała ją od siostry z Włoch i używa tylko na szczególne okazje.

Assunta siada obok męża. Tegoroczne lato było dla niej wyjątkowo trudne. Po przeprowadzce do Roseto myślała na pewno, że jej życie na farmie to już historia. Choć czasem zrzędziła, wykazała się cierpliwością.

– Mamo, pojedziemy na Wielki Dzień? – dopytuje się Dianna. W niedzielę kończą się uroczyste obchody ku czci Najświętszej Marii Panny urządzane przez nasz kościół. Ludzie nadali im nazwę Wielkiego Dnia, ponieważ w Roseto nie ma większego święta. Organizowany jest wtedy festyn. Po obu stronach Garibaldi Avenue wyrastają namioty pełne włoskich przysmaków, w budynku Legionu Amerykańskiego odbywa się zabawa, a przed restauracją „U Tony'ego" konkurs cakewalka. Można też spróbować szczęścia w grach losowych. Część dochodu z festynu przeznaczona jest na cele kościelne, to znaczy, właściciele stoisk i straganów płacą za wynajęte miejsce, zatrzymują natomiast pieniądze ze sprzedaży swoich towarów.

W niedzielę odbywa się uroczysta procesja, której początek wyznacza modlitwa różańcowa i adoracja Najświętszego Sakramentu. W tym roku po raz pierwszy pojawi się królowa, czyli dziewczyna wybrana spośród wszystkich dziewcząt w Roseto, która włoży koronę na głowę Najświętszej Marii Panny, zanim posąg rozpocznie wędrówkę po ulicach miasta, a w ślad za nim ruszą ksiądz i mieszkańcy Roseto recytujący różaniec.

– Zobaczymy, skarbie. Zależy, jak tata będzie się czuł – odpowiada mama.

– Myślę, mamo, że dziewczęta wezmą udział w Wielkim Dniu – Alessandro uśmiecha się.

– Naprawdę? – Roma szeroko otwiera oczy.

– Ktoś musi mi pomóc na stoisku.

– Masz stoisko? – Dianna jest zachwycona.

– Jestem nie tylko farmerem – śmieje się Alessandro. – Nie wiem, czy pamiętasz, ale sprzedaję słodycze i orzechy. A wszyscy uwielbiają *torrone*, prawda?

Dziewczynki chichoczą.

– Tak!

Torrone to wspaniały przysmak, biały nugat z orzechów z dodatkiem cukru. Na festynie sprzedaje się go na wagę. Kupującemu odkrawa się kawałek z bryły wielkości głazu.

– Rodzina Alessandra przysłała słodycze z Włoch. Cały salon jest nimi zawalony. Mamy *torrone*, ciecierzycę w cukrze i cukierki w czerwone, białe i zielone paski – wyjaśnia Assunta.

– Jak włoska flaga! – śmieje się Elena.

– Zaczekaj, aż to zobaczysz! Jeśli wszystko sprzedamy, będzie z tego niezły zysk. Alessandro chce, żebyśmy wszystkie pracowały na stoisku – dodaje Assunta. – Liczę na waszą pomoc.

– Oczywiście – obiecuję. Po pracowitym lecie spędzonym na farmie pragnę wyrwać się do miasta. Chciałabym spotkać się z Chettie. Słyszałam, że ona i jej rodzina dobrze sobie radzą. Krewni z Filadelfii przyszli im z pomocą, więc Chettie z mamą i rodzeństwem mogła zostać w domu przy

Dewey Street. Niecierpliwie czekam na wrzesień i powrót do szkoły. Tego lata bardzo tęskniłam za Chettie.

– O czym myślisz? – pyta Elena, kiedy skręcamy na drogę do Easton.

– O tym, że lato prawie się kończy.

– Niedługo wracasz do szkoły.

– Nie mogę się doczekać.

– Będzie mi ciebie brakować. Kiedy chodzisz do szkoły, masz dla mnie mniej czasu. Tam są wszyscy twoi przyjaciele – mówi Elena.

– Przepraszam. Nie chciałam, żebyś się czuła zaniedbana.

– Tak żałuję, że nie umiem wyjaśnić Elenie, jak to jest mieć do czynienia z ludźmi, którzy nie są członkami rodziny. Życie na farmie wiąże się z tyloma ograniczeniami. Wieści docierają z opóźnieniem. Tymczasem w mieście na każdym kroku czuć podskórny impuls, który podsyca moje ambicje. Od szumu maszyn do szycia, który usłyszałam, odwiedzając Assuntę w fabryce, poprzez dzwonki samochodów dostawczych i gwar rozmów w sklepach pełnych klientów aż po lokalną gazetę „Stella di Roseto" czuje się ruch, podniecenie i powiew możliwości. – Może od czasu do czasu przyjedziesz do Assunty – mówię. – Obie przyjedziemy! W mieście można robić tyle ciekawych rzeczy.

Elena smutno potrząsa głową.

– Mama mnie potrzebuje. A teraz, kiedy tata jest chory, jestem potrzebna jeszcze bardziej.

Alessandro zatrzymuje się blisko wejścia do szpitala i pomaga nam wysiąść ze swojego starego gruchota. Każdej z nas po kolei podaje rękę, aż wszystkie kobiety z rodziny Castelluców, jego żona także, stają na chodniku. Przez krótką chwilę spoglądamy niepewnie na mamę. Nie widziałyśmy taty od miesiąca, tylko ona i Alessandro odwiedzali go regularnie, i choć mama informowała nas szczegółowo o stanie zdrowia taty, boimy się, że nie będzie już taki sam.

Wchodzimy do szpitala. Mama zmierza wprost do stanowiska pielęgniarek. Widzę pannę Anderson, tę samą, która kilka tygodni wcześniej patrzyła na nas z góry. Co za szczęście, że dziś ujrzy nas w najładniejszych sukienkach.

– Panno Anderson? – zwraca się do niej mama. Kobieta odwraca się ku nam. Tym razem w jej wzroku widać aprobatę.

– Dzień dobry.

– Przyjechaliśmy po pana Castellucę.

– Jest już gotowy – oznajmia panna Anderson z uśmiechem. Idziemy za nią do pokoju taty. Najmłodsze wchodzą pierwsze, potem Elena i ja, Assunta, Alessandro, na końcu mama. Roma i Dianna podbiegają do niego. Tata, ubrany w porządną koszulę i spodnie, wstaje na powitanie. Trochę się chwieje, ale utrzymuje równowagę. Bardzo wyszczuplał i prawie całkiem osiwiał. Ten wypadek musiał być dla niego większym wstrząsem, niż przypuszczaliśmy. Prawa ręka taty opiera się na kuli. Na nodze ma szynę sięgającą od kostki po udo. Skórzane paski przypięte do metalowego pręta podtrzymują nogę w odpowiedniej pozycji. Wszystkie obstępujemy go, ściskamy i całujemy.

Tata patrzy na Alessandra.

– Teraz widzisz, dlaczego lepiej mieć córki.

Rozdział czwarty

Niektórzy mieszkańcy Roseto są przesądni. Uważają, że jeśli obchodom Wielkiego Dnia towarzyszy piękna pogoda, wróży to pomyślny rok wszystkim zanoszącym modlitwy do Matki Boskiej. Wieczór, podczas którego zaczyna się święto, jest ciepły. Księżyc w pełni wisi nisko nad naszymi głowami. Mogłabym przysiąc, że da się go dotknąć z samego szczytu diabelskiego młyna. Wieczorne niebo jest bezchmurne i ciemnoniebieskie. Stanowi aksamitne tło dla światełek mrugających przy straganach usytuowanych po obu stronach Garibaldi Avenue. Tyle tu atrakcji: gry, świecidełka, włoskie przysmaki, takie jak pizza fritta czy kulki gorącego ciasta ptysiowego oblane cukrem.

Bersaglieri Band z Nowego Jorku w czerwonych kapeluszach z piórkiem wkracza na schody kościoła w zwartym szyku. Przy pierwszych dźwiękach muzyki tłum gęstnieje. Ludzie napływają na plac przed kościołem ze wszystkich stron: z bocznych uliczek, z parkingów, z tramwaju.

– Chyba dobrze nam dziś pójdzie – mówię do Alessandra. Po cichu liczę, że mój szwagier zarobi mnóstwo pieniędzy i że nie zostanie nawet okruszek białego nugatu.

– Mam nadzieję – uśmiecha się Alessandro.

Nigdy nie zdołamy odpłacić mu za pomoc okazaną naszej rodzinie. Wątpię, czy tata kiedykolwiek dokona tego, co Alessandro. Mąż Assunty wziął na siebie wszystkie obowiązki taty, wśród nich ten najcięższy, czyli zaoranie pola i zebranie siana na zimę. Pożyczył w banku pieniądze na zakup traktora. Tata zawsze orał końmi i staroświeckim pługiem. W porze żniw obrabiał akr ziemi dziennie. Alessandro wyliczył, że dzięki nowoczesnym maszynom potroi wydajność. Za pożyczone w banku pieniądze kupił od farmera spod Flicksville używany traktor marki Allis Chalmers z 1922 roku. Cieszy nas, że pomagając Alessandrowi na stoisku, możemy choć w ten sposób okazać mu wdzięczność. Assunta uszyła nam białe bawełniane fartuchy i wyhaftowała na nich duże „p", aby każdy wiedział, że pracujemy dla firmy Pagano's Importing: Dried Fruits, Nuts & Candy Inc.

– Myślisz, że za bardzo to wszystko naćkane? – pyta Alessandro, odkrawając dla klienta kawałek nugatu.

Podnoszę wzrok na czerwono-biało-zielony znak, na którym widnieją fikuśne złote litery tworzące napis PAGANO'S.

– Nie. Wygląda profesjonalnie. – Stoimy w najlepszym punkcie Garibaldi Avenue, dokładnie naprzeciwko schodów prowadzących z kościoła na wzgórze. Nikt nas nie przeoczy. Tuż przy nas brygada straży pożarnej sprzedaje smakowite kanapki z kiełbaskami i papryką. Obserwujemy, jak mężczyźni niestrudzenie uwijają się przy grillu: polewają paprykę i cebulę oliwą z oliwek, przewracają kiełbaski, póki nie zbrązowieją, sięgają po pergamin, rozcinają chrupiącą bułkę, napełniają ją pyszną mieszanką i podają gotowy produkt klientowi. Ludzie przyjechali z daleka, by tego skosztować, i jeśli sądzić po długości kolejki przed stoiskiem strażaków, prędzej zabraknie kiełbasek niż klientów.

– Jest królowa. – Elena wskazuje śliczną dziewczynę w białej lnianej sukience na ramiączkach.

– To Michelina de Franco – mówię. – W czerwcu skończyła Columbus School. – Z równo obciętymi blond włosami i jasnoniebieskimi oczyma była bezsprzecznie najładniejszą dziewczyną w szkole. Z powodu klasycznej urody chłopcy nazywali ją Wenus z Milo. Moim zdaniem porcelanowa cera i wygięte w łuk usta upodabniają Michelinę do gwiazdy

ekranu Mae Murray. Michelina jest pełna wdzięku i z łatwością porusza się w tłumie. Zasługuje na to, by być pierwszą królową Wielkiego Dnia w Roseto.

– Chyba wiecie, jak wygrała? – szepcze Assunta.

– Bo jest najładniejszą dziewczyną w Roseto?

– Nie. Sprzedała najwięcej biletów. Tak się wygrywa.
Chodzisz od drzwi do drzwi i zbierasz pieniądze na kościół.
Kto sprzeda najwięcej biletów, zostaje królową.

– Hm. Pracowitość ważniejsza od urody. Ciekawe – myślę
głośno.

– Nie wiem, co w tym ciekawego. To oszustwo. Chciwy
proboszcz, który chce napchać sobie szkatułę, nie powinien
decydować, kto zostanie królową – fuka Assunta.

Moja najstarsza siostra zazdrości każdemu. Michelinie
urody, księdzu Impeciato władzy, a strażakom pewnie stoiska z kiełbaskami, bo właśnie po nie ustawiła się najdłuższa
kolejka. Nigdy nie będzie szczęśliwa. Alessandro puszcza do
mnie oko. On wie.

– Dziewczynki, a może byście zrobiły sobie przerwę i poszły na diabelski młyn? – proponuje.

– Nie mamy biletów – odpowiada smutno Roma.

– Teraz już macie. – Alessandro wyjmuje z kieszeni cztery
żółte kartoniki. – Całe popołudnie ciężko pracowałyście.
Idźcie.

– Dziękuję! – mówi Elena, zagarniając ramionami Diannę
i Romę. Podnosi deskę z boku naszego stoiska. Wychodzimy
jedna po drugiej. Assunta posyła mężowi druzgocące spojrzenie. Zanim jednak zdąży nas zawrócić, my już wtapiamy
się w tłum, zmierzając w stronę czekających na przejażdżkę
diabelskim młynem.

– Assunta jest w paskudnym nastroju – stwierdzam.

– Ma powody – odpowiada Elena.

– Nie usprawiedliwiaj jej. Od dnia ślubu ukrywa swój prawdziwy charakter. Zupełnie jakby przykryła garnek gotującej się

89

wody pokrywką i usiadła na nim, a teraz, po kilku miesiącach, garnek grozi eksplozją.

– Assunta spodziewa się dziecka – informuje cicho Elena.

– Naprawdę? – Wstyd mi, że nie umiałam zareagować bez złośliwości.

– Słyszałam, jak mówiła o tym mamie. – Elena daje mi znak, żebym zniżyła głos. Młodsze siostry nie powinny wiedzieć, o czym mowa.

– Czemu nam nie powiedziała?

– Ma bóle i nie jest pewna, czy z dzieckiem wszystko w porządku.

– Po co pracuje? Stoi na straganie od rana i to jeszcze w taki upał. To może jej zaszkodzić.

– Potrzebują pieniędzy. – Elena wzrusza ramionami, torując nam drogę w tłumie. – Assunta chce zatrzymać dom przy Dewey Street. Mają kredyt hipoteczny, a ponieważ Alessandro przez całe lato pomagał nam na farmie, zalegają ze spłatą.

– Czemu nie poprosiła nas o pomoc?

– A kiedy to Assunta prosiła kogoś o pomoc?

Elena zajmuje miejsce w kolejce do diabelskiego młyna. Bierze za rękę Diannę, a ta Romę. Staję za nimi i wypatruję Chettie. Jeszcze nie była przy naszym stoisku, ale może uda mi się ją spotkać gdzieś tutaj. Wiem, jak uwielbia przejażdżki.

Kolejka chętnych wolno się przesuwa. Obsługujący diabelski młyn mężczyzna ciągnie za wielką dźwignię, zatrzymuje karuzelę i pomaga wysiąść jakiejś parze. Daje znak Romie i Diannie, które wbiegają na podest i zajmują kołyszące się siedzenie.

– Ta mała musi być pod opieką kogoś dorosłego – mężczyzna wskazuje na Romę.

– Pojadę z nimi. – Elena wchodzi na podest. Sadza Romę pośrodku i mocno ją obejmuje. Daję im znak, żeby jechały beze mnie. Na siedzeniu i tak nie ma miejsca dla czwartej osoby. Dianna i Roma łapią się za ręce, gdy mężczyzna z trzaskiem opuszcza drążek. Nagłe szarpnięcie i karuzela rusza.

– A ty? – krzyczy Dianna już nad moją głową.

Macham siostrom i posyłam im uśmiech.

– Jedziesz sama? – pyta mężczyzna.

W odpowiedzi wchodzę na podest i siadam na krzesełku. Czekając, aż obsługujący zabezpieczy siedzenie, spoglądam na ludzi stojących w kolejce. Dostrzegam Renato Lanzarę. Patrzy na mnie i uśmiecha się. Macham mu ręką.

– Proszę zaczekać – mówię do operatora karuzeli. Czuję lekkie pałanie policzków, gdy Renato dołącza do mnie. – Nie mogę sama frunąć nad Roseto – wyjaśniam. Drążek zabezpieczający nasze krzesełko ląduje na swoim miejscu, mężczyzna pociąga za dźwignię i ruszamy. Przygładzam włosy, misternie zaplecione przez Elenę. I nagle przypominam sobie o bezrękawniku zakrywającym moją bluzkę i spódnicę. Czemu zawsze, kiedy spotykam Renato Lanzarę, mam na sobie coś dziecinnego? Czemu choć raz nie mogę być przygotowana, jak należy?

– Coś nie tak? – pyta Renato.

Spoglądam na niego. Jest taki schludny i szykowny w białej koszuli i beżowych spodniach z lnu. Szelki w czerwono-biało-zielone paski na pewno włożył dla podkreślenia włoskiego charakteru dzisiejszego święta. Jest opalony. *Bronzata,* jak mawia mama.

– Zawsze wyglądam głupio, kiedy się spotykamy.

– O czym ty mówisz?

– Ten bezrękawnik. Taki dziecinny.

– Mnie się podoba.

– Starasz się być miły.

– Nie, naprawdę. Podoba mi się. Co oznacza ta litera?

– Pagano. Firma mojego szwagra. Mamy stoisko tuż obok strażaków, którzy sprzedają kiełbaski z papryką. – Kiedy to mówię, uświadamiam sobie, że na pewno przesiąkłam dymem z grilla. Co za koszmar. Nic, co mi się przytrafia w rzeczywistości, nie wygląda jak w marzeniach. Gdybym wiedziała, że spotkam Renato przy diabelskim młynie, włożyłabym prostą lnianą sukienkę na ramiączkach. Taką jak Michelina de Franco. I pożyczyłabym od mamy wodę lawendową zamiast pachnieć kiełbaskami, przysmakiem mieszkańców Roseto.

– Bardzo lubię kanapki z kiełbaskami i papryką.

– Są smaczne. – Wygładzam bezrękawnik zakrywający spódnicę. Wzbijamy się w górę. Serce podchodzi mi do gardła. Mocno chwytam się drążka zabezpieczającego.

– Boisz się? – pyta Renato.

– Nie mam skrzydeł, jeśli coś pójdzie nie tak...

Renato obejmuje mnie ramieniem. Czuję wewnętrzne dygotanie i wiem, że to nie wynik jazdy, tylko bliskości Renato. Nad głową mam stopy swoich sióstr. Jak dobrze, że nie mogą mnie teraz widzieć z Renato. Nie daję Diannie i Romie dobrego przykładu. Jestem z chłopcem bez zapytania taty o zgodę. Zresztą, co mi tam. To moja chwila. W życiu nie byłam taka szczęśliwa!

Nagle czuję gwałtowne szarpnięcie. Diabelski młyn zatrzymuje się, a my zawisamy powietrzu. Z tej wysokości dachy budynków przy Garibaldi Avenue wyglądają niesamowicie, lśniąc w blasku księżyca. Trochę się boję, przede wszystkim jednak jest mi smutno, że połowa przejażdżki już za nami.

– Patrz, stąd widać nawet dach domu mojej siostry przy Dewey Street – pokazuję.

– Jak się czuje twój ojciec? – pyta Renato. – Był dla mnie taki uprzejmy na farmie.

– Na szczęście chodzi już o wiele lepiej. – Na myśl o tacie przypominam sobie, jak należy się zachować. Odsuwam rękę Renato z mojego ramienia i kładę mu ją na kolanie. Nie powinnam być tak blisko mężczyzny bez zgody taty.

– Życie na farmie jest bardzo trudne. Nie wiem, czy sam bym podołał.

W tonie Renato jest coś protekcjonalnego, więc cieszę się, że przed chwilą wysunęłam się z jego objęć. Cząstka mnie rozumie uczucia Renato. Gdybym miała wybór, nie chciałabym urodzić się w rodzinie farmerów. Wolałabym, żeby tata był fryzjerem, kamieniarzem albo właścicielem sklepu. Ale tata kocha swoją ziemię i zwierzęta, kocha mamę i życie z dala od zgiełku miasta. Wychował się na farmie w Foggii i nie zna nic innego prócz pracy na roli. Tylko jak to wytłumaczyć człowiekowi z wykształceniem? Zamiast próbować, mówię zjadliwie:

– Jestem pewna, że nigdy nie będziesz musiał, więc niech cię o to głowa nie boli.

Renato wyczuwa w moich słowach chłód.

– Nie chciałem cię urazić.

– Ale uraziłeś, chociaż nie mam ci tego za złe. Widzisz, ze mnie też żadna farmerka. Nigdy nie lubiłam ciszy i spokoju wsi i pracy na farmie tak, jak powinnam. Robiłam to wszystko, i robię nadal, ale odkąd nauczyłam się czytać i dowiedziałam się, jak ludzie żyją gdzie indziej, krytycznie oceniam swoje pochodzenie. A to niedobrze. Przecież nic nie poradzę na to, kim jestem ani skąd pochodzę.

– Nigdy nie powinnaś przepraszać za to, kim jesteś.

– Ja nie przepraszam. – Przenoszę wzrok z mrugających świateł Roseto na atramentową czerń nieba wysoko nad pasmem Gór Błękitnych. – Chciałabym cię o coś zapytać – zaczynam.

I wtedy operator diabelskiego młyna wrzeszczy z dołu:

– Słuchajcie, mechanizm się zaciął! Zachowajcie spokój i nie huśtajcie się na krzesełkach. Zaraz to uruchomimy.

Te wieści z ziemi przyjmuję za znak. Jest mi pisane spędzić z Renato kilka dodatkowych chwil.

– Czemu znikasz?

– Co masz na myśli? – pyta niewinnym tonem.

– Spotykam cię, a potem widzę dopiero po wielu miesiącach. Czy robię coś, co cię obraża?

– Nie, wcale nie – odpowiada szybko.

– Więc o co chodzi?

– Jesteś dla mnie za młoda, Nello.

– Mam piętnaście lat.

– A ja dwadzieścia dwa. Nie wyglądasz na piętnaście...

– Ty za to wyglądasz na dwadzieścia dwa.

– ... ale masz piętnaście. Nie powinienem zalecać się do kogoś w twoim wieku. To niewłaściwe.

– Bo nie zostaliśmy sobie przedstawieni jak należy? Bo nie rozmawiałeś z moim tatą i nie spytałeś o pozwolenie?

– Niepotrzebnie o tym wspomniałam. Przecież nie chodzi tylko o mój wiek. Wiem na pewno, że Renato nigdy nie naraziłby na szwank mojej reputacji.

– Tak jest, i tyle – odpowiada prosto Renato.

– Zupełnie jakbyś podrywał dziewczynę, a na koniec znikał z miasta.

– Byłem we Włoszech...

– To wiem. Mówię o innych sytuacjach. – Nie chcę, by Renato nabrał przekonania, że pilnie śledziłam jego wyjazdy i przyjazdy, ale tak było. Kiedy zamieszkałam w Roseto, żeby pomagać Assuncie w domu, pytałam czasem o Renato to tu, to tam. Jest tajemniczy, nikt nie wie dokładnie, co robi i dokąd jedzie. – Masz ukochaną?

– Tak jakby.

– Więcej niż jedną?

– Przecież jestem młody. – Wzrusza ramionami.

– Nie aż tak. Mój tata ożenił się, kiedy miał dwadzieścia lat. Renato wybucha śmiechem.

– Przeszkadza ci, że widuję się z wieloma dziewczętami?

– Czemu miałoby mi to przeszkadzać? – Chowam ręce w kieszeniach bezrękawnika.

– Nie wiem.

– To oczywiste, że będziesz miał różne dziewczyny. Niby czemu nie miałbyś ich mieć? – Przez boczną krawędź naszego krzesełka patrzę w dół i czuję, jak przewraca mi się żołądek. Postanawiam, że drugi raz już nie spojrzę.

– Jesteś śmiała i bardzo szczera – mówi Renato. To nie osąd, to stwierdzenie faktu.

– Ty też jesteś ze mną szczery, co ci się chwali. Masz rację. Jestem dla ciebie za młoda. Ale chciałabym być starsza. – I zaraz żałuję tych słów. Renato pomyśli na pewno, że jestem głupiutka. Jednak on bierze mnie za rękę

– To się zmieni.

Pod wpływem wzroku Renato oblewam się rumieńcem. Przecież on wie, że nie zawsze będę miała piętnaście lat.

– Mama też tak mówi. Człowiek nawet nie zauważa, kiedy kończy się młodość. Bo tak szybko mija. Znika zupełnie jak cukier na deszczu.

– Twoja mama ma rację.

– Dlatego mnie objąłeś. Obejmujesz wszystkie dziewczęta – mówię głośno.

– Nie wszystkie.

– Niektóre?

– Kilka.

– No i dobrze – spoglądam na niego i uśmiecham się.

– Niby czemu miałbyś sobie żałować.

Renato patrzy na mnie pytająco.

– Zwykle dostaję w twarz, jeśli nie przekonam dziewczyny, że jest jedyna.

– Zawsze lepiej przyjmować do wiadomości prawdę.

– Odwracam wzrok.

– Nie rywalizujesz z innymi dziewczętami?

– O chłopca?

– O cokolwiek.

– A co by mi to dało? Zawsze znajdzie się ktoś ładniejszy, ktoś lepszy ode mnie albo gorszy, mniej inteligentny. Czemu miałabym porównywać się z innymi?

– Wszystkie dziewczęta tak robią.

– Ale nie ja. Szkoda na to czasu. Mam siostrę, która wiecznie narzeka, bo nie dostaje tego, co by chciała. Urodzona malkontentka. Ciągle jej się wydaje, że gdzieś jest ktoś, kto ma więcej i lepiej niż ona. Nigdy nie powie innej dziewczynie: „masz śliczną sukienkę" z obawy, że jej własna sukienka jest niewystarczająco ładna.

– Dziewczęta takie już są. Przynajmniej te, które znam.

– To niedobrze.

Renato spogląda gdzieś ponad dachy Roseto i uśmiecha się.

– Jesteś wyjątkowa, Nello.

– Czasem chciałabym być jak inni. Ale nie potrafię. Za dużo rozmyślam o różnych sprawach, a to niedobrze. Refleksyjna natura to przekleństwo.

– Nie, jeśli cenisz własny intelekt.

– Cenię. Chciałabym tylko mieć... fantazję. Właśnie. Fantazję. Umiejętność przejścia przez życie tanecznym krokiem zamiast mozolnego brnięcia jak farmer.

– Zostaw to rozchichotanym panienkom. Tobie to niepotrzebne. Masz rozum i urodę, a to rzadkie połączenie.

– Czemu sądzisz, że jestem piękna? – W tym momencie nie udaję kokietki. Naprawdę chcę wiedzieć, co takiego widzi we mnie Renato Lanzara.

– Spójrzmy... – Renato ujmuje w dłonie moją twarz i przygląda mi się badawczo, bez emocji. – Masz ładny nos. Prosty. I piegi od słońca...

– Mama nie pozwala mi używać pudru. Kiedy wreszcie pozwoli, od razu je przypudruję – oznajmiam.

– Nie rób tego. Te piegi to część ciebie. – Renato patrzy teraz na moją twarz pod innym kątem. – Najbardziej lubię twoje oczy. Zmieniają kolor przy świetle. Teraz są ciemnobrązowe, ale w pełnym słońcu mają domieszkę zieleni. Szmaragdowej zieleni.

Milkniemy. O tym aspekcie bycia sam na sam z mężczyzną Chettie nigdy nie wspominała. O ciszy. O tych chwilach między słowami, kiedy nic nie trzeba mówić. Przyglądam się falującemu na dole tłumowi. Stąd wydaje się, że ludzie przemieszczają się ramię przy ramieniu, szczelnie wypełniając ulice. Ksiądz Impeciato będzie szczęśliwy. Kościół zbierze mnóstwo pieniędzy.

Zawieszona nad miastem w ciepłą letnią noc odczuwam nagłe pragnienie, by diabelski młyn znów ruszył. Uświadamiam sobie, że nie chcę, by pogłębiło się moje dziewczęce zakochanie. Renato nigdy nie będzie mój. Mówi mi to intuicja. Dobrze do siebie pasujemy, wiem o tym, ale to wcale nie oznacza, że dostanę to, za czym tęsknię. Wokół Renato kręci się wiele kobiet, a ja jestem dla niego smarkulą. Tyle że z naszego nieoczekiwanego rendez-vous wyniosłam same korzyści. Usłyszałam, że jestem piękna. Nikt wcześniej mi tego nie mówił, więc lepiej już nie będzie. Poznałam go trochę lepiej. Większych nadziei w związku z Renato Lanzarą sobie nie robiłam.

– Nello?

Spoglądam na niego. Renato obejmuje mnie ramieniem, bierze za rękę, pochyla się i całuje mój nos. Próbuję coś powiedzieć, ale nie mogę. Gdybym była porządną dziewczyną, kazałabym mu przestać. Dotąd uważałam się za porządną dziewczynę. Dopiero teraz widzę, że nie można mieć tej pewności, póki nie stawi się czoła pocałunkowi mężczyzny, którego się nie kokietowało. Teraz wiem, że nie jestem porządna. Renato uśmiecha się, całuje mnie w policzek, a potem kilka razy delikatnie muska moje wargi. I znów nie mogę wydobyć z siebie słowa. Czuję tylko łagodny nacisk jego ust. Pocałunki są o wiele bardziej czułe, niż je sobie wyobrażałam, i z pewnością o wiele bardziej oczekiwane. Czemu nie każę mu przestać?

– Już w porządku, jedziemy! – woła z dołu mężczyzna obsługujący karuzelę. Mój pierwszy pocałunek trwał za krótko. Odchylam się do tyłu. Nasze siedzenie huśta się w przód i tył, gdy koło diabelskiego młyna powoli zaczyna

97

się obracać. Zakrywam dłonią usta i odwracam głowę. Księżyc w pełni, okrągły i srebrny niczym lustro, jest tak blisko, że mogę niemal dostrzec w nim swoje odbicie. Gdybym tylko mogła tu zostać, ze stopami wysoko nad ziemią, z sercem bijącym tak głośno, że słyszy je pewnie całe Roseto.

– No opowiadaj jeszcze, opowiadaj – szepcze Chettie. Idziemy po Garibaldi Avenue za parafianami odmawiającymi różaniec. Rozpoczęła się uroczysta niedzielna procesja. Na jej czele kroczy Michelina de Franco w białej sukni i pelerynie. To ona ukoronowała posąg Najświętszej Marii Panny diademem z klejnotów będących darem kobiet z Roseto. Ksiądz Impeciato chodził od drzwi do drzwi, zbierając biżuterię, stare pierścionki, kamienie szlachetne i złoto, a jubiler w Nowym Jorku wyczarował z nich olśniewającą koronę dla Matki Boskiej.

Posąg, umieszczony na drewnianej platformie, niesie sześciu przepasanych szarfami mężczyzn w czarnych garniturach. Zaraz za posągiem idą Rycerze Kolumba w białych odświętnych kapeluszach z piórkiem i mieczami u pasa, tworząc gwardię honorową. Świta Micheliny, składająca się z jej sióstr i starszych dziewcząt z Columbus School, podąża tuż za nimi, niosąc koszyki ciemnoczerwonych róż.

Ksiądz Impeciato kroczy obok posągu. Chwilami spogląda na mrowie pokutników z różańcami oplecionymi wokół palców. Są nas setki. Najwyraźniej wielu ludzi potrzebuje wstawiennictwa Matki Boskiej. Modlę się o wyzdrowienie taty. Roseto Coronet Band wybija rytm na bębnach.

Chettie przysuwa się bliżej.

– To najcudowniejszy pocałunek, o jakim słyszałam. Glorii Swanson nikt tak nie pocałował. Nigdy w powietrzu!

– Więcej go nie zobaczę – mówię ze smutkiem. Wiem, że podczas modlitwy nie powinnyśmy rozmawiać o pocałunkach, lecz ten pocałunek był dla mnie o wiele bardziej rzeczywisty niż jakakolwiek modlitwa.

– Nieprawda. Przecież on mieszka przy Garibaldi Avenue, na litość boską!

– Nie, nie. Nigdy go więcej nie zobaczę, bo nigdy więcej tędy nie pójdę. – Gdy zbliżamy się do zakładu fryzjerskiego pana Lanzary, odwracam wzrok.

– Nie ma go tam. Ale jest jego ojciec – szepcze Chettie.

– A matka?

– Umarła dawno temu. Nie mówił ci? – Chettie zerka przez ramię. W porządku, już minęłyśmy – informuje.

Biorę głęboki wdech i wolno wypuszczam powietrze z płuc.

– Nella, nie zrobiłaś nic złego. To on cię pocałował, nie zapominaj. Powinnaś chodzić po Garibaldi Avenue z dumnie podniesioną głową. Poza tym musisz tędy przejść w drodze do szkoły. Przecież tu się zatrzymuje tramwaj.

– Pójdę przez Chestnut.

– Co za głupota. Pamiętaj, co powiedział: jesteś młoda, ale to się zmieni. Właściwie obiecał, że na ciebie zaczeka!

W takich sytuacjach Chettie, moja przyjaciółka o wielkim sercu, traci zdrowy rozsądek. Renato wyraźnie dał mi do zrozumienia, że w jego życiu jest wiele dziewcząt. Może wybrać, którą chce. Czemu tak przystojny i inteligentny mężczyzna miałby czekać właśnie na mnie? Teraz znam się na chłopcach lepiej od Chettie. Mogłabym ją czegoś nauczyć.

Siostra Bernarda w czarnym salezjańskim habicie, welonie do pasa i białym kwefie, piorunuje nas wzrokiem. Pocieram paciorki różańca i powtarzam z innymi:

– Zdrowaś Mario, łaski pełna… – mechanicznie klepiąc słowa znanej modlitwy, pozwalam myślom odpłynąć. Czuję się jak oszustka. Nie wierzę w odpuszczenie grzechów. Czy Bóg naprawdę chce, żebyśmy składali mu w ofierze swoje cierpienie i w ten sposób udowadniali miłość do niego? Cierpienia wystarczy i bez tych demonstracji. Co ci ludzie tu robią? Czemu idą i modlą się w tym skwarze? Naprawdę wierzą, że ich modlitwy zostaną wysłuchane? Wierzą, że prośby spisywane na kawałku papieru, który oddaje się królowej Wielkiego Dnia, by wrzuciła go do skrzynki, potem odczytywane w czasie mszy, dotrą do nieba? Zadziwia mnie ta niezłomność. Ja nie mam jej ani krzty. Nie wiem, jak po tym wszystkim, co ją spotkało, Chettie nadal może się modlić, nadal wierzyć. Na dodatek robi to nie tylko z obowiązku. Modli się o dobro dla wszystkich. Moim zdaniem Chettie prędzej ustrzeli coś z zawiązanymi oczyma na strzelnicy w wesołym miasteczku, niż Bóg odpowie na jej modlitwy. Czy Bóg w ogóle ich słucha?

Odprowadzam Chettie do domu przy Dewey Street. Po długiej procesji bolą nas nogi.

– Trzeba mi było pomodlić się o buty, które nie obcierają pięt – mówię.

Chettie wybucha śmiechem.

– Następnym razem.

– Czy ty kiedykolwiek odczuwasz smutek? – pytam i w tej samej chwili żałuję swoich słów. Przecież Chettie straciła ojca w straszliwym wypadku w kamieniołomie. To jasne, że wie, co to smutek.

– Nigdy, póki się coś nie wydarzy. O to ci chodziło, prawda? A ty go odczuwasz?

– Tak. Cały czas.

– Dlaczego? Z powodu Renato?

– Wszystko mnie smuci.

– Boisz się i tyle. Lubisz go, chcesz, żeby on też cię lubił, a wmawiasz sobie najgorsze rzeczy, bo się boisz, że będziesz cierpieć. Ale moja mama mówi, że nie da się przejść przez życie bez cierpienia.

– Więc teraz mam się o co modlić: żeby nie cierpieć.

– Siostra Teresa powtarza: „Życie to welon utkany z łez"
– mówi smutno Chettie. – Chciałabym, żeby tata wrócił. Ale
nie wróci. A my musimy żyć dalej.

– Wiem.

– Nawet przy tych wszystkich złych rzeczach może zdarzyć się coś cudownego. Renato cię pocałował! Ja nie mogę
się doczekać swojego pierwszego pocałunku.

– Anthony Marucci?

– Zbyt nieśmiały. Jeśli będę na niego czekać, zdążę osiwieć.

– Może cię jeszcze zaskoczy.

– Nello, muszę ci coś powiedzieć. – Chettie robi wydech
i zatrzymuje się przed domem. Sierpniowe słońce praży niemiłosiernie. Chciałabym, żeby było jak kiedyś, gdy pani Ricci robiła nam lemoniadę, a my siadałyśmy na ganku pod
markizą i opowiadałyśmy sobie różne historie. – Nie wracam do szkoły.

– Co?

– Muszę iść do pracy.

– Myślałam, że pomaga wam wujek z Filadelfii.

– Jego pomoc nie wystarcza, poza tym mama nie chce
być dla niego ciężarem. Biorą mnie do fabryki odzieżowej.
Tam jest dużo wolnych miejsc.

– Chettie, przecież chcesz być pielęgniarką.

– Potrzebujemy pieniędzy, Nello.

– Ale twoja nauka...

– Nie mogę teraz o tym myśleć.

– Musi być jakiś inny sposób...

– Nie ma – mówi Chettie. – Trudno. Na pewno nie będzie
tak źle. – Odwraca się i wolno wchodzi po schodkach na ganek.

Idę na przystanek tramwajowy. Alessandro dał mi pieniądze na powrót do Delabole pod warunkiem, że zmówię różaniec za dziecko. Dziś rano po mszy oboje z Assuntą w końcu
zakomunikowali nam dobrą wiadomość.

Zanim docieram do farmy, wyraźnie odczuwam zmęczenie po długiej procesji. Na dodatek przygnębiły mnie słowa Chettie.

Podnosząc zasuwę przy bramie, widzę stojące obok stodoły auto Alessandra. Szkoda, że Chettie jest najstarsza z rodzeństwa. Jakie to szczęście, że Assunta wyszła za dobrego człowieka, który tyle nam pomaga. Zupełnie jakby tata wreszcie doczekał się upragnionego syna.

Zbliżam się do domu. Słyszę tatę i Alessandra. Pewnie znów dyskutują o urządzeniach mechanicznych na farmie. W chwili gdy otwieram siatkowe drzwi i wchodzę do środka, dobiega mnie głos taty:

– Musisz jechać.

– Co się dzieje? – pytam. Wszyscy patrzą w moją stronę.

Assunta siedzi wygodnie na kanapie, tata zajmuje przyniesione z kuchni krzesło z prostym oparciem, trzymając przed sobą chorą nogę unieruchomioną szyną. Mama chodzi po pokoju. Alessandro stoi wsparty o framugę. Trzyma w ręku coś, co wygląda na list.

– Jak procesja? – odpowiada pytaniem na pytanie tata.

– Pomodliłam się za wszystkich.

– Bardzo nam tego trzeba. – Tata spogląda na Alessandra. Kieruję wzrok na szwagra.

– Złe wieści?

– Alessandro musi jechać do Włoch. Jego ojciec jest ciężko chory – mówi cicho Assunta.

– Nie pojadę – zwraca się do niej Alessandro. – Źle się czujesz. Moje miejsce jest przy żonie.

– Gdyby chodziło o mojego tatę, pojechałabym – mówi do męża Assunta.

– Martwimy się o farmę. – Alessandro patrzy na tatę.

Serce we mnie zamiera. Alessandro nie może wrócić do Włoch! Co my bez niego poczniemy? Podróż trwa miesiąc w jedną stronę, nawet jeśli zostanie tam krótko, powiedzmy dwa tygodnie, wróci dopiero zimą. Kto się wszystkim zajmie do tego czasu?

Tata powoli wstaje z miejsca.

– Z moją nogą z dnia na dzień jest coraz lepiej.

– Jeszcze nie wydobrzałeś całkiem – oponuje mama.

– Celeste... – tata daje mamie znak, żeby się nie sprzeciwiała. – Alessandro ma tam rodzinę. Pozwól mu jechać. Będziemy musieli sobie poradzić.

– Idę do pracy w fabryce. – Elena patrzy na mnie.

Błyskawicznie analizuję, co oznacza jej nieobecność pod kątem zajęć na farmie.

– Mogę doić krowy rano przed szkołą – deklaruję. – A po powrocie karmić konie i zająć się kurczakami.

– Potrzebujemy więcej pomocy, Nello.

– Zrobię wszystko, tato. Mogę orać, zbierać plony, zająć się świniami i krowami. Co tylko będziesz potrzebował.

– Żeby dotrzymać umów ze sklepami, będziesz musiała iść do pracy – mówi smutno tata.

– Ale, tato... – Czuję ściskanie w żołądku. – Przecież mam szkołę.

– To nie potrwa długo. Wrócisz za rok. – Tata zaczyna objaśniać, że to żaden problem zrobić sobie roczną przerwę, a potem wrócić do szkoły średniej, jakby takie rzeczy były na porządku dziennym. Ja wiem jednak, że jeśli teraz odejdę z Columbus School, raczej tam nie wrócę.

– Nikt nie wraca, tato.

– Nieprawda, wracają. Przeskoczyłaś ósmą klasę i poszłaś od razu do dziewiątej.

– Teraz jest inaczej. To szkoła średnia. Mają swoje przepisy.

– Porozmawiam z nauczycielką.

– Dobrze, tato, zgadzam się. – Tata podjął już decyzję i nie sposób jej zmienić. Do oczu napływają mi łzy, gorące łzy żalu. Nie chcę, żeby ktoś je widział. Wybiegam z domu i pędzę do stodoły, gdzie mogę być sama. Wpadłszy do środka, osuwam się na kolana i wybucham płaczem. Nigdy nie będę nauczycielką. Moje marzenie się rozwiewa, a wszystko przez tę głupią farmę. Tak bym chciała, żeby tata wreszcie ją sprzedał! Żebyśmy przeprowadzili się do miasta i pracowali jak wszyscy inni. O dodatkowych pieniądzach, jakie tata zarabiał w kamieniołomie, można zapomnieć. Zbyt długo polegaliśmy na wspaniałomyślności Alessandra. Gdybym była mężczyzną, nikt by mi nie mówił, co mam robić ze swoim życiem. Nie mogę zrezygnować z marzeń. Nie zrezygnuję! Muszę znaleźć sposób, jak pogodzić szkołę i pomoc rodzinie.

Rozdział piąty

Drzwi kościoła Matki Bożej z Góry Karmel są otwierane codziennie przed mszą o siódmej rano, a zamykane o północy. Przez cały dzień grzesznicy mogą wstąpić do środka i zrzucić z siebie brzemię win.

Wchodzę po schodach, otwieram drzwi i wyjmuję z kieszeni fartucha sześć centów. W ostatniej ławce siedzi starsza kobieta mamrocząca pod nosem różaniec. Mijam ją, idę przed główny ołtarz, klękam i żegnam się (tylko dlatego że ktoś patrzy), przekraczam balustradę i podchodzę do wnęki, w której przez cały rok stoi posąg Matki Boskiej, nie ma go tutaj tylko w czasie Wielkiego Dnia, kiedy jest noszony po Garibaldi Avenue w misternym diademie na głowie.

Klękam przed Matką Boską. Nie odmawiam ani *Zdrowaś Mario*, ani *Litanii do Wszystkich Świętych*. Mówię własną modlitwę.

– Najświętsza Panienko, w moim życiu wydarzyło się coś strasznego. Chciałam zostać nauczycielką, żeby pomagać dzieciom, a nie zaspokoić własny egoizm. No dobrze, może nie do końca. Lubię czytać, jestem dumna ze swojej inteligencji. A teraz nie mogę chodzić do szkoły. Zapalam te świece, bo chcę cię prosić, żebyś natchnęła mojego ojca do zmiany decyzji. Muszę chodzić do Columbus School, a potem do college'u. Proszę, pomóż mi. – Wrzucam jednocentówki w wąski otwór jedną po drugiej, aż sześć monet ląduje na dnie mosiężnej skrzynki. Chcę, by Bóg wyraźnie słyszał, jaką sumę poświęcam.

Zapalam sześć świec u stóp Matki Boskiej, mając nadzieję, że mnie usłyszy. A przynajmniej zobaczy te świece i uzna, że traktuję tę sprawę poważnie. To znaczy, j e ś l i mnie słucha. Tak bardzo pragnę wrócić do szkoły, że wmawiam sobie wiarę, by dopiąć swego. Może ostatnie wydarzenia to kara za moje wątpliwości. Niestety, nie umiem ich rozwiać. Wygląda na to, że kiedy tylko coś nam się udaje, zaraz nadchodzi coś strasznego i trzeba zaczynać od nowa. Tak, los nam zesłał Alessandra. Tak, mam szczęście, że panna Stoddard uznała mnie za wystarczająco bystrą, bym mogła kontynuować naukę, lecz te dary zostały mi odebrane. Jeśli tych sześć centów i sześć świec pomoże, pozostaje mi tylko modlić się o to, na czym mi zależy.

Starsza kobieta klęka obok mnie. Żegna się i przekłada różaniec do jednej ręki. Ma na sobie czarną koronkową mantylę. Włosy, kunsztownie upięte pod welonem, wyglądają jak bukiet białych róż. Pospiesznie kreślę znak krzyża i podnoszę się z klęczek.

– Dlaczego sześć? – słyszę szept.

Znów klękam i patrzę na rządek świec płonących u stóp świętej figury.

– Miałam sześć centów.

– Zapal siódmą świecę.

Spoglądam na staruszkę jak na wariatkę.

– Nie mam już monet – odpowiadam i zrywam się z klęcznika.

– Nie, nie, musisz zapalić siódmą. Siedem to mistyczna cyfra.

Uśmiecham się uprzejmie i nagle postanawiam być szczera.

– Skoro jest taka mistyczna, to czemu Bóg przysłał mnie tutaj z sześcioma centami?

Kobieta nie odwzajemnia mojego uśmiechu. Ze wzrokiem utkwionym w Matkę Boską sięga do kieszeni, wyjmuje z niej jednocentówkę i wrzuca do skrzynki.

– Zapal świecę i módl się, o co chcesz – mówi.

Posłusznie wykonuję polecenie staruszki.

– Dziękuję pani.

– Nie zapomnij w modlitwach o świętym Antonim. Nigdy mnie nie zawiódł.

Okna po przeciwnej stronie kościoła są otwarte, w środku nie czuć jednak ożywczego powiewu. Szybkim krokiem zmierzam do wyjścia. Energicznie otwieram drzwi i wpadam wprost na księdza Impeciato.

– Panna Castelluca... – ksiądz Impeciato odzyskuje utraconą równowagę.

– Przepraszam księdza.

– Ty zawsze w biegu. Szukałem cię po niedzielnej mszy, ale zaraz po pieśni na wyjście zniknęłaś.

– Mam w domu mnóstwo obowiązków. – Co księdzu Impeciato do tego, gdzie mi spieszno? I tak nie ma pojęcia o dojeniu krów czy sprzątaniu obory.

– Potrzebuję twojej pomocy.

– Właśnie wrzuciłam do skarbonki wszystkie pieniądze, jakie przy sobie miałam.

Na twarzy księdza Impeciato pojawia się uśmiech.

– Nie chodzi o pomoc finansową. Chciałbym, żebyś zapoczątkowała działalność Towarzystwa Maryjnego przy naszym kościele.

– Nigdy o tym nie słyszałam.

– To organizacja dla młodych kobiet czczących Najświętszą Marię Pannę. Taka służba dla naszego kościoła byłaby dla ciebie wielkim honorem.

– W takim razie muszę być z księdzem szczera. Nie powinien mnie ksiądz stawiać za wzór innym dziewczętom.

– A to dlaczego?

– Bo sama nie wiem, w co tak naprawdę wierzę. – Ksiądz Impeciato patrzy na mnie z lekkim zdziwieniem. Próbuję więc ułatwić mu zrozumienie. – Co niedziela zmagam się z każdym słowem księdza.

– Naprawdę?

– Nie rozumiem tych wszystkich strasznych rzeczy, jakie się dzieją na świecie. Moja przyjaciółka Chettie straciła ojca, a my możemy stracić farmę, bo noga taty nie goi się jak należy. Nie wiem, czy Matka Boska chciałaby, żebym coś zaczynała w jej imieniu.

– I tu właśnie powinna przyjść wiara.

– Staram się, jak mogę. Przychodzę się tu modlić, regularnie jestem na mszy. Może moja rodzina została ukarana, bo ja jedyna chodzę do kościoła, ale to dlatego, że na farmie jest mnóstwo pracy. A Bóg nie zsyła nam pomocy bezpośrednio, w postaci pieniędzy, jeśli wie ojciec, co mam na myśli. Szczerze proszę go o pomoc, a nigdy nie dał mi znaku, że mnie usłyszał.

– Bóg nie jest magikiem.

– Nie oczekuję sztuczek, proszę księdza. Oczekuję opieki.

– Bóg się tobą opiekuje.

– Skąd ksiądz to wie?

– Bóg kocha wszystkie swoje dzieci.

Zamiast spierać się z księdzem Impeciato, po prostu zmieniam temat.

– Więc Towarzystwo Maryjne...

– Nie mamy tu żadnej organizacji dla młodych kobiet. A ty jesteś urodzoną przywódczynią. Poza tym twoi nauczyciele mówili mi, że jesteś doskonałą uczennicą i bardzo im pomagasz. Oczywiście mogłabyś liczyć na mnie przy zakładaniu tej grupy. Kościołowi bardzo przydałaby się pomoc. Jest tyle do zrobienia. Trzeba na przykład wykładać nuty dla chóru przed każdą niedzielną mszą... – Ksiądz Impeciato opowiada rozwlekle o wszystkim, czym się trzeba zająć: o prasowaniu obrusów na ołtarz, o koronowaniu figury Matki Boskiej w maju, a ja zamykam oczy w popołudniowym słońcu i przypominam sobie Renato śpiewającego na ślubie Assunty. Już to wystarczy, by pomóc księdzu Impeciato. Ale jest jeszcze ważniejszy powód, dla którego warto odpowiedzieć „tak" na tę prośbę. Jeśli zajmę się zorganizowaniem Towarzystwa Maryjnego, dziewczęta z Roseto w końcu uznają mnie za swoją. Jesteśmy farmerami, i choć to żaden powód do wstydu, ten fakt odróżnia nas i oddziela od reszty. Nie zostaliśmy automatycznie włączeni w życie Roseto, lecz robiąc coś pożytecznego dla księdza Impeciato, mogłabym to zmienić.

– Zgoda, proszę księdza.

– Dziękuję, panno Castelluca. Bóg ci to wynagrodzi.

Assunta zaproponowała Elenie i mnie nocleg u siebie przed naszym pierwszym dniem pracy w Roseto Manufacturing Company przy Front Street. Wczoraj Alessandro pojechał pociągiem do Filadelfii, skąd wypłynie do Włoch. Powinien wrócić na początku roku, więc zdąży na narodziny dziecka, które ma przyjść na świat w połowie stycznia.

– Jak spałaś? – pytam Assuntę, gdy ta stawia mleko na kuchni.

– Nie najlepiej. A ty?

Dzieliłyśmy z Eleną łóżko w pokoju gościnnym. Przez całą noc moja siostra wierciła się i przewracała z boku na bok. Zawsze tak z nią jest, kiedy czeka ją coś nowego. Denerwowała się pracą w fabryce i nie mogła spać.

– Dobrze.

Mleko zaczyna się podnosić w rondlu. Assunta zdejmuje je z ognia i ostrożnie nalewa do trzech miseczek. Potem do każdej dolewa odrobinę kawy, słodzi i miesza. Daje mi znak, żebym usiadła przy stole, podaje gotowe *gabagule* i piętkę chleba z wczorajszej kolacji.

– Masło jest na stole.

Łamię chrupiący chleb, smaruję go miękkim masłem i maczam w miseczce, a potem gryzę kęs i popijam słodkim mlekiem.

– Smaczne. Dziękuję – mówię. – I dziękuję, że pozwoliłaś nam zostać u siebie.

– Nikt nie powinien iść trzy mile pierwszego dnia pracy – odpowiada Assunta, nie patrząc na mnie. – Pamiętam, kiedy sama tam pracowałam. Nie było łatwo.

Assunta zapomina, że mówi o tym samym dniu, w którym ja szłam pierwszy raz do Columbus School. Nigdy nie miałam nic przeciwko codziennej wędrówce. Przecież chodziło o naukę.

– Szkolenie w fabryce nie było takie złe. Elmira Clements wydaje się miła.

– Uważaj na nią. To Brytolka – ostrzega Assunta. – Niby się uśmiecha, a śledzi każdy twój ruch. Potem donosi szefowi. Kiedyś moja przyjaciółka Donata wzięła dwa czarne guziki, dwa guziki! I została zwolniona.

– Ja niczego nie wezmę – obiecuję.

Elena schodzi do kuchni w roboczym stroju, kraciastym bawełnianym fartuszku z głębokimi kieszeniami. Włosy upięła wysoko w kok.

– I jak? – pyta, sadowiąc się obok mnie przy stole.

– Ładnie – mówię.

Assunta podaje Elenie miseczkę mleka i chleb. Jemy śniadanie w milczeniu. Assunta jest smutna z powodu wyjazdu Alessandra, Elena wolałaby pracować na farmie, a ja rzuciłam szkołę. To nie jest dobry rok dla dziewcząt z rodziny Castelluców.

Kiedy skręcamy z Eleną we Front Street, z otwartych okien Roseto Manufacturing Company dochodzi do naszych uszu terkot maszyn do szycia, który przeplata się z głośnym sykiem pary dobiegającym z wykańczalni. Jednak w przeciwieństwie do szkoły czy kościoła, w tym hałasie nie słychać ani jednego ludzkiego głosu. O siódmej rano fabryka tętni życiem. Nowi pracownicy zaczynają pół godziny później niż reszta, by nie zmniejszać wydajności. Po drugiej stronie ulicy widzę uczniów w drodze do Columbus School. Ciężko mi się robi na sercu. Tak bardzo chciałabym zawrócić i pójść za nimi. Dźwięk szkolnego dzwonka nie pozwala zapomnieć o tym, co tracę. W dniu, w którym przekroczyłam próg Columbus School, przysięgłam sobie, że skończę naukę w terminie i z wyróżnieniem. Mama i tata obiecują, że wrócę do szkoły, kiedy tylko znów staniemy na nogi, ale ja sądzę, że to mrzonki.

– Nella! – Chettie macha do nas sprzed wejścia do fabryki. Dołączamy do niej i ustawiamy się w kolejce, by odbić kartę zegarową. – Elmira kazała nam zacząć w krajalni.

– A ja? – pyta Elena.

– Ty idziesz do prasowalni – mówi Chettie.

– Najgorętszy miesiąc w roku, a mnie posyłają do prasowalni.

– Ja pójdę – proponuję. – A ty idź z Chettie do krajalni.

– Nie pozwolą wam na zamianę – oponuje moja przyjaciółka, która pracuje tu już od tygodnia.

– Porozmawiam z panną Clements. Na pewno wszystko jej jedno – mówię. Odchodząc, słyszę jak Chettie mruczy:

– To się jej nie spodoba. Ona nie lubi zmian.

Długą i szeroką halę główną fabryki zapełniają rzędy maszyn do szycia przymocowanych do niskich drewnianych stołów. Szwaczki siedzą na metalowych krzesłach na kółkach, dzięki czemu mogą przemieszczać się bez wstawania. Na końcu każdego rzędu stoi metalowy pojemnik, też na kółkach. Nad maszynami unosi się chmura szarego pyłu. W powietrzu tańczą drobinki tkaniny widoczne w jaskrawym świetle żarówek zwisających z sufitu na długich sznurach. Wygląda na to, że maszyn przybyło już po zamontowaniu oświetlenia, ponieważ niektóre robotnice mrużą oczy, by sprawdzić jakość szwów.

Kiedy przechodzę obok, kobiety podnoszą wzrok, ale tylko na chwilę, i znów depczą na pedał. Wprawnymi dłońmi przesuwają materiał pod ruchliwą igłą, po czym wyciągają go nagłym szarpnięciem i podają następnej szwaczce, która zszywa inny fragment ubrania. Biorę głęboki wdech i natychmiast tego żałuję. Do nosa wciskają mi się włókna tkaniny, wywołując potężne kichnięcie. Sięgam po chusteczkę. Nagle ktoś podsuwa mi czystą, wyprasowaną, choć wyblakłą czerwoną bandankę.

– Dziękuję – mówię.

– Przywykniesz do kurzu – odpowiada męski głos.

Składam bandankę w kwadrat i podaję nieznajomemu.

– Dziękuję – powtarzam.

– Zatrzymaj ją sobie. – Nieznajomy uśmiecha się. Mamie spodobałyby się maniery tego młodego człowieka. Wygląda na osiemnaście lat. Jego ciemne włoskie oczy przeszywają mnie na wylot. Ma duży, długi i prosty nos, charakterystyczny dla mieszkańców okolic Bari. Prócz tego pełne usta, dołek w podbródku i starannie uczesane włosy z przedziałkiem, choć pod wpływem gorąca panującego w hali jeden niesforny czarny lok opada mu na czoło. Przypomina mi mężczyzn z pamiątkowych zdjęć z rodzinnej wioski taty we Włoszech, pozujących całą grupą u wejścia do kamieniołomów w Roseto Valfortore. Jest wysoki, a kiedy odchodzi, widać w jego krokach pewność siebie. Dziwne uczucie zetknąć się z taką pewnością siebie w fabryce.

– Panno Castelluca? – Elmira Clements uśmiecha się do mnie przez zaciśnięte usta. Byłaby ładna, gdyby nie to widoczne napięcie. Ma brązowe pofalowane na końcach włosy obcięte krótko na pazia, a na sobie niebiesko-białą szmizjerkę i sznurowane buty na grubych obcasach. Jest szczupła, choć jej kostki są grube, a dłonie duże. Krągła twarz, mały nos i drobne usta zdradzają Walijkę. Elmira Clements ma jakieś dwadzieścia pięć lat, choć wygląda na starszą. – Powinnaś być w krajalni – mówi.

112

– Mogę się zamienić ze swoją siostrą Eleną?

– Przydzielamy miejsca pracy na zasadzie loterii. Miałaś szczęście, że dostało ci się zajęcie w krajalni. Na pewno chcesz zamienić się na prasowalnię? Nikt nie chce tam być.

– Jestem zdecydowana – odpowiadam, przywołując na usta uspokajający uśmiech. Nie chcę, żeby Elmira Clements uznała mnie za mącicielkę. Moim zdaniem każde zajęcie w tej fabryce jest koszmarne, bo uniemożliwia mi chodzenie do szkoły, więc mogę wykonywać najgorsze, i tak wszystko mi jedno.

Idę za panną Clements do prasowalni. W pomieszczeniu widzę samych mężczyzn. Usiłuję odróżnić jednego od drugiego, ale wszyscy mają na sobie robocze fartuchy i czapki.

– Masz. – Jeden z nich wręcza mi fartuch. Szybko przewiązuję się nim w pasie, zadowolona, że ubrałam się w jednoczęściowy kombinezon. Czeka mnie ciężka praca, sporo dźwigania i podnoszenia. – Jestem Federico – przedstawia się mężczyzna. Jest o wiele starszy ode mnie, więc czułabym się niezręcznie, zwracając się do niego po imieniu.

– Pan Federico?

– Federico Albanese. Nie mów do mnie „pan". Wszyscy jedziemy tu na tym samym wózku – uśmiecha się.

– To, że razem pracujemy, nie oznacza, że powinniśmy zapomnieć o dobrych manierach, panie Albanese. Mój tata byłby zawiedziony, gdybym zachowała się nieuprzejmie.

Pan Albanese znów się uśmiecha i potrząsa głową. Pokazuje mi moje stanowisko pracy: głęboki pojemnik wypełniony kłębem gotowych bluzek. Wyplątuję pierwszą i ubieram w nią manekina, tułów bez rąk na metalowym stojaku o regulowanej wysokości. Pan Albanese dostosowuje wysokość manekina do mojego wzrostu.

– Najpierw wyłogi, potem rękawy. Po prasowaniu bluzki idą do wykańczalni. Tam się je składa, pakuje i wysyła – wyjaśnia. Podaje mi rurę, z której wydobywa się gorąca para. Pokazuje, pod jakim kątem trzymać urządzenie, by uniknąć przypalenia albo nadmiernego zmoczenia tkaniny. Pod wpływem gorącej pary znikają wszelkie zagięcia. Urządzenie jest nieporęczne, więc kiedy trzymam je pierwszy raz, tracę nad nim kontrolę i strumień gorącej pary bucha mi wprost na drugą rękę, robiąc czerwony ślad. – Ostrożnie – mówi pan Albanese. – Zaraz chwycisz, jak to się robi.

Mój nauczyciel obserwuje, jak prasuję kolejną bluzkę na manekinie.

– Szybciej – instruuje łagodnie. Wkrótce łapię rytm i przyspieszam. Posługiwanie się rurą idzie mi coraz lepiej. Kiedy rozlega się dzwonek obwieszczający przerwę na lunch, szum maszyn natychmiast ustaje. Kobiety i mężczyźni błyskawicznie opuszczają stanowiska, zostawiając niedokończoną pracę. Ja sama chcę skończyć prasowanie zaczętej bluzki. – Nie rób tego – mówi pan Albanese. – Idź na lunch. Nigdy nie pracuj w czasie przerwy.

Jakie to dziwne, myślę, podążając za tłumem robotników. W szkole najbardziej liczy się dodatkowy czas. W fabryce na odwrót. Rób to, czego się od ciebie wymaga między jednym dzwonkiem a drugim, i nic poza tym.

Wyjmuję pojemnik z lunchem ze schowka oznaczonego moim imieniem i wychodzę na plac za fabryką. Rośnie tam kilka klonów. Chettie i Elena siedzą już w cieniu. Dołączam do nich.

– Masz piętnaście minut – oznajmia Chettie, popijając wodę.

– Głupio mi, że wylądowałaś w prasowalni – mówi Elena. – Nie powinnam się wykręcać.

– Krajalnia to nie zabawa. – Chettie patrzy na mnie porozumiewawczo. Siedzi za Eleną, może więc dać mi znak, że moja siostra nie najlepiej radzi sobie z pracą.

– Co z twoją ręką? – Elena spogląda na ślad po oparzeniu.

– Rura parowa ma swój rozum – wzruszam ramionami.
Postanawiam, że nie pójdę w ślady Eleny. Skoro już muszę
tu pracować, nie będę się skarżyć. Wytrzymam. Mam nadzieję, że pierwsza wypłata wynagrodzi moją rozpacz. – Jak
jest w krajalni?

– Ciągle kicham. – Elena gryzie kęs kanapki.

– To mija po kilku dniach – uspokaja Chettie. – Przyzwy-
czaisz się.

Rozmowa o kichaniu przypomina mi uprzejmego młodego człowieka.

– Jeden z pracowników dał mi swoją chustkę.

– Jak wyglądał?

Szukam nieznajomego wzrokiem w tłumie robotników
na placu, lecz nie mogę go znaleźć.

– Nie widzę go tu. Ma czarne włosy.

– Jak każdy Włoch w Roseto – śmieje się Chettie. – Opisz
go dokładniej.

– No, dobrze. Miał królewski wygląd. Inaczej nie da się
tego powiedzieć. I dołeczek w brodzie.

– Franco! – woła radośnie Chettie. – Franco Zollerano!
Operator maszyny. Bardzo bystry.

– O, tak. Sami bystrzy tu wylądowali – mówię z sarka-
zmem.

– To uwaga nie na miejscu. My tu pracujemy.

– Wiesz, że nie mówię o nas.

– Po tygodniu w tej fabryce mogę ci poradzić, żebyś zmieniła swoje nastawienie, bo ludzie potrafią wyczuć twoje
prawdziwe myśli. Pracujemy blisko siebie i niewiele da się
ukryć. Jeśli chcesz zostać i zarabiać, lepiej pójdź po rozum
do głowy.

Chettie nigdy przedtem mnie nie łajała. Wiem, że ma rację. Nie ma nic gorszego niż snobizm. Przypominam sobie,
jak patrzyła na nas siostra Anderson w szpitalu w Easton.

– Przepraszam. Ja po prostu nie chcę tu być.

– A ja niby chcę? – Chettie wstaje i strzepuje okruchy ze spódnicy.

– Jesteśmy... – zaczynam z zamiarem rozśmieszenia jej, lecz Chettie przerywa mi chłodno.

– Nie ma „nas", Nella. Nie mam już ojca. Mam za to pod opieką pięcioro dzieci, które trzeba wychować. Mama nie doszła do siebie po śmierci taty i nie zanosi się, żeby w najbliższym czasie lepiej się poczuła. Przez większość dnia leży w łóżku i płacze. Wszystko jest na mojej głowie. Jeśli chcesz narzekać albo dawać do zrozumienia, że jesteś lepsza od ludzi, którzy muszą pracować w takich miejscach, jak ta fabryka, proszę bardzo, twoja sprawa. Ale w takiej sytuacji nie chcę być dłużej twoją przyjaciółką.

Łzy cisną mi się do oczu. To przecież moja najlepsza przyjaciółka, która była wesoła, roześmiana, lubiła żartować. Tamtej dziewczyny już nie ma. I to dlatego, że jej tata próbował zarobić dodatkowe pieniądze na utrzymanie rodziny.

– Chettie, błagam. Nie możesz mnie znienawidzić. Ja po prostu się boję.

Elena wstaje z miejsca i ściska mnie mocno.

– To moja wina. Za bardzo narzekam, a tobie udziela się mój nastrój.

– To niczyja wina. No, może Boga. Bóg nas wpakował w te kłopoty.

– To nie Bóg – mówi cicho Chettie.

– Czyżby? Zapomniał o nas, dziewczyny. Kompletnie zapomniał.

Rozbrzmiewa dzwonek. Teren za fabryką pustoszeje równie szybko jak fabryka piętnaście minut wcześniej. Po chwili maszyny znów szumią i terkoczą. Wracamy do pracy.

Potem mamy jeszcze jedną, dziesięciominutową przerwę, a o czwartej stoimy nareszcie w kolejce, by odbić kartę zegarową. Pierwszy dzień pracy w fabryce odczuwam w każdej części ciała.

– Dobrze ci poszło – mówi pan Albanese.

– Starałam się – odpowiadam z uśmiechem.

– Będzie lepiej. Niedługo podwoisz liczbę prasowanych bluzek.

Mam ochotę odwrócić się i oświadczyć panu Albanese, że to niemożliwe. Ruszałam się tak szybko, że nie byłam w stanie policzyć, ile bluzek wyprasowałam. Jakim cudem miałabym ruszać się jeszcze szybciej?

Assunta co tydzień dostaje list od Alessandra. Okazało się, że ojciec jest ciężej chory, niż się spodziewaliśmy. Bracia Alessandra dobrze zajmują się rodzinną farmą, lecz jego dręczy poczucie winy, że na nich spadły wszystkie obowiązki.

– Jego miejsce jest przy mnie – Assunta obstaje przy swoim. Z wiecznie zielonych gałązek uplotła adwentowy wieniec, a pośrodku umieściła cztery świece: trzy czerwone i jedną różową. Będziemy zapalać jedną świecę w tygodniu podczas modlitwy przed kolacją, aż wszystkie cztery zapłoną w Wigilię Bożego Narodzenia.

– Wróci, zanim się obejrzysz – próbuję ją pocieszyć. Mama mówi, że kobieta spodziewająca się dziecka potrzebuje opieki. Alessandro wyjechał w najgorszym momencie. Assunta potrzebuje jego siły. Elena i ja jesteśmy teraz przy niej każdej nocy, co koi jej nerwy.

– Myśleliście o imieniu dla dziecka? – pytam.

– Celestina dla dziewczynki. Alessandro dla chłopca.

– Mama będzie szczęśliwa, że dacie dziecku imię po niej.

– Mam nadzieję, że to chłopiec i że będzie podobny do ojca. – Assunta gładzi się po okrągłym brzuchu. – Wszyscy się bali, że Alessandro okaże się złym człowiekiem, a patrz, jak jest. Mój mąż uratował naszą rodzinę.

– Po to, żeby ci pokazać, że można wychodzić za tych, którzy mieszkają po drugiej stronie oceanu.

Assunta, która nigdy nie śmieje się z moich żartów, tym razem leciutko chichocze. Łączy nas osobliwa przyjaźń, tak bardzo uwarunkowana jej nastrojami i potrzebami. Dziwne, bo Assunta nie widzi, że jest pępkiem świata. W jej mniemaniu to ona służy rodzinie i poświęca się dla nas, podczas gdy tak naprawdę to my staramy się ją zadowolić.

Elena wraca z piwnicy, niosąc świeżą bieliznę pościelową.

– To ostatnia partia nowych prześcieradeł dla dziecka – oznajmia i wchodzi po schodach na piętro.

– Nella? – W głosie Assunty pobrzmiewa nieznana mi dotąd nuta strachu. Spoglądam na nią, a ona nagle zaczyna płakać.

– Co się dzieje?

– On nie wróci. – Assunta płacze jeszcze przez chwilę i przestaje. – Czuję, że coś mu się stanie. Wiem, że nigdy nie wróci. Nigdy więcej go nie zobaczę.

– Assunto, posłuchaj. Jesteś smutna, to wszystko. Alessandro cię kocha, wróci, żeby być z tobą i dzieckiem. Kiedy nachodzą cię te straszne myśli, powtarzaj sobie, że mąż cię kocha. Wiem, że tak jest. Nie masz powodu do zmartwienia.

– Naprawdę? – Pierwszy raz w życiu Assunta patrzy na mnie jak na przyjaciółkę.

– Ręczę ci, że Alessandro wróci i że kocha cię najbardziej na świecie.

– Wierzę ci – Assunta kiwa głową.

Stałam się dobrą pracownicą fabryki. Pan Albanese nauczył mnie wszystkich sztuczek: jedz lunch i korzystaj z przerwy, lecz kiedy pracujesz – pracuj. Żadnych pogaduszek. A kiedy odbijasz kartę zegarową i wychodzisz, zostaw swoje problemy za sobą. Zawsze możesz poprawić niedoróbkę następnego dnia. Dlatego po odbiciu karty nie poświęcam fabryce ani jednej myśli.

W grudniu spadło mnóstwo śniegu i prasowanie, które w upalne dni było torturą, zimą przynosi ukojenie. Zbliża się Boże Narodzenie, więc Elena i ja już nie możemy doczekać się przyjazdu taty, mamy, Romy i Dianny do miasta. Będą nocować u Assunty. Pójdziemy razem na mszę, a potem zjemy śniadanie złożone między innymi z ciastek z cukierni „U Marcelli".

– Nella, obudź się! – słyszę nad sobą zdenerwowany głos Eleny.

Przewracam się na bok i chowam twarz w poduszkę. To przecież nie pora wstawania do pracy.

– No już! Assunta zaczęła rodzić!

Siadam w mgnieniu oka.

– Przecież poród dopiero w styczniu – mówię.

– Dostała bólów, wody jej odeszły. No chodź.

Wstaję z łóżka i wskakuję w robocze spodnie.

– Pójdę po panią Avanzato – oznajmiam Elenie, chwytając płaszcz. Każde dziecko w Roseto rodzi się w domu w asyście akuszerki. Harmonogram zajęć pani Avanzato jest równie precyzyjny jak harmonogram piekarza.

– Pospiesz się. – Elena pędzi do pokoju Assunty. Kiedy zbiegam po schodach, słyszę krzyk najstarszej siostry. Gnam po Dewey Street, skręcam w Chestnut i walę do drzwi domu pani Avanzato. Otwiera jej mąż, który krzykiem wzywa żonę. Pani Avanzato, kobieta około siedemdziesiątki, zarzuca płaszcz na koszulę nocną i rusza za mną.

– Dziecko jest za wcześnie. Niedobrze, niedobrze – mówi.

– Nie aż tak wcześnie – oponuję, choć podzielam jej zdanie. Szybkim krokiem zmierzamy do domu Assunty.

– Eleno! Jest pani Avanzato! – Pomagam akuszerce zdjąć płaszcz i prowadzę ją po schodach do pokoju Assunty, która zwija się z bólu na łóżku. Elena przygotowała wszystko według wskazówek mamy: czyste prześcieradła położyła obok Assunty, a świeże ręczniki i dzbanek wody postawiła przy łóżku. Pani Avanzato podchodzi do Assunty. Delikatnie pomaga jej przewrócić się na plecy. Szepcze słowa otuchy. I pozwala, by Assunta oparła się o nią podczas ataku bólu.

– Wezwać mamę? – szepcze Elena.

– Nie ma na to czasu – odpowiada pani Avanzato.

– Czy dziecko niedługo się urodzi? – pytam.

Pani Avanzato okazuje niecierpliwość.

– Potrzebuję waszej pomocy. Zostańcie obie.

Assunta jęczy, chwyta akuszerkę i ciągnie ją na łóżko. Jest gorzej, niż mówiła mama, która opisała Elenie i mnie oznaki zbliżającego się porodu i jego przebieg. Dotąd nie widziałyśmy narodzin dziecka. Kiedy przychodziły na świat Dianna i Roma, to Assunta była przy mamie. I oczywiście akuszerka.

Przyglądanie się rodzącej Assuncie to zupełnie co innego niż obserwacja narodzin cieląt w stodole. Tam proces zgodny z naturą, tutaj męczarnie, jakie cierpi moja siostra. Mija godzina, a Assunta nie przestaje zawodzić.

Akuszerka kładzie dłoń na brzuchu Assunty i łagodnie go uciska.

– Teraz przyj – mówi.

– Nie mogę – jęczy Assunta. Spod jej przymkniętych powiek lecą łzy.

– Możesz. Przyj! – Pani Avanzato używa tonu łagodnej perswazji.

– No, Assunto. Już niedługo! – ściskam ją za rękę.

– Dasz radę! – dodaje Elena.

Assunta prze. Pojawia się główka. Wkrótce pani Avanzato chwyta wyślizgujące się dziecko. Wszędzie pełno krwi. Rozkładam wokół Assunty więcej prześcieradeł. Instruowana przez akuszerkę, Elena przecina długą niebieskawą pępowinę łączącą dziecko z matką. Assunta traci przytomność.

– To dziewczynka – oznajmia Elena. Co za ulga, że ból naszej siostry się skończył. Dziecko zaczyna płakać. Wymie-

120

niamy uśmiechy, szczęśliwe, że mała jest już bezpieczna. Schylam się, by obetrzeć Assuncie czoło, i widzę, że moja siostra leży nieruchomo. Jej pierś unosi się coraz słabiej przy każdym oddechu.

– Coś jest nie tak – mówię. Biorę dłoń Assunty i mocno ją ściskam. Żadnej reakcji. – Pani Avanzato! – krzyczę. Akuszerka odsuwa mnie na bok i kładzie ręce na bezwładne ciało Assunty.

– Biegnij po doktora Latiniego! Szybko!

Kiedy wybiegam z domu drugi raz tej nocy, słyszę płacz siostrzenicy. Biegnę po Garibaldi Avenue do domu doktora. Drzwi otwiera żona i natychmiast wzywa męża. Czekając na niego, uświadamiam sobie, że nie wzięłam płaszcza. Aż do tej chwili nie czułam chłodu. Doktor Latini chwyta torbę i pędzi za mną na Dewey Street. Wpadłszy do pokoju, widzę, że pani Avanzato trzyma Assuntę za rękę. Na widok doktora Latiniego smutno potrząsa głową. Doktor podchodzi do łóżka i sprawdza Assuncie puls. Trzymam się tuż za jego plecami, przerażona bezruchem siostry. Kiedy doktor podnosi powieki Assunty, widzę, że jej oczy nie reagują. Głęboka zmarszczka między brwiami wygładziła się.

– Odeszła – doktor Latini mówi cicho. Elena, która trzyma dziecko, trzęsie się ze strachu. Pani Avanzato wyjmuje jej z objęć naszą siostrzenicę.

– O czym pan mówi? – rzucam się na doktora Latiniego.

– Uspokój się – odpowiada, delikatnie obejmując mnie ramieniem. – Uspokój.

– Co się stało? – zaczynam łkać.

– Dostała krwotoku – wyjaśnia doktor cicho. – To się czasem zdarza. Bardzo mi przykro.

– Ale dlaczego... jak... – błagam o wyjaśnienie.

– Nic nie można było zrobić. A teraz proszę, żebyście zajęły się dzieckiem.

Elena i ja patrzymy na siebie, potem na naszą siostrzenicę, niezdolne pojąć, co się właśnie zdarzyło. Nasza siostra nie żyje. Jak to możliwe?

Doktor Latini bierze jedno z czystych prześcieradeł leżących na stoliku i przykrywa Assuntę, po czym wyprowadza nas z pokoju. Schodzimy z panią Avanzato i niemowlęciem do pokoju dziecinnego.

– Maleńka musi jeść. Idźcie po Carmellę Menecolę. Ona ma mleko – mówi akuszerka.

Kolejny raz wychodzę tej nocy z domu, tyle że teraz już świta. Nad Górami Błękitnymi wstaje zimne żółte słońce. Jego promienie oświetlają mi drogę na Jewel Street, gdzie zastaję Carmellę przygotowującą śniadanie dla męża, który pracuje w krajalni w fabryce. Na widok moich zamarzniętych na twarzy łez Carmella przytula mnie mocno.

– Moja siostra... umarła... przy porodzie... Assunta.

– Mój szloch przechodzi w spazm. To się dzieje naprawdę.

Moja siostrzenica nie ma matki, a ja straciłam siostrę, swoją skomplikowaną siostrę, dla której wszystko było walką.

– Nie martw się, idę z tobą. – Carmella chwyta płaszcz i szal. Kiedy docieramy na Dewey Street, widzimy, że John Fiori, właściciel zakładu pogrzebowego, przyjechał z pracownikiem zabrać ciało Assunty.

– Doktor Latini po nas posłał – mówi niecierpliwie Fiori.

Elena wpuszcza ich i Carmellę do domu. Osuwam się na ziemię, niezdolna pojąć tej tragedii. Elena podchodzi i pomaga mi wstać.

– Przestań już. Musimy zaopiekować się dzieckiem.

Moja siostra Elena, która zawsze wydawała się taka krucha, taka bezbronna, nagle okazuje niezwykłą determinację. Obejmuje mnie w pasie i pomaga pokonać schody.

– Posłałam po rodziców – mówi. – Pan Avanzato przywiezie ich z farmy.

W pokoju dziecinnym Carmella trzyma niemowlę w ramionach. Nasza siostrzenica łapczywie ssie jej pierś.

– Jest głodna – mówi cicho pani Avanzato. – Chodźcie, pozwólmy Carmelli spokojnie ją nakarmić. – Mamka posyła nam uśmiech.

Pani Avanzato bierze za rękę Elenę, potem mnie.

– Posłuchajcie, wasze łzy mają zły wpływ na dziecko.

– Przecież Assunta... – łkam.

Pani Avanzato jest stara. Ma siwe włosy, a spojrzenie jej wyblakłych niebieskich oczu mówi, że wiele już w życiu widziała i teraz nie ma cierpliwości do tych, którym brak doświadczenia. Widać po niej, że z trudem szuka odpowiednich słów. – Możecie opłakiwać swoją siostrę, ale nie przy dziecku. Rozumiecie? – Kiwamy potakująco głowami. – Przyniosę wam filiżankę i kroplomierz do karmienia. Carmella może wam pomagać przez dzień lub dwa, ale ma przecież własne dziecko.

– Może znajdzie się inna kobieta, która mogłaby...

– Popytam – pani Avanzato wchodzi Elenie w słowo. Starannie owija głowę szalem i wychodzi. Zostajemy same. Po chwili z głębi korytarza dobiegają nas przytłumione głosy pana Fioriego i jego pomocnika.

– Nie, patrz – ostrzega Elena.

Ale ja nie mogę się powstrzymać. Nie wierzę w tak okrutne zrządzenie losu i muszę przekonać się o tym na własne oczy. Elena odwraca głowę, a ja przyglądam się, jak mężczyźni znoszą po schodach trumnę, owiniętą w biały muślin. Pod tkaniną moja siostra wydaje się taka drobna, zupełnie jak powoje, które mama okrywa jesienią, by chronić je przed przymrozkami. Zastanawiam się, czy nowo narodzone dziecko wie, że jego matka odeszła na zawsze.

Następnej nocy po śmierci Assunty rozszalała się burza śnieżna, jakiej nikt w Roseto nie pamięta. Mama chciała urządzić na farmie czuwanie, ksiądz Impeciato doradził jednak, byśmy zrezygnowali z tego na rzecz mszy żałobnej. Przybyli wszyscy, którzy zdołali przebić się przez zamieć. Kościół wypełnił się po brzegi. Mama nie uroniła ani jednej łzy. To tata jest zdruzgotany, choć Elena uważa, że reakcja mamy to objaw szoku. Otworzyliśmy ostatni list Alessandra do Assunty, w którym podaje żonie datę powrotu do Roseto. Rozważaliśmy, czy płynącemu statkiem Alessandrowi nie posłać telegramu. Ostatecznie podjęliśmy inną decyzję. Wieści są zbyt tragiczne, żeby przyszły ot tak. Postanowiliśmy więc, że tata wyjedzie po Alessandra do Filadelfii i zawiadomi go o nieszczęściu osobiście, dając mu czas do oswojenia się z tą myślą przed ujrzeniem córki.

Nazywamy maleńką „Bambina". Powiedziałam mamie, że Assunta chciała dać córeczce na imię Celestina, lecz mama nie chce o tym słyszeć. Jej zdaniem to Alessandro powinien nadać imię swojej córce, czekamy więc na jego powrót.

Wróciłam do pracy w fabryce, a Elena została w domu z dzieckiem. Moja siostra jest dobrą matką zastępczą. Nowo narodzone dziecko sprawiło, że jakoś mniej martwimy się o tatę i farmę. Liczymy, że przyjazd Alessandra zmieni wszystko na lepsze, więc możemy poświęcić zarobki Eleny.

Bambina jest bardzo marudna i śpi niespokojnie. Elena karmi ją zakraplaczem, kiedy nie możemy liczyć na mamkę. Carmella ma siostrę, Beatrice, która właśnie odstawiła od piersi swojego syna, i przychodzi karmić Bambinę dwa razy dziennie. Beatrice nie ma tak dobrego charakteru jak Carmella i uważa swoją pomoc dla nas za prawdziwą ofiarę. Zdaniem Eleny i tak daje Bambinie za mało mleka. Nasza siostrzenica wydaje się o wiele bardziej zadowolona, gdy Elena karmi ją krowim mlekiem.

– Co to? – pytam, gdy Elena podgrzewa mleko.

– Mączka ryżowa. – Wyjaśnia moja siostra, mieszając w garnku. – No wiesz, trochę ziarna.

– Niemowlę może to jeść?

– Bambina to uwielbia. Zresztą to tylko odrobinka.

Zrzucam robocze buty i skarpetki i kładę je obok kominka, żeby wyschły. Sama wyciągam się na podłodze, by poczuć ciepło ognia.

– Jak to się stało, Eleno?

– Mówisz o Assuncie?

– O wszystkim. – Przekręcam się na bok i patrzę na trzaskający ogień.

– Nie mam pojęcia. Musimy dziękować Bogu, że dziecko przeżyło.

– Wiem.

– Nie wyobrażam sobie życia bez niej. – Elena siada w bujanym fotelu z Bambiną w ramionach. – Jak myślisz, co będzie, kiedy Alessandro wróci? Pozwoli mi zajmować się małą?

– Ktoś musi to robić.

– Bardzo bym chciała. – Elena czule całuje Bambinę.

– Musisz mu o tym powiedzieć. – Podnoszę się i spoglądam na Elenę kołyszącą dziecko. – Będzie zdruzgotany.

– Wyobrażam sobie, jak tata przekazuje naszemu szwagrowi tragiczne wieści. Pod wpływem tej bolesnej myśli zamykam oczy.

– Nie wydaje ci się, że to było jak sen? – pyta Elena łagodnym głosem. – Odeszła w jednej chwili.

– A ja przez całe życie chciałam, żeby zniknęła. – W końcu wypowiadam na głos swoje najskrytsze myśli.

– Nie mów tak – odpowiada cicho Elena.

– Tak było. Naprawdę. Nie ma sensu kłamać. Kiedy zamieszkałam tu, żeby pomagać jej w domu, ujrzałam ją w innym świetle. Zobaczyłam, jak bardzo kocha męża i dom i chce, żeby w jej otoczeniu było jak najładniej. Przez wszystkie lata na farmie musiało jej być bardzo trudno. Praca w polu, męskie zajęcia. Nienawidziła tego, a jednak robiła, co należało. Może nie miała miłego usposobienia, ale zawsze wywiązywała się ze swoich obowiązków.

– To prawda. – Elena mocniej tuli do siebie Bambinę.

– Kiedy umarła, czułam się, jakbym widziała ją pierwszy raz. Miała taką łagodną twarz. Była piękna. Nigdy przedtem tak na nią nie patrzyłam. Czemu uczę się wszystkiego za późno? – Przewracam się na plecy i patrzę w sufit.

– Masz dopiero piętnaście lat.

– Prawie szesnaście. Mama urodziła Assuntę, kiedy miała szesnaście.

– Więc może jeszcze brak ci mądrości. Za to masz inne cechy. – Elena spogląda na dziecko. – Jest zupełnie jak ona.

– Co masz na myśli?

– To, że mała jest taka podobna do Assunty. Walczy o wszystko.

– Już teraz to widzisz?

– Mama mówi, że ludzie są tacy jak w dniu swoich narodzin.

– Naprawdę?

– Musimy czekać. Wtedy się przekonamy.

Słychać było tylko skrzypienie fotela i trzask ognia. To miejsce stało się dla nas domem mimo spowijającego je smutku. Może dom jest tam, gdzie człowiek coś tworzy. Nagle dobiega nas pukanie do frontowych drzwi. Idę otworzyć.

– Przepraszam, że niepokoję – mówi stojący w progu niewysoki mężczyzna o krótkich siwych włosach i z siwymi wąsami. Poznaję te niebieskie oczy. Renato ma takie same. Widziałam pana Lanzarę z daleka podczas mszy i widuję go, mijając jego zakład fryzjerski, lecz nigdy nie zostaliśmy sobie oficjalnie przedstawieni. – Ty jesteś Nella, tak? – pyta.

– Tak, proszę pana. Proszę wejść.

– Nie, nie, nie chcę przeszkadzać w porze kolacji. Jestem tu w imieniu swojego syna Renato. Mam od niego list dla ciebie.

– Dziękuję.

Pan Lanzara wręcza mi błękitną kopertę. Taką, w jakich mama dostaje listy od rodziny.

– Renato jest teraz u mojej siostry w Connecticut – wyjaśnia pan Lanzara. – Co tydzień wysyłam mu kościelny biuletyn. Z niego dowiedział się o twojej siostrze.

– Dziękuję panu. – Słowa z trudem przechodzą mi przez gardło. Zaskoczenie niemal odjęło mi mowę.

Pan Lanzara żegna się uprzejmie i odchodzi. Spoglądam na swoje bose stopy i wzdycham. Nigdy nie wyglądam odpowiednio, gdy spotykam Lanzarów. Wracam z listem do salonu i siadam przy ogniu. Elena poszła z Bambiną na górę, więc mam dla siebie chwilę w samotności. Ostrożnie otwieram cienką błękitną kopertę.

Najdroższa Nello,

przykro mi z powodu Twojej siostry Assunty. Tata pisał, że masz wspaniałą siostrzenicę, która w żalu po śmierci siostry na pewno jest dla Was źródłem radości. Przekaż, proszę, swoim rodzicom, że modlę się za nich, tak jak modlę się za Ciebie, za Twoje siostry i nowo narodzone dziecko. Bardzo trudno dorastać bez matki. Serce mi się kraje na myśl o Twojej siostrzenicy. Przez całe życie będzie szukać miłości, której została pozbawiona w dniu narodzin. Sam miewam takie chwile w ciągu dnia, kiedy tęsknię za matką, za jej uczuciem i radą. Ta potrzeba nie maleje z wiekiem. Ale ciotki, wujowie i dziadkowie mogą wypełnić pustkę po matce. Dziecko będzie potrzebować kręgu bliskich i wiem, że będziesz jego nieocenioną cząstką. Chciałbym być teraz przy Tobie i jakoś ci pomóc. Ufam, że w szkole dajesz z siebie wszystko. Nie zapominaj, co Ci powiedziałem na diabelskim młynie, bo mówiłem to ze szczerego serca.

Twój Renato

Ostatnie linijki listu czytam wciąż od nowa. Jak niewiele zmieniło się u Renato od ostatniego lata. Lecz dla mnie nic już nie będzie takie samo.

Pan Albanese miał rację. Prasuję dwa razy tyle, co na początku. Nie polubiłam tej pracy ani trochę, ale jestem dumna, że doszłam do wprawy. Zostawałam po godzinach, by nauczyć się obsługiwać nową maszynę. Elmira jest zadowolona z moich postępów. Niedługo mam się zająć kołnierzykami. To jedno z najtrudniejszych stanowisk pracy w fabryce.

Często zarabiam dodatkowe pieniądze, ponieważ płacą każdemu od pakietu. Cent za pakiet, jeśli praca jest wykonana idealnie. Szybka, pracowita i sumienna dziewczyna może całkiem nieźle zarobić. Najlepsze szwaczki stanowią jedno ze swoją maszyną. Pedały nożne i kolanowe są przedłużeniem ich ciała. Najlepsze szwaczki nigdy nie rozmawiają, nie przerywają pracy, nie rozprostowują kości. Ze wzrokiem wbitym w igłę zszywają i wyciągają gotowy kawałek, i znów zszywają i wyciągają, aż do całkowitego opróżnienia swojego pojemnika.

Nasza fabryka działa jak linia montażowa. W pracowni obok hali głównej układa się materiał na stole, odmierza i tnie według wzoru. Najpierw trzeba odwinąć tkaninę z olbrzymiej beli, potem ułożyć ją warstwami i do wierzchniej przypiąć wykrój z pergaminu. Wygląda to zupełnie jak mapa rozłożona na materiale. Wykorzystuje się każdy skrawek. Tkaninę kroi zgodnie z wykrojem opuszczany z góry nóż. Poszczególne kształty stają się potem częściami bluzki: przodem, tyłem, rękawami, kołnierzykiem, wyłogami. Te części składa się tuzinami, przewiązuje, znakuje i wrzuca do pojemników, skąd wyjmują je szwaczki. Im więcej kawałków zszyją, tym więcej zarobią. Każdy wykonuje przydzieloną mu czynność, aż przekazywane ze stanowiska na stanowisko pojedyncze kawałki materiału stają się gotową bluzką.

– Nella, pan Jenkins wzywa cię do siebie. – Elmira spogląda w swoje papiery.

– Po co, jeśli można spytać?

Elmira wzrusza ramionami.

– Nie wiem o wszystkim, co się tu dzieje.

Kłamczucha, myślę w drodze do biura pana Jenkinsa. Księgowa z krótkimi blond włosami pisze na maszynie, gdy wyjaśniam jej powód przyjścia. Wszystkie w Roseto Manufacturing Company obcięłyśmy sobie włosy zgodnie z najnowszą modą nie dlatego, że nie chcemy wyglądać gorzej od nowoczesnych pannic z Easton, tylko dlatego, że łatwiej obsługiwać urządzenia w fabryce, gdy nie ma się na głowie misternej fryzury albo przeszkadzających warkoczy.

– Możesz wejść. – Księgowa daje mi znak ręką.

Pan Jenkins jest szczupłym wysokim mężczyzną, mówiącym z lekkim walijskim akcentem. Wydaje się, że lubi Włochów. Robotnicy uważają go za dobrego pracodawcę, choć nigdy nie spotkałam pracownika, kobiety czy mężczyzny, który darzyłby swego chlebodawcę niekłamaną sympatią. To tylko praca i zawsze wiadomo, kto bardziej na niej korzysta.

– Panno Castelluca… – pan Jenkins podnosi głowę znad papierów. Ma szczupłą twarz, na której widać zmęczenie, i szczere brązowe oczy. – Brygadzistka odchodzi.

– Kto? – pytam zdumiona.

– Panna Clements. Wychodzi za mąż.

– Czemu odchodzi?

Pan Jenkins posyła mi zdziwione spojrzenie.

– Mąż nie pozwoli jej pracować. Potrzebuję bystrej dziewczyny na jej miejsce. Z tego, co wiem, właśnie skończyłaś szesnaście lat.

– Tak, proszę pana.

– Bardzo młody wiek jak na brygadzistkę. – Pan Jenkins stuka ołówkiem w blat i patrzy przez okno. – Ale nie mam nikogo innego. Obserwowaliśmy cię. Jesteś oczywistą spadkobierczynią.

Nie chcę się śmiać, a jednak nie umiem się powstrzymać. „Oczywista spadkobierczyni" to dziwny termin w odniesieniu do niewykształconej córki farmera, na dodatek niespokrewnionej z właścicielami fabryki.

– Powiedziałem coś śmiesznego? – Pan Jenkins przygląda mi się badawczo zza szkieł okularów.

– Tylko trochę. Gdybym była pańską spadkobierczynią, nie stałabym w prasowalni z rurą, z której bucha para.

– Wszyscy wiedzą, że dzieci Jenkinsa mieszkają w pięknym domu w stanie New Jersey i chodzą do świetnych szkół z internatem.

Pan Jenkins uśmiecha się.

– Nie, nie stałabyś. Co nie znaczy, że któremuś z moich dzieci zaszkodziłaby praca. Ale teraz jest inaczej. Inaczej, niż kiedy ja byłem chłopcem.

Próbuję wyobrazić sobie Jenkinsa jako robotnika. Trudno mi w to uwierzyć. Jest zbyt wytworny jak na kogoś wywodzącego się ze zwykłej robotniczej rodziny. Zdradzają go delikatne dłonie.

– Ile zapłaci mi pan jako brygadzistce?

Jenkins nie kryje zdziwienia moim pytaniem.

– Dwadzieścia centów za godzinę. I cent za każdy pakiet wyprodukowany w twoim dziale.

– Tylko dwadzieścia? Czemu? Panna Clements zarabia trzydzieści pięć.

– Skąd wiesz?

– Przez dwa miesiące pracy zaoszczędziła na przyjęcie weselne w „Pinto's Hall". Powiedziała mi o tym. Wystarczyło policzyć.

– Dziwne z ciebie stworzenie, panno Castelluca. – Jenkins podnosi się z krzesła. To tylko wybieg, który miałby skłonić mnie do wycofania się z wymienionej sumy. Przecież sam powiedział, że mnie potrzebuje, a skoro tak, zapłaci, ile zażądam. – Jesteś bardzo bezpośrednia.

– Wiem, proszę pana. Jestem też bystra i szybka. I wymyśliłam, jak ulepszyć produkcję. Inaczej by pan ze mną nie rozmawiał.

– Jak? Dając wszystkim robotnikom podwyżkę? – Jenkins śmieje się nerwowo.

– W końcu na pewno. Trzeba jednak zacząć od zmiany ustawienia maszyn. Ma pan w hali różne rodzaje maszyn, ale nie stoją one według kolejności używania.

– Dlatego, że szwaczki obsługują więcej niż jedną maszynę.

– A nie powinny. Najszybszym dziewczętom trzeba dać kołnierzyki i mankiety. W tej chwili najlepsze szwaczki szyją przody i tyły bluzek. To dla nich za łatwe. Te najlepsze powinny wykonywać najtrudniejsze czynności. Już one będą wiedziały, jak robić to lepiej.

Jenkinsowi zwężają się oczy.

– Okay, trzydzieści pięć centów za godzinę. I cent za pakiet.

– Cent za pakiet przy mniej niż tysiącu pakietach tygodniowo, za każdy powyżej tysiąca: pięć centów – odpowiadam.

– Oszalałaś! – Jenkins wybucha śmiechem.

– Umowa stoi? – pytam. Obserwowałam tatę podczas negocjacji w sklepach, kiedy handlował mlekiem i masłem. Wolałby raczej wrócić do domu z towarem, niż zaniżyć cenę. Mawiał zwykle: „Lepiej, żebyśmy sami wypili to mleko i zjedli masło, niż mielibyśmy je oddać".

– Stawiasz twarde warunki, moja panno.

– Muszę. Mam rodzinę na utrzymaniu i małą siostrzenicę. Nie mogę się wygłupiać. Co dwa tygodnie w Roseto powstaje nowa fabryka. Znam swoją wartość. Umowa stoi?

Pan Jenkins smętnie potrząsa głową.

– Stoi.

Opuściwszy jego biuro, zaczynam się trząść. Przy wejściu jest zimno, są przeciągi, ale to nie temperatura wywołuje u mnie tę reakcję. To strach. Mogłam stracić pracę, a wyszłam od Jenkinsa z podwyżką. Nie mogę się doczekać, kiedy powiem o tym Elenie. Mama i tata będą ze mnie dumni.

W holu pojawia się grupka operatorów maszyn. Wśród nich jest Franco Zollerano. Mężczyźni patrzą na mnie, żegnają się z Frankiem i wychodzą z budynku. Franco uśmiecha się do mnie.

– Oddasz mi kiedyś moją chustkę? – zagaduje, wycierając ręce w szmatę.

– A bo to wiadomo, gdzie cię szukać? – odpowiadam tym samym żartobliwym tonem. Po awansie stałam się nagle panną mądralińską.

Franco uśmiecha się na moje słowa.

– Jestem cały czas w pobliżu.

– Jakoś nie zauważyłam.

– Masz mnie na oku? – Franco taksuje mnie wzrokiem od stóp do głów.

Nie onieśmieli mnie, co to, to nie.

– Gdybym miała cię na oku, wiedziałabym dobrze, gdzie się podziewasz.

– Racja – wybucha śmiechem Franco, pokazując ładne białe zęby. Dwa przednie zachodzą trochę na siebie, co dodaje mu uroku. – Pracuję we wszystkich fabrykach Jenkinsa. Sporo czasu spędzam w Jersey. Pewnie dlatego za mną tęskniłaś.

– Nie było mowy o tęsknocie.

– Jeszcze zatęsknisz. – Franco wpycha szmatę do tylnej kieszeni kombinezonu i krzyżuje ręce na piersiach. – Jestem Franco Zollerano. Chyba nie zostaliśmy jeszcze sobie przedstawieni.

– Nie, nie zostaliśmy. Ja jestem Nella Castelluca. – Wyciągam do niego rękę, lecz Franco nie odpowiada na mój gest. Zamiast tego pokazuje dłonie zabrudzone smarem. Są duże, zdecydowanie za duże jak na człowieka, który ma do czynienia ze skomplikowanymi mechanizmami. – Zajmujesz się maszynami.

– Tak. A ty?

– Prasowaniem. Potem kołnierzykami. Teraz zostałam brygadzistką.

Franco odchyla głowę do tyłu i zanosi się śmiechem.

– Taki dzieciak jak ty?

– Pan Jenkins myśli inaczej.

– Chyba niewiele go to będzie kosztowało.

– Wręcz przeciwnie. Wiedziałam, o co się targować.

– Czemu wdaję się w dyskusję o mojej zapłacie z operatorem maszyn? Co on może wiedzieć o kierowaniu fabryką?

– Cóż, w takim razie gratuluję. – Franco rusza do wyjścia.

– Ej! – mówię.

Franco spogląda na mnie.

– Nie lubisz kadry kierowniczej? – pytam.

– Zgadłaś. – Otwiera drzwi i wychodzi na zewnątrz. Uderza mnie fala zimnego powietrza i przyprawia o dreszcz. Głupio mi, że przechwalałam się nowym stanowiskiem. Wyszłam na zuchwałą dziewczynę. Lecz jest w tym mężczyźnie coś, co budzi we mnie chęć bycia górą. Nie podoba mi się jego pewność siebie. Ani trochę.

Elena przygotowała dom i Bambinę na przyjazd Alessandra. Ugotowała garnek kompotu, upiekła chleb i ciasto. Wyszorowała wszystko od parteru po strych, zmieniła pościel, obrusy i narąbała mnóstwo drewna. Rodzice, Roma i Dianna zostaną z nami w mieście. Mama bardzo się obawia powrotu Alessandra.

– Mamo, czemu boisz się, że Alessandro odrzuci własną córkę? – pytam w trakcie nakrywania do stołu.

– Mężczyźni nie akceptują niemowląt, zwłaszcza dziewczynek, bez zachęty ze strony kobiety.

– Tata też?

– Trzymał się z dala od Assunty prawie przez rok. Potem przekonał się, ile stracił, więc kiedy pojawiły się następne córki, od razu brał was na ręce. Dlatego martwię się o Alessandra. Sam i tak nie poradzi sobie przy dziecku.

– Ja się nią zajmę – wtrąca Elena. – Jeśli Alessandro nie będzie jej chciał, możemy zabrać ją na farmę.

– Dziecko powinno być z ojcem.

– Pod warunkiem, że ojciec je kocha – mówi cicho Elena.

– Już są! – woła Roma z werandy od frontu. Od czasu wypadku tata kuleje, więc Alessandro pomaga mu przejść po śliskim chodniku. Dianna otwiera im drzwi. Mama, Roma i ja podchodzimy do Alessandra, który obejmuje nas mocno.

– Gdzie ona jest? – pyta łagodnie. Zdejmuje płaszcz i kapelusz. Ma bladą twarz, oczy zaczerwienione od płaczu. Tata wyciera oczy chustką.

– Elena! – woła mama.

Elena wychodzi z kuchni z różowym zawiniątkiem. Alessandro wyciąga ręce i moja siostra podaje mu dziecko, które walczy z krępującym je kocykiem. Alessandro spogląda na Bambinę, na jej różową twarzyczkę i czarne włoski, które tak bardzo przypominają jego włosy. Oczy zachodzą mu łzami.

– *Bella*. – Całuje córkę. – Dziękuję za opiekę nad nią – zwraca się do Eleny. Znów czule całuje Bambinę. Mama nie ma powodu do obaw. Alessandro będzie równie dobrym ojcem, jak był mężem.

– Trzeba dać jej imię. – Po policzku Eleny spływa łza.

– Powinna nosić imię swojej matki... – Alessandro zaczyna płakać. Mała gaworzy, jakby chciała go uspokoić. Alessandro hamuje łzy i uważnie patrzy na Bambinę, która spogląda na niego, jakby w oczekiwaniu na jego słowa. – Tak, będzie miała na imię Assunta.

Po raz pierwszy od śmierci mojej siostry z piersi mamy wyrywa się jęk rozpaczy. Tata przyciska ją do siebie. Jęk mamy przechodzi w szloch. Strata córki stała się rzeczywistością. Póki Bambina nie miała imienia, jej matka nie odeszła do końca. Alessandro mocniej tuli niemowlę do piersi.

– Ona tu jest – szepcze. – To moja żona. Jej oczy.

Mama odwraca się.

– Nie płacz, mamo – mówi Alessandro. Podchodzi do niej i podaje jej dziecko. Mama całuje Assuntę, a Alessandro obejmuje ramionami córkę i babcię.

Rozdział szósty

Wiele lat temu, zanim parafię Matki Bożej z Góry Karmel objął ksiądz Impeciato, żył w Roseto ksiądz Pasquale DeNisco. To dzięki niemu obóz robotników pracujących w kamieniołomach stał się malowniczą osadą. Ksiądz Pasquale umarł w tysiąc dziewięćset jedenastym roku, na rok przed nadaniem Roseto praw miejskich, lecz jego wpływ nadal czuć na każdym kroku. Wiedział, że Włosi powinni uczyć się angielskiego, udzielał im więc lekcji języka, a potem instruował, jak starać się o amerykańskie obywatelstwo. Namówił ludzi do zrzeszania się w Amerykańskiej Federacji Pracy, gdy w mieście zaczęły wyrastać fabryki włókiennicze. Zorganizował pierwsze w Roseto drużyny sportowe, Roseto Coronet Band, kółko dramatyczne i pierwszy oddział Ochotniczej Straży Pożarnej.

Co roku w czerwcu ksiądz DeNisco przyznawał nagrodę w wysokości dziesięciu dolarów w złocie za najpiękniejszy ogród kwiatowy. I choć od dawna nikt nie dostaje za to pieniędzy, zwyczaj urządzania pięknych ogrodów przetrwał. Kiedy idę po Dewey Street, krzewy bzu, pnącza o pomarańczowych kwiatach, wiszące pojemniki pełne aromatycznych białych floksów są widomą spuścizną działalności księdza DeNisco.

Elena uszyła dla mnie nowy letni komplet do pracy: niebieski bezrękawnik z dopasowanym kolorystycznie kitlem z białym kołnierzykiem i satynową kokardą. Całość jest bardzo elegancka. Elena przyszyła na przodzie dwie głębokie kieszenie, bardzo przydatne do chowania metek i szpilek, które przez cały dzień muszę mieć pod ręką.

W zeszłym tygodniu moje pracownice wyprodukowały ponad tysiąc pakietów. Dostałam pięć centów za każdy pakiet powyżej tysiąca. To pieniądze, z których będę chyba najbardziej dumna do końca życia. Jenkins był przekonany, że nigdy ich nie zarobię. Dlatego chwila, gdy wkroczyłam do jego biura, by pokazać mu wyniki, miała dla mnie wyjątkowo słodki smak.

Kiedy objęłam funkcję brygadzistki po Elmirze Clements, za radą Chettie wysondowałam, co robotnicy sądzą o warunkach pracy w fabryce, i powoli zaczęłam wprowadzać korzystne dla nich zmiany. Nadrzędnym celem pana Jenkinsa jest oczywiście zysk, ale ja wiem, że zadowolenie robotników przekłada się na wyniki produkcji. Moim zadaniem jest poprawa warunków ich pracy.

Odkąd zmieniłam ustawienie maszyn, wydajność się zwiększyła. Jako szwaczka miałam kłopoty z dostrzeżeniem szwu w świetle padającym z góry, jako brygadzistka postanowiłam więc zainstalować lampy nad każdą maszyną, co wpłynęło na zasadniczą poprawę jakości pracy. Wprowadziłam regulowane blaty maszyn, tak by każda szwaczka – od najniższej do najwyższej – miała zapewnioną wygodną pozycję. Zamówiłam specjalne rękawice robocze sięgające do łokci dla pracowników prasowalni. Blizna na ręce po oparzeniu pierwszego dnia w fabryce zostanie mi na całe życie. Swoim pracownikom chcę zapewnić bezpieczeństwo.

Za dwa miesiące minie rok mojej pracy w fabryce i pół roku od awansu na brygadzistkę. W miarę upływu czasu coraz rzadziej myślę o szkole. Czasem tylko serce ściska mi się z żalu, gdy uświadamiam sobie, co tracę, i że nigdy nie zostanę nauczycielką. Wyobrażam sobie siebie wśród uczniów pełnych zapału do nauki, lecz teraz swoją umiejętność przekazywania wiedzy wykorzystuję, ucząc dziewczęta nowych czynności w fabryce. Praca daje mi satysfakcję, nigdy nie myślę, czy lubię ją czy nie, po prostu staram się jak

137

najlepiej robić to, co robię. Daję z siebie wszystko, kiedy mam przed sobą jakiś cel, a odbierając co tydzień wypłatę, osiągam to, co najważniejsze – opiekuję się swoją rodziną. Wspaniałe uczucie.

Alessandro pomaga tacie na farmie, a Elena i ja mieszkamy w mieście z małą Assuntą. Nasz szwagier nocuje w Roseto trzy razy w tygodniu. Ciągle mówi się o sprzedaży domu przy Dewey Street i naszej przeprowadzce na farmę. Ale dom w mieście ułatwia mi pracę, a moja zapłata jest zbyt ważna, aby ryzykować trzymilową wędrówkę w złą pogodę. Jest jeszcze inny powód, dla którego warto zatrzymać dom. W przyszłym roku Roma i Dianna rozpoczną naukę w Columbus School. Moje młodsze siostry nie będą musiały pracować w fabryce tak jak Assunta, Elena i ja. Naszej rodzinie dobrze się teraz wiedzie, nie ma więc potrzeby poświęcać ich edukacji. Wystarczy, że mnie to spotkało. Kiedyś całą ambicję wkładałam w książki, teraz w podnoszenie wydajności fabryki.

W poniedziałkowy ranek spotykamy się z Chettie na ulicy i razem idziemy do pracy.

– Anthony Marucci wysupłał dziesięć centów i zaprosił mnie w sobotę na film do Easton. Pojedziesz z nami?

– Raczej nie. Z wami na randkę? Będę piątym kołem u wozu.

– Możemy wziąć kogoś do pary dla ciebie.

– Nie, dzięki.

– Zgódź się. Anthony ma mnóstwo kolegów. Franco Zollerano uważa, że jesteś urocza.

– Nie, naprawdę dziękuję. On jest za bardzo zapatrzony w siebie.

– Chłopcy już tacy są – odpowiada Chettie. Moja przyjaciółka jak zawsze widzi w ludziach same dobre cechy. – Franco próbuje zrobić na tobie dobre wrażenie, i tyle.

– Chłopcy… Co mi po nich. Strata czasu.

Chettie rzuca mi znaczące spojrzenie.

– Słyszałam, jak jedna z dziewcząt mówiła o Renato. Pan Lanzara powiedział, że jego syn wraca dziś do domu.

Wiadomość o powrocie Renato przyprawia mnie o falę gorąca. Zastanawiam się, czemu nie wspomniał o tym w ostatnim liście. Może chciał mi zrobić niespodziankę. Nie widziałam go od czasu przejażdżki na diabelskim młynie, pisywaliśmy jednak do siebie, odkąd dostałam tamten piękny list o Assuncie.

Chettie ustawia się w kolejce, by odbić kartę zegarową. Ja idę do biura podpisać listę. Jenkins wprowadził nowe zasady dla brygadzistów. Oprócz podpisania listy obecności mamy sporządzić krótki opis pracy na dany dzień i podać przewidywane wyniki. Zawsze próbuję zrobić więcej, niż zapisałam. To taka moja mała gra z samą sobą.

Dziś przyjeżdża z Nowego Jorku ciężarówka po odbiór naszej dostawy. Zostanę w pracy do późna, by nadzorować załadunek. Wcześniej robił to pan Jenkins, ale przestał. Ma do mnie zaufanie.

Po dzwonku oznaczającym koniec pracy fabryka pustoszeje błyskawicznie. Przestawiam wentylatory pod okna. Odkryłam, że jeśli ustawi się je w odpowiednim miejscu, zmniejszają ilość włókien w powietrzu. W upale trudniej to kontrolować, ale kiedy zostawiam je na noc przodem do okien, rano w fabryce jest chłodniej. Przygaszam światła w hali głównej i idę do krajalni.

Zaskakuje mnie obecność Franca w pracy o tak późnej porze. Oczywiście mechanicy pojawiają się i znikają, ponieważ naprawiają urządzenia w różnych fabrykach. Bywa, że nie widuję go w Roseto Manufacturing przez wiele dni. Czasem łapię się na tym, że szukam go wzrokiem, ale wtedy natychmiast przypominam sobie o Renato. Nikt nie może się z nim równać, a już na pewno nie wygadany mechanik.

Franco rozłożył rozpórkę na części, które leżą teraz przed nim na stole.

– Co się stało? – zagaduję.

– Kółko nie działa. Wymieniam je.

– W takim razie powodzenia – mówię i ruszam ku wyjściu.

– Podoba mi się twój strój. – Franco lustruje mnie od góry do dołu.

Krzyżuję ramiona na piersiach.

– Dziękuję. Siostra mi uszyła. Szycie to ostatnia rzecz, na jaką mam ochotę w domu.

– To jedno z niebezpieczeństw pracy w fabryce odzieżowej.

– Oj, tak. Ale gdybym pracowała w cukierni „U Marcelli", ptysie z kremem na pewno by mi się nie przejadły.

– Pewnie nie – śmieje się Franco.

Unosi ostrze maszyny i wyciąga przekładnię zębatą. Nie mam pojęcia, jakim cudem majstruje przy maleńkich złączach i śrubkach swoimi wielkimi dłońmi. Góra kombinezonu wisi mu wokół pasa. Franco ma na sobie podkoszulek bez rękawków. Nie sposób nie zauważyć jego szerokich ramion i mocno zarysowanych mięśni. Jest wspaniale zbudowany. Może to kwestia jego wzrostu, może doskonałych proporcji twarzy, ramion. Mógłby być szejkiem, przyznaję w duchu.

– Potrzebujesz czegoś? – Franco podnosi wzrok sponad śrubek.

– Nie, nie. Patrzyłam na... Patrzyłam, jak pracujesz. – Nie chcę, by Franco myślał, że przyglądam się jego ciału. Jaka dziewczyna tak postępuje? Na pewno nie taka, która co niedziela chodzi do kościoła.

– Czemu nie chcesz się wybrać ze mną na film?

Zaskoczył mnie nawiązaniem do mojej odmowy, próbuję więc żartem wybrnąć z sytuacji.

– Nie poprosiłeś.

– Chettie zrobiła to w moim imieniu.

– Nie tak się mnie zaprasza.

– Panno Castelluca, czy uczyni mi pani zaszczyt i pójdzie ze mną na film w sobotę wieczorem?

– Nie.

Franco wybucha śmiechem.

– Nawet twój sposób nie zadziałał. Durzysz się już w kimś?

– Można tak powiedzieć.

– Widuję cię w mieście. Samą. Nie wygląda, żebyś kogoś miała.

– Mam. Hm, jest starszy i... wiesz co? Nie chcę o tym mówić.

– Brzmi jak wymówka.

– Zapewniam cię, że nie.

– Też jestem starszy – podpowiada Franco.

– Nie aż tak.

– Aha, więc jest dużo starszy. Po co ci taki? Ze mną będziesz się bawić o wiele lepiej.

Biorę się pod boki. Ale ten chłopak ma tupet!

– Wysoko się cenisz, co?

– Gdy chodzi o ciebie, owszem.

– Nie wiem, czy słyszałeś kiedyś o nieodwzajemnionej miłości.

– A kto tu mówi o miłości? – uśmiecha się Franco.

– To nie całkiem miłość – wycofuję się szybko. – Chodzi o sytuację, kiedy człowiek lubi kogoś, kto nie czuje tego samego.

– Nie lubisz mnie tak bardzo jak ja ciebie, to chcesz powiedzieć?

– Tak.

– A mnie się zdaje, że tak nie jest. – Franco obchodzi stół i idzie w moją stronę. Cofam się o krok.

– Nic cię nie upoważnia, żeby tak o mnie myśleć – przechylam głowę zupełnie jak Jean Harlow. Ona wie, jak pozbywać się niechcianych zalotników. Ja też.

Franco robi kolejny krok w moją stronę. Cofam się, przekonana, że za mną są otwarte drzwi, tymczasem trafiam plecami na ścianę. Franco blokuje sobą drzwi i pochyla się nade mną.

– Pewnego dnia mnie pokochasz.

Jest tak blisko, że opieram dłonie o jego pierś i odpycham go od siebie. Nie stawia oporu. Odsuwa się.

– Pańska pewność siebie nie robi na mnie wrażenia, panie Zollerano.

– Kiedyś zrobi.

Łapię notes i pospiesznie wychodzę na zewnątrz, gdzie pracownicy wykańczalni ładują transport gotowych bluzek na ciężarówkę. Każda okryta białą bibułką bluzka jest oznakowana metką z rozmiarem. Chodzę między wieszakami, wstrzymując oddech. Uspokoiwszy się nieco, wystawiam zza nich głowę. Chcę sprawdzić, czy Franco Zollerano jest w pobliżu. Nie ma go. Co za ulga. Idę do automatu z napojami. Biorę butelkę gazowanego napoju pomarańczowego. Zrywam kapsel i pociągam łyk.

– Podzielisz się ze mną? – W drzwiach staje Renato Lanzara. – Słyszałem, że pracujesz do późna. Gratulacje, pani brygadzistko. – Podchodzi do mnie, bierze mnie w ramiona i całuje w policzek. – Widziałem się z Chettie u Joego Mamesce. Powiedziała mi wszystko. Podobno mnie szukałaś.

– No nie! – Zmyję Chettie głowę, gdy się zobaczymy. A może nie. Nie obchodzi mnie, że Renato zna moje uczucia. On czuje to samo! Musi bardzo mnie lubić. Przyjechał, rzucił walizkę, poszedł mnie szukać i szukał do skutku.

– O tak. Powiedziała, że tęskniłaś za mną i codziennie musiała cię tulić, kiedy zalewałaś się łzami.

– Nie płakałam ani razu! – Tak chciałabym mu wyznać, ile o nim myślę. Mam nadzieję, że on myśli o mnie choć w połowie tak dużo!

– Słyszałem, że było inaczej – Renato droczy się ze mną. Podaje mi niewielką paczuszkę owiniętą ozdobnym papierem w paski i przewiązaną wstążką. – Otwórz.

Ostrożnie biorę zawiniątko w ręce, delektując się tą chwilą. Renato kupił mi prezent. Musi uważać mnie za swoją dziewczynę. Nie chcę tego otwierać. Wystarczy, że pomyślał o przyniesieniu mi paczuszki przewiązanej wstążeczką.

– No dalej – zachęca mnie uśmiechem.

Rozrywam papier. W środku znajduję jedwabną chusteczkę z moimi inicjałami wyhaftowanymi przy ząbkowanym brzegu.

– Jaka śliczna. Dziękuję. – Patrzę na Renato i zastanawiam się, jak to możliwe, że nie ma go przez tyle miesięcy, a kiedy wraca, jest tak, jakby wcale nie wyjeżdżał, bo między nami tworzy się natychmiastowa więź. – Czyżbyś za mną płakał? – teraz ja z niego żartuję.

– Każdego dnia. – Po tych słowach pochyla się i całuje mnie jak wtedy na diabelskim młynie. Próbowałam zapomnieć o tamtym pocałunku. Sądziłam, że nigdy się nie powtórzy. A tu proszę. Nagle dobiega mnie skrzypienie podłogi. Patrzymy z Renato w stronę źródła dźwięku.

– O, przepraszam – Franco spogląda na mnie z kamiennym wyrazem twarzy, po czym odwraca się na pięcie i wychodzi. Zamiast zażenowania czuję radość, że widział nasz pocałunek. Teraz już wie, komu oddałam serce. Całe miasto może to zobaczyć! Renato Lanzara wrócił i wybrał mnie.

Chettie i Anthony Marucci zajmują przednie siedzenia świeżo umytego forda pachnącego siemieniem lnianym i woskiem. Renato i ja siedzimy na tylnym siedzeniu. Anthony wypucował swój wóz na błysk. Chettie jest pod wrażeniem.

Spytałam tatę, czy mogę iść do kina. Zgodził się. Nie nazwałam tego podwójną randką. Gdybym to zrobiła, odpowiedź na pewno brzmiałaby „nie". Odkąd pracuję, często nie proszę go o zgodę. Gdybym chodziła do szkoły, byłoby inaczej. Nadal mieszkałabym na farmie i wędrowała codziennie do miasta. Ale odkąd sama zarabiam i większość pieniędzy oddaję tacie, nie jestem już dzieckiem i staram się zachowywać jak osoba dorosła.

– Cudowny film – zachwyca się Chettie.

– Greta Garbo jest taka piękna – wzdycham.

– Wiesz, Garbo i John Gilbert w rzeczywistości też są zakochani. Czytałam o tym w „Photoplay". *Symfonia zmysłów* będzie przebojem – Chettie odwraca się i patrzy na mnie.

– *Ciało to ona, demon to on** – Anthony spogląda na Renato we wstecznym lusterku.

– Dla mnie wszystko wyglądało bardzo prawdziwie – mówię. Renato wybucha śmiechem. – Co w tym śmiesznego? – pytam. Czasem, kiedy Renato śmieje się z moich wypowiadanych na poważnie uwag, czuję się jak dziecko.

– Tyle już widziałaś historii miłosnych, że masz porównanie?

– Widziałam *Szejka, Syna szejka, Krew na piasku*, wszystkie filmy z Rudolfem Valentino. Kiedy zmarł, tak młodo i tak niedawno, w tym roku, było mi bardzo smutno. Jeśli pytasz, czy jestem znawczynią filmowych historii miłosnych, powiem ci, że tak. Troszkę.

Chettie słyszy w moim głosie obronny ton, szybko zmienia więc temat.

– Renato, wiesz już, co będziesz dalej robił? – pyta. – Gdzie chcesz pracować, skoro skończyłeś studia i przez rok byłeś za granicą?

– Tata słyszał, że w Columbus School potrzebują nauczyciela literatury...

– Byłoby cudownie – wtrąca Chettie.

– ... ale nie jestem przekonany, czy chcę uczyć.

Zapada cisza. Anthony myśli pewnie o pracy na budowie, Chettie o tym, jak zmieniło się jej życie po śmierci ojca i jak

---

* *Ciało to ona, demon to on* – słowa te dotyczą oryginalnego tytułu filmu *Symfonia zmysłów* – *Flesh and the Devil*, dosł. *Ciało i demon*.

sytuacja zmusiła ją do pracy w fabryce, a mnie na dźwięk słowa „uczyć" ogarnia głęboki smutek. Gdybym to ja miała ukończony college i usłyszała, że w Columbus School jest wolne miejsce...

– Nauczyciel to wspaniały zawód – wyjaśnia Renato.

– Ale chyba nie dla mnie.

– Może będziesz miał szansę, żeby się o tym przekonać – mówię z wymuszonym uśmiechem. Życie pokazało mi, że ludzie z pasją nigdy nie dostają tego, czego pragną. Niesprzyjające okoliczności stają na przeszkodzie tym, którzy, tak jak Chettie i ja, wiedzą, na czym im naprawdę zależy. A Renato? Może pozwolić sobie na luksus niespiesznego podejmowania decyzji. Ciekawe, czy wie, jakim jest szczęściarzem.

Mała Assunta łatwo się nie poddaje. Pokonała ataki kolki i zaczęła przybierać na wadze. Jest śliczna. Ma jasnobrązowe oczy i gęste czarne włoski. Elena kocha ją bez pamięci, a Assunta odwzajemnia to uczucie, zupełnie jakby moja siostra była jej rodzoną matką. Elena zajmuje się domem Alessandra: gotuje, sprząta, pierze. Mam wrażenie, że znalazła swoje miejsce na ziemi. Nigdy dotąd nie była taka szczęśliwa.

Co tydzień po niedzielnej mszy jadę na farmę odwiedzić rodziców. Chodząc do kościoła, czuję się obłudnicą. Na dobrą sprawę nie wiem, dlaczego tam jestem. Moim szwaczkom podoba się, że co niedziela widzą mnie w kościele Matki Bożej z Góry Karmel, ale jak dotąd, nie doznałam objawienia. Mam nadzieję, że kiedyś rozstąpią się chmury, usłyszę anielski śpiew i napełnię się wiarą, której tak pragnę. Ksiądz Impeciato oczekuje, że przewodnicząca Towarzystwa Maryjnego będzie dawać dobry przykład, dlatego mimo wątpliwości zawsze uczestniczę we mszy.

Farma leży mniej więcej pół mili od przystanku. Tata wyłożył prowadzącą do domu drogę gruntową płytami chodnikowymi, by pojazdom wożącym mleko łatwiej było pokonać ten odcinek. Obora jest prawie w całości zmechanizowana. Ostatnio Alessandro dokupił krowę. Nasze stado liczy teraz piętnaście sztuk. Tata nadzoruje pracę, lecz bez Alessandra farma nie miałaby szans przetrwania.

Kiedy otwieram bramę, dom wydaje mi się mniejszy, a otaczające go pola nie tak rozległe jak dawniej. W tym roku kępy kwitnącej na biało trybuli leśnej są rzadsze niż kiedyś. Nawet pole, na którym pasą się krowy, jest zaledwie skrawkiem ziemi, choć kiedyś zdawało się niezmierzone. Świat, z którego pochodzę, jest taki mały. Zastanawiam się, czy mogłabym znów być tu szczęśliwa.

Mama i tata siedzą na ganku. Mama ceruje, tata czyta gazetę. Całuję oboje na powitanie.

– Jak mała? – pyta mama.

– Kolki się skończyły.

– W tym tygodniu przyjedziemy ją zobaczyć.

– Jak idą interesy, tato?

Tata uśmiecha się znad gazety.

– Dziękuję, nie poddajemy się.

– Alessandro jest w oborze, jeśli chcesz się z nim zobaczyć. – Mama rwie nitkę zębami.

– Jasne. – W drodze do obory zaglądam do składziku, któremu najwyraźniej przydałaby się naprawa. – Alessandro? – wołam, stojąc w drzwiach obory.

– Tutaj! – głos Alessandra dobiega z sąsieka. Wchodzę po drabinie, by dołączyć do szwagra.

– Co robisz?

– Naprawiam dach zniszczony po zimie – wyjaśnia, nie odkładając młotka. Odrywa z dachu kolejną przegniłą deskę. – To przez wodę. Nie ma nic gorszego. To samo robiłem u ojca we Włoszech.

– Jak on się czuje?

– O wiele lepiej.

146

– Nie byłeś w mieście w tym tygodniu.

– Miałem dużo pracy tutaj. Jak moje dziecko?

– Dobrze.

– Ciągle ma kolkę?

– Nie. Elena mówi, że już jej przeszło.

– A jak Elena?

– W porządku.

Zapada niezręczna cisza. Alessandro przestaje wyciągać gwoździe i spogląda na mnie uważnie.

– Nello, chcę z tobą o czymś pomówić – zaczyna poważnym tonem.

– Oczywiście. O czym chcesz.

Twarz Alessandra zmieniła się od czasu przyjazdu do Ameryki. Całe dnie spędza w polu, poza tym po śmierci Assunty przybyły mu zmarszczki, których wcześniej nie miał.

– Kocham Elenę – mówi cicho.

– Ja też ją kocham...

– Ale nie jak brat – Alessandro wchodzi mi w słowo.

– Zakochałeś się w Elenie? – pytam głośno, choć z trudem pojmuję znaczenie tych słów. Przecież Alessandro jest mężem mojej siostry Assunty. Jak może kochać inną siostrę Castellucę? To nie w porządku.

– Nie zrobiłem nic, żeby tak się stało. Ale ona też mnie chyba kocha.

Elena nigdy nie rozmawiała ze mną o Alessandrze. Myśl, że mogli się w sobie zakochać po tym, co się stało, jest zbyt dziwna, żeby była prawdziwa. Na dodatek tak szybko! Nie minął rok od śmierci Assunty. Czy dobrze zrobiliśmy, pozwalając Elenie zająć się niemowlęciem? Może mama powinna była zaopiekować się wnuczką. Jestem zszokowana. Odczuwam to jako zdradę wobec Assunty. Muszę przykucnąć, bo kręci mu się w głowie. Alessandro najwyraźniej czyta w moich myślach. Siada obok mnie.

– Nic między nami nie było, kiedy żyła Assunta.

– Wiem.

– To bardzo dziwne, Nello. Nie patrzę na Elenę w ten sam sposób, w jaki na nią patrzyłem, kiedy była moją szwagierką. Nawet nie pamiętam tego czasu. Wszystko się zamazało.

– Zapomniałeś o Assuncie?

– Nie, wcale nie. Nigdy jej nie zapomnę. Nigdy. Jest matką mojej córki. Nadal ją kocham. Tylko że Elena mnie ocaliła. Przez te wszystkie miesiące zajmowała się moim domem.

– Wiem. To dobra dziewczyna – mówię nie tyle ze względu na Alessandra, co dla siebie samej, by przypomnieć sobie wyjątkowy charakter Eleny.

– Nie dążyłem do tego, uwierz mi. Ale na widok Eleny z moją córką czuję taką radość, że nie umiem jej nawet opisać.

– Co zamierzasz?

– Najpierw chciałem porozmawiać z tobą. Jesteś młodsza, ale zawsze przewodziłaś. Elena cię podziwia. Rodzice liczą się z twoim zdaniem. Rozumiesz swoją rodzinę lepiej niż inni. Potrzebuję twojej rady w tej sprawie.

– Nie wiem, co powiedzieć. – I naprawdę nie wiem. Jestem niemile zaskoczona. Przez myśl mi nie przeszło, że mój szwagier zakocha się w mojej siostrze. Każdy, kto widzi Elenę z dzieckiem, jest wzruszony jej miłością do małej Assunty. To uczucie daleko silniejsze niż miłość ciotki. Elena jest matką dla tego dziecka. Ale czy kocha Alessandra? Przypominam sobie chwile, kiedy patrzyła na niego z czułością. Kiedyś widziałam ich z małą w ogrodzie. Siedzieli na kocu w słońcu, roześmiani bawili się z Assuntą. Wieczorem, kiedy Elena zmywa naczynia, Alessandro siada w kuchni, by z nią gawędzić. Sprawiają wrażenie dobrych przyjaciół. Nie powinno mnie dziwić, że z tych uczuć zrodziła się miłość.

– Musisz zaczekać, Alessandro.

– Nie rezygnować całkiem?

– Nie, pewnie, że nie. Kochasz Elenę. Teraz to wiem. Ale mama i tata poczują się dotknięci, skoro nie minął jeszcze rok. Ciągle opłakują Assuntę. Gdybyś powiedział im dziś o swoich uczuciach, oznaczałoby to brak szacunku dla nich. Za jakiś czas tak, ale jeszcze nie teraz.

– A Elena?

– Co jej powiesz, to wasza sprawa, i mnie nic do tego.

– W takim razie zaczekam. – Alessandro czuje widoczną ulgę, że zwierzył mi się ze swoich uczuć. Ale teraz mnie jest ciężko na sercu. Nie wiem, czy rodzice to zaakceptują, a wobec uczuć Alessandra nasza obecność w domu w mieście jest niestosowna. Kiedy wyjdą na jaw intencje mojego szwagra, poczta pantoflowa w Roseto ruszy pełną parą.

Tego lata każdą wolną chwilę spędzam z Renato. Dziewczęta w fabryce kiwają głowami z zachwytem, gdy Renato przychodzi jeść ze mną lunch na placu za fabryką. Uwielbiam ścigające nas spojrzenia ludzi, gdy spacerujemy wieczorem po Garibaldi Avenue. Pan Lanzara, ojciec Renato, sprawia, że czuję się częścią miejskiego życia. Zaprasza mnie na espresso, które popijamy u nich na werandzie. Renato zna chyba każdą ścieżkę w okręgu. Zabiera mnie do Poconos na wędrówki po lesie, pływamy kajakiem po Delaware, raz nawet pojechaliśmy pociągiem do Filadelfii odwiedzić zoo.

– Mam dla ciebie prezent. – Renato wyjmuje z auta ojca torbę na ramię. Zatrzymaliśmy się nad brzegiem jeziora Minsi niedaleko Roseto. – Nie musisz chodzić do college'u, żeby przeczytać wszystkie wspaniałe książki – zaczyna. – Wielu intelektualistów uważa, że samokształcenie ma taką samą wartość jak wykształcenie uniwersyteckie.

Brązowe kaczki leniwie kreślą na gładkiej powierzchni jeziora esy-floresy. Zanurzam w wodzie palec u nogi. Prażące słońce nagrzało wodę w jeziorze.

– Znamy jakichś intelektualistów, którzy by to potwierdzili? – pytam.

– Bardzo śmieszne. – Renato ciągnie mnie na ziemię i sadza sobie na kolanach, a potem oplata ramionami. – Są tacy, dla których ja jestem intelektualistą. – Całuje mnie i znów kieruje uwagę na pełną książek torbę. – Zaczniemy od *Piekła* Dantego, potem przeczytamy *Wyznania* świętego Augustyna, sztuki Greków: Eurypidesa, Ajschylosa, Sokratesa...

– Nie lubię sztuk.

– Czemu? Przecież lubisz filmy.

– To co innego. Są nieme.

– Powinnaś oswoić się ze słowami. Jest coś więcej niż ckliwa muzyka, którą grają dla podkreślenia poszczególnych scen.

– Renato pochyla się i znów mnie całuje, tym razem w czubek nosa. – Co się stało z farmerską córką spragnioną wiedzy?

– Dostała pracę w fabryce włókienniczej – odpowiadam cierpko. – I jest zmęczona po dziesięciogodzinnym dniu pracy.

Renato otwiera *Piekło* Dantego.

– To ci się spodoba. Jest o wierze.

– Wzbudzi we mnie wiarę, kiedy przeczytam?

– Może.

– Naprawdę wierzysz w siłę książek?

– Cokolwiek czujesz, o cokolwiek chciałabyś spytać, cokolwiek chciałabyś wiedzieć, zawsze jest gdzieś książka, w której znajdziesz klucz. Trzeba ją tylko odnaleźć. – Renato podaje mi książkę.

– Kiedyś chciałam wiedzieć wszystko. Ale życie bardzo się skomplikowało.

– Więc uczyń je prostszym. Kto to powiedział?

– Co?

– Prostota, prostota i jeszcze raz prostota.

– Henry David Thoreau w *Waldenie*.

– Zgadza się. – Renato mógłby być nauczycielem. Mówi zupełnie jak nauczyciel.

– Thoreau powiedział też: „Strzeżcie się wszystkich przedsięwzięć, które wymagają nowych ubrań". Myślę o tym za każdym razem, gdy z naszej fabryki wyjeżdża kolejna ciężarówka z towarem. Renato kwituje moje słowa śmiechem. Kryję twarz w zagięciu jego ramienia.

– Jesteś kimś więcej niż brygadzistką w Roseto Manufacturing Company.

– Racja. Jestem też twoją dziewczyną. – Opieram mu głowę na piersiach. – Chociaż ty mnie kiedyś zostawisz, prawda? – Renato obejmuje mnie mocniej, ale milczy. – W porządku, skoro ty nie odpowiadasz, zrobię to za ciebie. Mam zamiar zostawić cię pierwsza, zanim ty to zrobisz. Nauczyłam się zapobiegać problemom. Jak? Uprzedzać je. To zasada, przekazywana w fabryce z brygadzistki na brygadzistkę, od kiedy uszyto pierwszą bluzkę.

Renato znów wybucha śmiechem. Nie ma słodszego dźwięku na świecie. Zastanawiam się, czy wie, że za każdym wypowiadanym przeze mnie żartem odrywa się maleńka cząstka mojego serca. To moja samoobrona. Kiedy tylko zbliżamy się do siebie, Renato wyjeżdża. Przy pierwszym spotkaniu zafascynował mnie, podbił moje serce i zniknął bez słowa wyjaśnienia. Kiedy jestem z nim, kiedy jesteśmy szczęśliwi i wszystko wydaje się możliwe, wtedy najbardziej boję się, że go stracę. Nie umiem strząsnąć z siebie tego lęku, nawet tutaj, w słońcu, w ten bezchmurny letni dzień.

Sierpniowy skwar uczynił z fabryki piekło. Ustawiliśmy dodatkowe wentylatory, lecz wywołują one jedynie gorące podmuchy duszącego powietrza. Ciepło wytwarzane przez maszyny i temperatura na zewnątrz sprawiają, że warunki pracy są koszmarne. Gdybym była właścicielką fabryki, na czas upałów zarządziłabym przerwę.

Moje dziewczęta próbują utrzymać dotychczasowe tempo pracy, ale to niemożliwe. Mamy zaległości. Siadam do maszyny i pomagam przy mankietach. Bluzki, które teraz szyjemy, mają skomplikowany krój: zaszewki, rurkowany brzeg, szeroki kołnierz z atłasowymi wyłogami. Walczymy z zawiłościami wykroju, a upał jeszcze pogarsza sprawę. Przeciągam mankiety pod igłą.

– Panno Castelluca? – Podnoszę wzrok znad maszyny i spoglądam na pana Jenkinsa. – Mamy opóźnienie.

– Dlatego pomagam. Pan też powinien. W prasowalni brakuje ludzi – mówię.

Jenkins odwraca się i rusza do prasowalni. W tej samej chwili w fabryce pojawia się dym. Rozprzestrzenia się tak szybko, że kiedy wstaję od maszyny, nie widzę, skąd się wydobywa. Stukot maszyn milknie, zastąpiony wołaniem o pomoc i odgłosami przewracanych w popłochu metalowych krzeseł. Krajalnia napełnia się czarnym dymem. Robotnicy biegną do wyjścia.

– Na ziemię! Czołgajcie się! – Rzucam się na kolana. – Za mną! Do tylnych drzwi! – Tam, gdzie ładujemy towar na ciężarówki, jest wyjście awaryjne. Otwieram je i krzyczę do mężczyzn, by pomogli dziewczętom wyjść. Niektóre uciekły frontowymi drzwiami, lecz większość utknęła przy swoich stanowiskach. W powstałym harmiderze biegnący robotnicy przesunęli metalowe pojemniki, które teraz zatarasowały główne przejście i uwięziły dziewczęta przy maszynach.

– Nella, uciekaj! – wrzeszczy Chettie, która musiała wyjść frontowymi drzwiami. Ignoruję ją i wracam do środka. Z oddali słyszę syrenę strażacką. Potykam się o coś, co wydaje mi się belą materiału. Nie, to nie materiał, to pan Albanese. Nawdychał się dymu.

– Na pomoc! Niech mi ktoś pomoże!

Jakiś mężczyzna wynosi mnie na zewnątrz i stawia na podjeździe dla ciężarówek. Zaczynam liczyć zgromadzonych

152

przed budynkiem ludzi. Większość dziewcząt uciekła albo została wyprowadzona, niektóre jednak nie zdążyły. Franco wynosi pana Albanese.

– Pomóżcie mu! – krzyczy do kapitana strażaków. – Nie oddycha. – Po tych słowach wraca do środka i wynosi stamtąd kolejne trzy osoby.

Strażacy gaszą ogień. Dym opada na tyle, że można wreszcie zobaczyć, co się stało. Pożar musiało wywołać zwarcie elektryczne. Większość przewodów w fabryce została przeciągnięta w pośpiechu, by przyłączyć więcej maszyn. Najwyraźniej przeciążyliśmy system.

Kiedy krążę między dziewczętami, widzę, że zaczyna do nich docierać powaga sytuacji. Niektóre płaczą. Ustawiam je według działów, by zobaczyć, czy którejś nie brakuje. Wygląda na to, że są wszystkie.

W pewnej chwili widzę na podjeździe zgiętego w pół Franca. Z trudem łapie powietrze. Idę do niego.

– Odejdź od budynku, Franco – mówię. Obejmuję go w pasie i prowadzę na plac. – Przyniosę ci wody.

Miasto obiegła już wieść o pożarze. Wielu mieszkańców przybiegło do nas z wiadrami zimnej wody i kubkami. Biorę jeden z nich i napełniam wodą. Franco wypija ją duszkiem.

– Co się stało, Franco? Możesz powiedzieć?

– Przeciążenie sieci. Upał. Obwody nie wytrzymały. Zaczęło się od zwarcia gdzieś w ścianie.

Obserwuję strażaków dogaszających pogorzelisko. Dymu już prawie nie ma. Przeraża mnie tempo, w jakim doszło do katastrofy. Bywały dni, kiedy czuło się swąd instalacji elektrycznej. Wtedy wyłączaliśmy niektóre wentylatory. Ale sam budynek, przy jego starym drewnianym szkielecie i impregnowanych deskach podłogowych, prędzej czy później musiał spłonąć. Obok dowódcy strażaków dostrzegam pana Jenkinsa. Podchodzę do niego.

– Wszyscy cali i zdrowi? – pyta.

– Na to wygląda. Doliczyliśmy się wszystkich stałych pracowników.

Z tego miejsca widać, jak wielkie są zniszczenia. Jednej ściany budynku nie ma, reszta sczerniała od ognia i dymu. Słyszę tłumione łkanie dziewcząt na placu. Niektóre płaczą ze strachu, większość jest zdruzgotana utratą pracy.

O zmroku idziemy z Chettie do domu przy Dewey Street.

– Nie żebym w ogóle lubiła tę fabrykę... – zaczyna Chettie, przerywając długą ciszę.

– Wiem.

– Ale kiedy jej już nie ma...

– Wiem.

– Co teraz zrobimy? – pyta. W jej głosie nie ma ani strachu, ani użalania się nad sobą. Jesteśmy już tak oswojone z nieszczęściami, że spodziewamy się ich niemal na każdym kroku.

– Jenkins znajdzie inny budynek.

– Tak myślisz?

– Oczywiście. – Ściskam Chettie na pożegnanie. Stoimy właśnie przed schodkami prowadzącymi na werandę jej domu. – Jenkins nie dopuści do długiej przerwy w zarabianiu. Nie martw się.

Dotarłszy do domu Alessandra, wolno wchodzę na ganek, na którym czeka Elena.

– Wszystko w porządku? Tak się martwiłam o ciebie, o Chettie, o wszystkich.

– To był straszny dzień. Ale mnie nic się nie stało. Nikt nie został poważnie ranny.

– Lavinia Spadoni mówi, że fabryka jest całkiem zniszczona.

– Do tego budynku już nie wrócimy, to pewne.

– Nello, mam więcej złych wieści.

– Coś z małą? – Serce zaczyna mi walić jak młotem.

– Nie, nie, z Assuntą wszystko dobrze. Chodzi o ojca Renato Lanzary. Zmarł dziś po południu.

– Widziałam go wczoraj wieczorem! – Nie wierzę własnym uszom. Dziś omal nie straciliśmy w pożarze robotników, a o kilka ulic dalej Renato cierpiał z powodu nieporównywalnie większej straty.

– To był atak serca, Nello. Zupełnie niespodziewany. Zamiast wejść do domu i umyć się, idę do domu Renato przy Garibaldi Avenue. Na werandzie widzę niewielką grupę ludzi. Witam się z nimi i wchodzę do środka. Jak zwykle zdumiewa mnie czystość i ład tego miejsca. Matka Renato zmarła wiele lat temu, a on jest jedynakiem, więc zostali z ojcem sami, a mimo to w kuchni wiszą lśniące miedziane garnki, a na oknach stoją doniczki z kwiatami. Głos Renato dochodzi z kuchni. Idę tam. Stoi przy zlewie i rozmawia z księdzem Impeciato.

– Przepraszam – mówię. – Renato, tak mi przykro.

Renato obejmuje mnie.

– Słyszałem o fabryce.

– To było straszne. – Zaczynam płakać. Otoczona silnymi ramionami czuję, jak smutek i poczucie straty biorą górę.

– Tak mi głupio, że płaczę, kiedy twój tata…

– Byłem przy nim. – Oczy Renato zachodzą łzami. – Mogłem się z nim pożegnać. I dziękuję za to Bogu.

Na uroczystościach pogrzebowych Nicoli Lanzary kościół Matki Bożej z Góry Karmel był pełen. Renato wygłosił tak wzruszającą mowę, że nawet ci, którzy z jego ojcem nie byli w bliskich stosunkach, odczuli tę bliskość po wysłuchaniu porywających słów syna. W trakcie czuwania przy zwłokach i na pogrzebie siedziałam obok Renato. Mam nadzieję, że moja obecność choć trochę ukoiła jego ból.

Renato żegnał się na werandzie z kuzynami z Filadelfii, podczas gdy ja znosiłam ostatnie talerze i szklanki do kuchni.

Sąsiedzi okazali wielką pomoc przy przygotowywaniu kolacji, a Renato po dżentelmeńsku zajmował się gośćmi, jakby byli zaproszeni na przyjęcie, a nie pogrzeb.

– Zostaw to już. – Renato wchodzi do kuchni.

– Ale ja chcę to zrobić. – Podchodzę do niego i otaczam go ramionami. Przez cały dzień Renato uronił trochę łez, ale dopiero teraz, w moich objęciach, zaczyna szlochać. Im bardziej szlocha, tym mocniej tulę go do siebie. Gdziekolwiek jest w tej chwili pan Lanzara, na pewno wie, że zaopiekuję się jego synem.

– Już za nim tęsknię – mówi Renato przez łzy. – Tak bardzo go kochałem.

– Wiem, że go kochałeś. On też wiedział.

– Nie, nie. Nigdy mu tego nie mówiłem.

– On wiedział.

– Żałuję, że mu nie powiedziałem.

– Renato, on w i e d z i a ł.

– Po śmierci mamy nigdy nie przyprowadził do domu innej kobiety. Kiedyś spytałem go dlaczego, a on odparł: „Z szacunku dla ciebie. To była twoja matka. Jak mógłbym zastąpić ją inną kobietą?".

– Był dobrym człowiekiem – mówię łagodnie.

– Teraz zostałem całkiem sam. – Renato uwalnia się z mojego uścisku i odwraca głowę, sięgając do kieszeni po chustkę.

– Nie jesteś sam. Masz mnie. Renato, spójrz na mnie.

Renato nie reaguje.

– Nic mi nie będzie – mówi i wychodzi z kuchni.

W tej straszliwej dla mnie chwili zupełnie nie wiem, co robić. Czy Renato chce, żebym została? A może iść do domu i zostawić go samego? Z całego serca pragnę przytulić go i pocieszyć, ale on mnie odtrącił. Renato ma skomplikowaną naturę i często zupełnie go nie rozumiem. Z jednej strony czuję, że sytuacja mnie przerasta, z drugiej wiem, że Renato mnie potrzebuje. Idę do salonu, ale tam Renato nie ma. Delikatnie otwieram siatkowe drzwi i sprawdzam, czy nie siedzi na ganku, ale tam też go nie ma. Wracam do środka i patrzę na wąskie schody prowadzące na piętro. Z pokoju na górze sączy się światło.

– Renato? – mówię cicho, wchodząc po schodach. Odpowiada mi cisza. Podążam za światłem i otwieram drzwi sypialni. Renato siedzi na skraju łóżka z głową ukrytą w dłoniach i szlocha. Zupełnie jak tata po śmierci Assunty. To szloch wydobywający się z samych trzewi, miejsca najbardziej intensywnych uczuć. Nie mogę znieść widoku cierpienia Renato. Gdybym mogła, wzięłabym je na siebie, by przynieść mu ulgę. Siadam na łóżku i przywieram do niego całym ciałem. Nie odpycha mnie.

– Kocham cię – mówię cichutko. – Odwraca się, patrzy na mnie i bierze w ramiona. – Pozwól się kochać, Renato. – Potrząsa przecząco głową, lecz myśli co innego.

Pocałunkami osuszam mu łzy. Serce mu łomocze. Całuję go, aż oddech mu się wyrównuje, aż wraca mu spokój. Teraz on całuje mnie tkliwie i w tej samej chwili ogarnia mnie pragnienie, by ofiarować mu wszystko, co mam. Podarowałabym mu cały świat, zwróciłabym mu ojca, by nigdy więcej nie musiał płakać. Renato rozpina mi sukienkę, a ja myślę, że już nigdy nie zostanie sam. Przez resztę życia będzie miał mnie. Myślę o księdzu Impeciato, o zapowiedziach, o obrączkach, o przysiędze małżeńskiej i żadna z tych rzeczy, absolutnie żadna, nie ma teraz znaczenia. Kocham Renato Lanzarę, kocham od pierwszej chwili, odkąd go ujrzałam. Chciałabym jedynie mieć więcej z siebie do ofiarowania. Moje serce wydaje się za małe, by pomieścić w sobie ogrom uczuć do Renato. Należę do niego, do mojej pierwszej i ostatniej prawdziwej miłości.

Pan Jenkins oprowadza mnie po nowej siedzibie Roseto Manufacturing Company. Przenieśliśmy się na koniec Garibaldi Avenue, do starej fabryki skrzynek. Jenkins sprowadził z Jersey grupę mężczyzn, którzy odratowali część maszyn, pojemników i zapasów. Cała reszta utraconego wyposażenia będzie zastąpiona urządzeniami ściągniętymi z pozostałych fabryk Jenkinsa. Robotnicy nie musieli się martwić utratą pracy. Pan Jenkins uruchomił nową fabrykę w ciągu tygodnia. Kilka dziewcząt odeszło do konkurencji (w ostatnich latach w mieście otwarto trzy nowe fabryki). Większość jednak wróciła. Tylko pan Albanese, któremu brakowało roku do emerytury, nie wróci do pracy. W rozmowie ze mną wyznał, że otarcie się o śmierć pomogło mu zrozumieć, że czas nie czeka na nikogo, postanowił więc – póki czuje się dobrze – podarować sobie spokojniejsze życie.

– Jak Renato? – pyta Chettie, która pomaga mi przy ustawianiu stanowisk pracy.

– Nie najlepiej – przyznaję. W ciągu tych tygodni, jakie upłynęły od śmierci jego ojca, Renato oddalił się ode mnie. Nieustannie próbowałam go rozruszać, on jednak zapada się w jakąś otchłań. Kiedy go teraz obejmuję, nie chcę się z nim kochać, pragnę jedynie ukoić jego cierpienie. Odsuwa mnie od siebie, a potem przeprasza. Nie mam pojęcia, jak z nim postępować. – Chet... – głos mi się załamuje. – Nie wiem, co zrobić.

– O czym ty mówisz?

– Próbowałam już wszystkiego. Zostawiałam go nawet, żeby był sam. Kiedy wyciągam do niego rękę, odpycha mnie.

– Obwinia cię, że jego ojciec umarł – tłumaczy Chettie.

– Coś o tym wiem. Kiedy tata zginął, nienawidziłam wszystkich, których ojcowie jeszcze żyli. Trudno zrozumieć, czemu spośród wszystkich ludzi na świecie, właśnie twój ojciec musiał umrzeć.

– Renato jest w jeszcze gorszej sytuacji. Jego matka też nie żyje. Nie ma nikogo na świecie oprócz mnie.

– Bądź przy nim. Tylko to możesz zrobić. Siedź tam. Kiedy będzie gotowy, porozmawia z tobą.

Po pracy wracam do domu przez Garibaldi Avenue. Mam zamiar wstąpić do Renato i zapytać, czy ma ochotę na kolację u Alessandra. Wchodząc po schodkach na werandę, widzę w oknach salonu opuszczone rolety i zasłonięte kotary. Pukam do drzwi. Cisza. Łapię za klamkę. Zamknięte. I wtedy dostrzegam wetkniętą w drzwi kopertę. Ręce mi się trzęsą na widok znajomego charakteru pisma. To list do mnie. Biorę głęboki oddech i siadam na skrzynce na mleko. Oczy pieką mnie od łez, gdy otwieram kopertę. Dobrze wiem, że list i zamknięte drzwi to zły znak.

Kochana Nello,

waham się, zostawiając Ci ten list, ponieważ mam nadzieję, że będziesz mnie pamiętać i myśleć o mnie dobrze. Przykro mi, ale muszę opuścić Ciebie i dom, który kocham, ponieważ to jedyny sposób, bym odnalazł w życiu cel. Wiem, że będziesz obwiniać o to siebie, więc piszę ten list po to, byś tego nie robiła. Nigdy nie zapomnę tego, co się między nami stało, ale postąpiłem niewłaściwie. Wykorzystałem Cię w chwili słabości i lęku, a to wobec Ciebie nie w porządku. Chcę, żebyś była szczęśliwa i odnalazła spokój. Ja nie jestem mężczyzną, który Ci go da. Zawsze będę myślał o Tobie czule.

Twój Renato

Gwałtownie łapię powietrze. Dopiero teraz uświadamiam sobie, że czytając, wstrzymywałam oddech. Wstaję i opieram się o ścianę, by utrzymać równowagę. Nie wiem, jak dotrę do domu przy Dewey Street. Muszę jednak tam iść, więc dojdę. Wkładam list do kieszeni. W domu wezmę zapałki i go spalę.

Rozdział siódmy

W Boże Narodzenie tata szedł do lasu na skraju farmy i ścinał drzewko. Mama piekła pierniczki z lukrem, a potem wieszała je na choince na atłasowych wstążeczkach. Było też ciasto z naszymi imionami. Zjadaliśmy je zawsze w bożonarodzeniowy poranek. Przywiązywaliśmy też do gałązek maleńkie świeczki w sreberkach. Zapalało się je zaraz po zapadnięciu zmroku. Śpiewaliśmy kolędy, szliśmy na mszę o północy, dawaliśmy sobie prezenty. Święta były najszczęśliwszym czasem dla naszej rodziny. Były. Już nie są.

W tym roku każdy członek rodziny Castelluców jest smutny z innego powodu. Mamie i tacie brak Assunty, mnie brak Renato, a moje siostry widzą, że życie na farmie, które tak kochały, nie potrwa wiecznie. Alessandro chce skupić się na imporcie i otworzyć sklep w mieście. Bez jego pomocy tata nie utrzyma farmy. Alessandro zaproponował rodzicom przeprowadzkę do miasta. Oboje rozważają teraz tę możliwość.

Elena postawiła drzewko w oknie domu przy Dewey Street. Zaprosiła całą rodzinę na świąteczną kolację. Układam serwetki obok talerzy.

– Nello? – Elena podaje mi dwa świeczniki do postawienia na stole. – Chcę porozmawiać z tobą o Alessandrze.

– O jego uczuciach do ciebie?

Słyszę, jak Elena robi gwałtowny wdech. Patrzę jej w oczy.

– Skąd wiesz? Przecież tego nie było widać, prawda?

– Zawstydzona Elena dotyka dłonią twarzy.

– Nie, jasne, że nie. Powiedział mi o swoich uczuciach parę miesięcy temu.

– Co mu odpowiedziałaś?

– Żeby poczekał, aż minie rok. Właśnie mija.

– Poprosił mnie o rękę. Co ty na to?

– Myślę, że... to bardzo dobry człowiek. Kochasz go?

– Bardzo. Waham się tylko wtedy, kiedy myślę o naszej siostrze.

– Eleno. – Biorę ją za rękę. – Ona by chciała, żeby jej córką zajęła się dobra kobieta.

– Dziękuję, Nello.

– I chciałaby zapewnić jej odpowiednie wychowanie.

– Wiesz, ludzie gadają. Słyszę takie różne rzeczy na swój temat.

– A kto się przejmuje ludzkim gadaniem?

– Ja. Wychowuję małą i ważne jest dla mnie, jak będzie traktowana. Nie chcę, by się wstydziła moich decyzji.

– Rozmawiałaś z rodzicami?

– Jeszcze nie. Boję się. Boję się, że uznają to za brak szacunku dla Assunty.

– Zdziwisz się. Mama i tata chcą twojego szczęścia. I kochają Alessandra. Nie zrobiliście nic złego.

– Wiem, ale chciałabym... – głos Eleny się załamuje.

– Czego byś chciała?

– Spotkać go pierwsza. Żeby kochał najpierw mnie. Żeby to było nasze dziecko. Wiem, że świat nie jest idealny, ale czemu tak się stało? Za życia Assunty zawsze byłam w jej cieniu. I mam to okropne wrażenie, że już nigdy z niego nie wyjdę.

– Bycie drugą nie jest twoim przeznaczeniem. Nie planowałaś tego. To się po prostu stało. A co do plotek, to sama coś o tym wiem. Ignoruj je. Niedługo na Garibaldi Avenue będzie się mówiło o czym innym. I to zanim zwiędnie twój bukiet ślubny. Zawsze znajdzie się nowy temat.

– Zostaniesz moją druhną? – pyta Elena. Ulżyło jej, skoro już wie, że nie potępiam ani jej, ani Alessandra za decyzję o małżeństwie.

Alessandro Pagano i Elena Teresa Castelluca pobierają się 31 grudnia 1926 roku. Ślubu udziela im ksiądz Impeciato. Assunta Pagano trajkocze przez całą uroczystość. Nawet w dniu ślubu Eleny jej siostrzenica skupia na sobie całą uwagę. Mama cieszy się szczęściem Eleny, za to tata milczy. Nie dlatego, że jest przeciwny temu związkowi. To małżeństwo będzie mu zawsze przypominać utraconą córkę. Choć minął rok od jej śmierci, tata ciągle nie może się z tym pogodzić.

Roma i Dianna przeniosły się na zimę do Eleny i Alessandra. Mają bliżej do szkoły, poza tym są bardzo pomocne przy dziecku. W domu jednak robi się ciasno. Przy trzech zajętych sypialniach brak dodatkowego pokoju. Postanawiam wrócić na farmę. Nie przeszkadzają mi dojazdy do pracy. Przy obecnych zarobkach mogę sobie pozwolić na tramwaj. Mama cieszy się, że wróciłam.

– Tak tu pusto, kiedy wszyscy jesteście w mieście – mówi.

– Cudownie mieć cię znów blisko.

– Ja też się cieszę. – Ściskam ją mocno. – Idę się położyć. Zanosi się na śnieg dziś w nocy. – Patrzę za okno. Księżyc w pełni rzuca zamgloną poświatę na pole, które przybiera niebieski odcień, upodabniając się do jeziora. Widzę srebrzyste płatki kreślące w powietrzu skomplikowane figury przed upadkiem na ziemię. Takie płatki zwykle wróżą zamieć.

– Więcej śniegu? – mama cmoka na znak dezaprobaty. Tęskni za ciepłym klimatem Włoch. Nigdy nie lubiła zim w Pensylwanii i marzy o gorących plażach nad Adriatykiem.

Idę po schodach do pokoju, który kiedyś dzieliłam z siostrami. Mama nic w nim nie zmieniała. Zdejmując ubranie, rozmyślam nad swoim życiem. Cofam się. Jestem niezamężną ciotką, choć nigdy tego nie planowałam. Wieszam sukienkę na tym samym haczyku, na którym w dzieciństwie wieszałam długie majtasy i fartuszek. Dziwne uczucie być w domu rodzinnym bez sióstr. Teraz wiem, jak musi się czuć jedynak, i wcale mi to nie odpowiada.

Co wieczór przed pójściem spać czytam pożegnalny list od Renato w nadziei, że odnajdę w słowach jakieś nowe znaczenie. Minęły miesiące, a ja nienawidzę siebie za to ciągłe czytanie. Za każdym razem obiecuję sobie, że jutro wrzucę list do ognia, lecz zawsze coś mnie powstrzymuje przed tym ostatecznym krokiem.

Modlę się do świętego Antoniego o pomoc w odnalezieniu swojego ja. Jest patronem zgubionych rzeczy i choć moja wiara w siebie jest nieco więcej warta niż komplet kluczy, święty Antoni wydaje się odpowiednią osobą na moje kłopoty.

Nie mam żadnych wiadomości o miejscu pobytu Renato. Mógł wrócić do Włoch, zawsze powtarzał, że tam jest najszczęśliwszy. Dom przy Garibaldi Avenue sprzedał kuzynom. Kiedy Chettie podpytywała ich o Renato, powiedzieli jej, że nie mają pojęcia, dokąd wyjechał.

Renato na pewno rzucił się w objęcia innej dziewczyny. Jest wykształcona, piękna i nie ma żadnych obowiązków prócz chęci zadowolenia go. Chettie uważa, że powinnam znaleźć sobie nowego kawalera. Ale ja nie chcę. Nikt nie dorówna Renato.

Wieści o otwarciu kina w Roseto zelektryzowały wszystkich. Zlokalizowane między domami przy Chestnut Street mieści zaledwie sto osób, ale jakie to ma znaczenie. Najważniejsze, że nie musimy już jeździć na filmy do Easton.

Na pierwszym seansie pokażą *Szkarłatną literę* z Lillian Gish. To moja ulubiona aktorka. Jej przeżycia na ekranie wydają się rzeczywiste. Będą jeszcze dwa krótkie filmy z Busterem Keatonem. Nie mogę się doczekać. Śmiech jest mi bardzo potrzebny.

Po otwarciu nowej fabryki pan Jenkins ma dla nas więcej pracy niż przedtem. A nowy budynek podoba mi się bardziej niż stary. Tuż za oknami rosną drzewa, wcześniej był prawie pusty plac. Dzięki wentylacji szara mgiełka z drobinek tkanin stała się prawie niedostrzegalna. Zimą dziewczęta jedzą lunch przy maszynach. Nie jest to idealne rozwiązanie, ale na zewnątrz jest za zimno, a w strefie załadunku nie wszyscy się mieszczą. Ja jednak pracuję w czasie przerwy na lunch. Właśnie wtedy sprawdzam zawartość pojemnika i liczę etykietki na pakietach. Po wejściu do prasowalni widzę, że na półce, na której zwykle kładę przeliczone etykietki, leży małe tekturowe pudełko z cukierni podpisane moim imieniem. W środku znajduję ptysia.

– Dzięki – mówię do Chettie kilka minut później, mijając jej stanowisko.

– Za co?

– Za ptysia.

– Jakiego ptysia? – pyta zdumiona.

– Za tego – pokazuję pudełko. – Jesteś kochana.

– To nie ja go zostawiłam.

– Więc kto?

– Nie wiem – uśmiecha się Chettie. – Chyba masz cichego wielbiciela.

Trzymając za sznurek, którym jest przewiązane, zanoszę pudełeczko do biura. Tam nalewam do kubka gorącej kawy z termosu i siadam, by cieszyć się smakiem ptysia. Nieważne, od kogo go dostałam. Uwielbiam ciastka z „Marcelli".

– Ja nie jadę, mamo.

– Nello, proszę. Beatrice Zollerano spodziewa się na kolacji całej naszej rodziny.

– Wiem, o co ci chodzi. Chcesz wyswatać mnie i Franca. Nie chcę mieć z tym nic wspólnego.

– Wcale nie próbuję was swatać! – Mama bierze się pod boki. – Ważne, żeby jako żona Alessandra Elena utrzymywała kontakty towarzyskie z innymi rodzinami w Roseto.

– Więc niech sami idą na tę kolację.

– Franco chce, żebyś ty też przyszła.

– Wiem, że chce. Tyle razy proponował mi wyjście. Zawsze mu odmawiam.

– Czemu? Jest taki przystojny.

– Bo mamo... ja... to znaczy...

– No tak. On wyjechał! Renato wyjechał. I nie wróci. A Beatrice zaprosiła całą rodzinę. Źle to będzie wyglądać, jeśli nie przyjdziesz.

Kapituluję. Nie tylko dlatego, że mama nalega. Także dlatego, że ma rację. Jeśli Elena i Alessandro zaprzyjaźnią się z rodzinami z Garibaldi Avenue, staną się częścią społeczności. Nie zniosłabym, gdyby mała Assunta była wykluczona z towarzystwa, ponieważ jej ojciec i ciotka wzięli ślub. Mama, tata i ja jedziemy więc do miasta. Wstępujemy do Eleny, by pójść do państwa Zollerano w komplecie.

Mama lustruje nas przed wyjściem. Roma wygląda ślicznie w aksamitnym bezrękawniku. Dianna ma na sobie wełnianą spódnicę i świeżo wyprasowaną białą bluzkę, a mała Assunta kokardę we włosach. Alessandro i tata włożyli garnitury, Elena i ja ubrałyśmy się w najlepsze sukienki.

Kiedy docieramy na miejsce, mama puka do drzwi państwa Zollerano. Otwiera pani Zollerano ubrana w prostą czarną sukienkę, do której przypięła perłową broszę.

– Proszę wejść. Witajcie. – Pani Zollerano jest mniej więcej w wieku mamy, ale w jej czarnych włosach widać więcej srebrnych nitek. Jest bardzo drobna, ma szczupłą talię, małe dłonie i stopy. Pan Zollerano, znajomy taty z Klubu Marconiego, gdzie razem grywają w karty, pomaga nam zdjąć płaszcze. Tata tymczasem dokonuje stosownej prezentacji.

Z kuchni wynurza się Franco. Niesie tacę z gorzkimi nalewkami w niewielkich szklankach z tęczowego szkła. Częstuje najpierw tatę, potem resztę naszej rodziny. Ma na sobie wełniany niebieski garnitur, białą koszulę i szary krawat z jedwabiu. Kiedy podaje wodę sodową Romie i Diannie, wygląda przy nich jak olbrzym.

– Dziękuję, że przyszłaś – mówi, stanąwszy przede mną. I, jak to robi w fabryce, taksuje mnie wzrokiem od góry do dołu. W odpowiedzi na jego spojrzenie manifestacyjnie sprawdzam wygląd swojej sukienki i butów. Franco reflektuje się. – Przepraszam. Ślicznie wyglądasz.

– Dziękuję. – Biorę drinka z tacy.

Pani Zollerano zaprasza nas do jadalni i wskazuje miejsca przy stole. Franco jest średnim spośród trzech braci. Najstarszy, Giacomo, ożenił się niedawno z przemiłą dziewczyną z West Bangor o imieniu Maria. Pani Zollerano sadza ich naprzeciw siebie. Mnie prosi o zajęcie miejsca obok Giacomo, a Franca, by usiadł z mojej drugiej strony. (Moje przypuszczenia się sprawdziły. Plan A mojej mamy związany z dzisiejszym wieczorem obejmuje też plan B dotyczący mojej osoby).

Najmłodszy syn, Alberto, ma dziesięć lat. Zna Romę i Diannę ze szkoły. Pani Zollerano sadza ich razem. Reszta wypełnia powstałe luki. Tacie przypada miejsce u szczytu stołu, naprzeciw pana Zollerano, mamie miejsce u boku taty. Siadamy po modlitwie, którą odmawia Alberto. Franco odsuwa dla mnie krzesło.

Rozmowa przy kolacji jest o wiele bardziej ożywiona, niż się spodziewałam. Tata i pan Zollerano mówią o starej ojczyźnie. Tata opowiada o Roseto po drugiej stronie oceanu, a pan Zollerano o swoim rodzinnym mieście Biccari leżącym o kilka mil od miasta taty. Najmłodszych bawią opowieści o kozach i kurczakach żyjących w domach razem z ludźmi.

Daniem głównym jest polenta i kurczak w gęstym sosie pomidorowym z odrobiną cynamonu. Do tego sałatka i półmisek serów. Na deser ptysie.

– Chyba rozwiązałam zagadkę – szepczę do Franca.

– Jaką zagadkę?

– Ktoś w fabryce podrzuca mi ptysie. Wiesz coś o tym?

– Nie. Widocznie masz cichego wielbiciela – uśmiecha się.

– Tak mi właśnie powiedziano.

Elena i ja upieramy się, że pomożemy pani Zollerano posprzątać po kolacji, podczas gdy mężczyźni idą do salonu na papierosa.

– Zawsze chciałam mieć córki, teraz wiem czemu! – żartuje pani Zollerano.

– U nas są cztery dziewczęta gotowe w każdej chwili do pomocy.

– Może skorzystam z oferty. Franco mówił, że jesteś brygadzistką. Jak to możliwe? Jesteś taka młoda.

– Nie wiem. Miałam szczęście. Szef zauważył, że jestem szybka i pojętna. Miałam chodzić do szkoły, ale potem wszystko się zmieniło i, no cóż, starałam się radzić sobie w tej sytuacji najlepiej, jak się da.

– Szkoda, że nie mogłaś się dalej uczyć.

– Też tego żałowałam, ale w końcu zrozumiałam, że kiedy jest się częścią rodziny, ona jest na pierwszym miejscu.

– Tak, czasem życie krzyżuje nam plany. Do młodych ludzi często ta prawda dociera bardzo długo. Lepiej, że uczysz się tego teraz, nawet jeśli to bolesna lekcja.

Pani Zollerano nie może wyjść z podziwu, jak szybko uwijamy się z Eleną przy zmywaniu naczyń. W Delabole miałyśmy co wieczór niewiele mniej. Przywykłyśmy. Pani Zollerano ma bardzo ładne rzeczy: komplet porcelanowych naczyń i sreber stołowych, wyglądający na rodzinną pamiątkę. Wystrój domu jest bardzo rosetański. Sofa okryta kwiecistym czerwonym perkalem, mahoniowe meble, kredens pełen zastawy stołowej z filiżankami do herbaty wiszącymi za uszka na maleńkich haczykach. Pani Zollerano kunsztownie ustawiła naczynia stołowe na otwartych półkach. Jak we wszystkich domach w Roseto, salon od frontu łączy z kuchnią na tyłach domu długi korytarz. Zwykle przy kuchni jest jeszcze ganek, który latem służy za taras, a zimą za spiżarnię.

Mała Assunta śpi na kocyku we frontowym pokoju. Rozmowa i śmiech mężczyzn ukołysały ją do snu. Alberto, Roma i Dianna siedzą nad grą planszową. Wygląda na to, że świetnie się razem czują.

Kiedy nadchodzi czas powrotu do domu (z racji tak późnej pory nocujemy w Roseto), Franco proponuje, że nas odprowadzi.

– Nie trzeba – uśmiecham się. – Znamy drogę.

– Nie, nie, nalegam – odpowiada, narzucając płaszcz.

Elena opatula Assuntę. Ja pomagam młodszym siostrom włożyć płaszczyki i czapki. Powietrze jest chłodne i rześkie. Roma i Dianna biegną naprzód.

– Dziękuję za cudowny wieczór – Elena zwraca się do Franca.

– Dziękuję, że pomogłyście mamie przy sprzątaniu. Przy tylu chłopakach w domu nie ma pomocników do kuchni.

– Tak właśnie mówiła. Pomóż jej od czasu do czasu przy garnkach – dogryzam mu.

Idąc po Garibaldi Avenue, mijamy dom Renato należący teraz do jego kuzynów. W pokoju od frontu pali się lampa. Ten widok przypomina mi o mojej stracie. Przez resztę drogi nie odzywam się ani słowem. Elena i Franco nie potrzebują mojego udziału w rozmowie. Kiedy dochodzimy do domu przy Dewey Street, Roma i Dianna wbiegają do środka. Elena całuje Franca w policzek i idzie za siostrami.

– Masz wspaniałą rodzinę – zauważa Franco.

– Ty też. Podziękuj mamie za pyszne ptysie na deser. Lepsze niż te od „Marcelli".

– Przekażę – uśmiecha się Franco. – Tak sobie myślałem, czy może...

– Chyba nie chcesz znowu mnie zapraszać?

– A ty znowu chcesz mi odmówić? – pyta.

– Możliwe.

– Czemu mimo wszystko nie miałbym cię zaprosić? Dasz mi pierwszą odpowiedź, jaka ci przyjdzie do głowy. Miałabyś ochotę iść ze mną do kina?

– Nie wiem.

– A co tu trzeba wiedzieć? Idziemy do kina, kupuję ci popcorn, śmiejemy się albo ty płaczesz, w zależności od pokazywanej historii.

Kiedy nie odpowiadam, Franco kręci głową i wolno schodzi po schodkach. Na dole odwraca się i spogląda na mnie.

– Ciągle go kochasz?

Nieruchomieję. Mogłam myśleć o Renato przez całą drogę powrotną, ale jestem wystarczająco sprytna, by udawać, że nie wiem, o czym mowa.

– Niby kogo?

– Lanzarę.

Prostolinijność Franca zaskakuje mnie, jego przenikliwość drażni.

– Nie wiesz?

– Uhm. Miałem nadzieję, że już ci przeszło.

Jego niefrasobliwy ton wywołuje we mnie furię.

– Nie przeszło mi. Nigdy nie przejdzie.

– Nigdy? – Jest najwyraźniej zdziwiony.

– Nikogo naprawdę nie kochałeś. Gdybyś kochał, wiedziałbyś, że miłość to nie jest coś, co przechodzi jak katar albo z czego się wyrasta jak ze starej pary butów. Jeśli naprawdę kochasz, to uczucie staje się cząstką ciebie i raczej uciąłbyś sobie rękę, niż je stracił.

169

– Jezu... – Franco potrząsa głową. – Nie miałem pojęcia. Widziałem, jak całujesz go w fabryce, ale to mi nie wyglądało na...

– Na co? I jak śmiałeś nas szpiegować?

– Nie szpiegowałem was! – Franco przybiera obronny ton. – Nie powinniście się całować pośrodku krajalni! Jako brygadzistka dajesz niezły przykład.

– Co ty wiesz o kierowaniu ludźmi?! – podnoszę głos do krzyku.

– Ej, nie wyżywaj się na mnie. Nie ja cię zostawiłem. On cię zostawił.

Te słowa dotykają mnie do żywego, ponieważ mówią prawdę. Biorę głęboki oddech.

– Przepraszam, Franco. Nie powinnam tego mówić, ale ty też byś się wściekał, gdyby wszystko, czego pragniesz, było poza twoim zasięgiem. Nie tylko duże rzeczy, małe też. – Żałuję, że odsłoniłam się przed nim. Odwracam się plecami. Rozmowa skończona.

– Uważasz, że dostaję wszystko, czego pragnę? – dobiega mnie cichy głos Franca. – Prawdę mówiąc, dziś wieczorem miałem nadzieję na pocałunek, ale jakoś się na to nie zanosi.

Biorę się pod boki i rzucam mu harde spojrzenie z wysokości werandy.

– Nigdy!

Odwracam się do drzwi, kładę rękę na gałce, przekręcam ją i już mam otworzyć drzwi, kiedy Franco wbiega na ganek, odciąga mnie od wejścia, bierze w ramiona i całuje. To nie łagodny, czuły pocałunek Renato. To pocałunek pełen pasji. Szokuje mnie ten wybuch uczuć. Prócz pasji jest w tym determinacja. Jak on śmiał! Wreszcie Franco wypuszcza mnie z objęć i schodzi po schodkach.

– To się więcej nie powtórzy! – wołam za nim.

– Zobaczymy – odpowiada już z ulicy.

Część druga

1931–1971

Rozdział ósmy

Za kilka dni skończę dwadzieścia jeden lat i choć wszyscy żartują, że nareszcie oficjalnie stanę się dorosła, ten rytuał przejścia nie robi na mnie wrażenia. Mając szesnaście lat, zostałam brygadzistką, od piętnastego roku życia pracuję w fabryce, dlatego nie sądzę, żeby dwudzieste pierwsze urodziny były kamieniem milowym w moim życiu. Wszystko zostaje po staremu.

Co roku w styczniu rodzice płyną do Włoch i wracają na Wielkanoc. Tata wydzierżawił farmę swoim kuzynom. Płacą mu czynsz za korzystanie z jego ziemi oraz procent od dochodów z zawartych kontraktów. Tata ma teraz czterdzieści osiem lat, mama czterdzieści sześć. Podoba im się zarabianie bez konieczności zrywania się o świcie i pracy do wieczora. Mimo Wielkiego Kryzysu nasz mały skrawek świata ma się dobrze. W fabrykach jest mnóstwo pracy, a ponieważ mieszkańcy Roseto tradycyjnie produkowali własną żywność, tłoczyli wino, gromadzili owoce i warzywa na zimę, hodowali własne krowy i świnie, nigdy nie brakuje nam jedzenia.

Kiedy mama i tata wracają z Włoch, mają pełne ręce roboty przy wnukach. Assunta jest zadziorną sześciolatką. Alessandro i Elena mają jeszcze dwoje własnych dzieci: córkę Aurelię i syna Petera. Alessandro wykupił drugą połowę domu przy Dewey Street, tym sposobem mama, tata i ja mieszkamy tuż obok, dzieląc z nimi werandę.

Ciągle jestem panną, co mi zupełnie nie przeszkadza. Praca jest moim mężem, uwielbiam satysfakcję, jaką mi daje i jaką czuję, deponując wypłatę na koncie w Pierwszym Narodowym Banku w Bangor.

– Chciał pan ze mną rozmawiać? – Siadam naprzeciw pana Jenkinsa. Pamiętam swój strach, gdy pierwszy raz zostałam do niego wezwana. Dziś widzę w nim starego człowieka za zaśmieconym biurkiem w ciasnym biurze. Nie jest magnatem, za którego go kiedyś miałam. To tylko gderliwy mężczyzna zamartwiający się o los swojej fabryki.

– Zmieniamy profil produkcji – zaczyna. – Przez ostatnie lata miałem kontrakt z Rosenbergami z Long Island, teraz przerzucamy się z oryginalnych wzorów na imitacje.

– Imitacje czego?

– Hollywood.

– Nie rozumiem.

– To proste. Rosenbergowie współpracują z pośrednikiem w Hollywood, który rysuje kostiumy widziane w najnowszych filmach. Ten człowiek wysyła projekt Rosenbergowi, a on z kolei robi z tego wykrój. Modele bluzek nazywa się imionami noszących je gwiazd. Na przykład nasze pierwsze zamówienie to marynarska bluzka „Joan Crawford" z *Dance, Fools, Dance*. Film wejdzie na ekrany jesienią. – Pan Jenkins podsuwa mi szkic. Rysunek jest wierną podobizną panny Crawford: mocno zarysowane szczęki, łukowate brwi, grube rzęsy. Na szkicu widać tylko górną część kostiumu. W rogu artysta narysował poszczególne części stroju z uwzględnieniem proporcji.

– Co o tym sądzisz?

– To jest tak naciągane, że mogłoby się udać. Nasza klientka idzie do kina, widzi swoją ulubioną gwiazdę w jakiejś bluzce, potem idzie do domu towarowego, gdzie taka sama bluzka już czeka, żeby ją kupić, tak?

– Zgadza się. Edith Head, Adrian, inni znani w branży biorą w tym udział. Nawet Schiaparelli i Chanel mają się tym zająć. Można powiedzieć, że produkujemy hollywoodzki sen na skalę masową.

– Lubię filmy jak inni, ale wychodzi na to, że kreujemy modę przed ukazaniem się filmu.

– Trafiłaś w sedno. Zanim Myrna Loy wstrząśnie martini, ty musisz zdążyć z produkcją kopii jej kostiumu. Wszystko na nic, jeśli się spóźnimy.

– A co, jeśli film z Myrną Loy okaże się chałą?

– Posługujemy się imieniem aktorki, nie tytułem filmu. Idę o zakład, że wielbicielki gwiazdy ruszą do sklepów, żeby upodobnić się do swojej ulubienicy. I to bez względu na film.

Po wyjściu od Jenkinsa natykam się w wykańczalni na Chettie.

– Co robisz pierwszego czerwca? – zagaduje, nim zdążam powiedzieć jej o sympatii Jenkinsa do Myrny Loy.

– Jestem zajęta.

Chettie wybucha śmiechem.

– W takim razie przełóż wszystkie zajęcia. Anthony Marucci poprosił mnie o rękę, a ja się zgodziłam. Będziesz moją druhną!

– Gratulacje! – Ściskam ją serdecznie. – Tak się cieszę.

– Wiem. Tylko mi się teraz nie smuć, że nie wychodzisz za mąż. Jestem starsza od ciebie o cztery miesiące.

– Racja, racja. Przyzwyczajam się do panieństwa. Zaczynam wierzyć, że mi to pasuje.

Podczas lunchu mówię Chettie o nowej polityce produkcyjnej naszej fabryki. Zdaniem mojej przyjaciółki pomysł jest świetny.

Spływające do nas teraz fasony bluzek wymagają opanowania nowych umiejętności. Hollywoodzki styl oznacza haft, koraliki, kieszonki ozdobione wypukłym wzorem i inne wymyślne detale, z którymi wcześniej nie mieliśmy do czynienia. Zatrzymuję dziewczęta po godzinach, żeby przyuczyć je do wyszywania tych nowości. Pytam Jenkinsa, czy mogę wyznaczyć trzy spośród najlepszych do pracy przy dodatkach. Jenkins wyraża zgodę. Musimy natychmiast przyspieszyć produkcję.

Wkrótce projekty napływają z prędkością premier filmowych w mieście: model „Carole Lombard" – elegancki szyfonowy bezrękawnik, „Constance Bennett" – jedwabna tunika z atłasowym kołnierzem, „Barbara Stanwyck" – bawełniana bluzka w prążki z przypinanymi wyłogami kołnierzyka i z kamizelką, a na koniec „Ginger Rogers" – uwodzicielska falbaniasta szatka z białej bawełny obszyta czarną lamówką i przewiązywana atłasowym paskiem. Wiem, że świetnie się będą sprzedawać, bo już chcą je mieć wszystkie nasze szwaczki. Hollywoodzkie modele odniosły sukces, zanim jeszcze trafiły do sklepów. Przy wejściu, obok zegara kontrolnego, musiałam powiesić ogłoszenie: PROSIMY NIE ZABIERAĆ Z WYKAŃCZALNI METEK Z PODOBIZNAMI GWIAZD FILMOWYCH. Okazuje się, że dziewczęta pragną mieć jakąś pamiątkę i metka z kolorowym wizerunkiem pięknej twarzy ulubionej aktorki jest łakomym kąskiem.

Chettie i Anthony urządzają mi urodzinowe wyjście do miasta. Wybieramy się do hotelu „Americus" przy Hamilton Street w Allentown. Zanim pójdę do domu się przebrać, muszę jeszcze posiedzieć nad papierkową robotą. Jestem sama, nie licząc sprzątacza szorującego podłogę w hali produkcyjnej. Chichoczę w duchu na widok danych liczbowych. Odkąd szyjemy modele hollywoodzkie, produkcja wzrosła o trzydzieści procent. Choć nasza obecna praca jest o wiele bardziej skomplikowana, to piękne aktorki mają w sobie coś, co inspiruje moje dziewczęta. Może zbyt często czytamy „Modern Screen", wydaje się jednak, że elegancja, uroda i styl poprawiają nam nastrój i inspirują do starań o doskonalenie umiejętności.

– Słyszałem, że masz urodziny. – Do biura wchodzi Franco i wiesza na tablicy rozkład pracy.

– Kończę dwadzieścia jeden lat. Prawdziwa staruszka.

– Jestem starszy od ciebie.

– Nie chwaliłabym się tym.

Wracam do swoich zajęć. Franco staje przede mną.

– Potrzebujesz czegoś? – pytam. Mam nadzieję, że nie zamierza znów gdzieś mnie zapraszać. Męczy mnie to ciągłe odmawianie. Czasem wydaje mi się, że już o mnie zapomniał, i wtedy w wykańczalni czeka na mnie ptyś. Franco się nie poddaje.

– Spotykam się z dziewczyną z West Bangor.

– Gratulacje. – Usiłuję nie okazywać zaskoczenia i znów zatapiam się w dokumentacji.

– Nello...

Podnoszę wzrok.

– Nie będę cię więcej nigdzie zapraszał.

– Uhm, dobrze.

– Chciałbym tylko, żebyś odpowiedziała na jedno pytanie. Czemu nie chcesz się ze mną spotykać?

Właściwie nigdy się nie zastanawiałam, dlaczego mu ciągle odmawiam. Czułam tylko, że tak trzeba, a może odmowa weszła mi w krew. Nie chcę urazić jego uczuć, ale marząc o miłości, pragnęłam kogoś o wiele lepszego niż zwykłego mechanika. Zgoda, Franco pociąga mnie fizycznie, ale to wszystko. Nigdy nie oczaruje mnie intelektualnie jak Renato.

Spoglądam na niego, stukając ołówkiem w rozłożone papiery.

– Po prostu uważam, że nie pasujemy do siebie.

– Właśnie, że pasujemy – upiera się Franco.

– Chodzi o coś więcej niż całowanie – uściślam.

– To na początek.

– Franco, masz dziewczynę, kimkolwiek jest, w West Bangor. Czemu pytasz mnie o nas?

– Bo gdybym tylko usłyszał od ciebie, że dasz nam szansę, nigdy więcej nie spojrzałbym na inną kobietę, wiesz o tym.

Znów wbijam wzrok w dokumentację. Podziwiam jego upór. Prawdę powiedziawszy, w sobotnie wieczory czuję się samotna. Ile filmów można obejrzeć, ile razy zagrać w karty czy zrobić pranie? I choć uwielbiam zajmować się dziećmi, marzę o własnym domu. Za namową Chettie chodziłam trochę na randki. Spotkałam się parę razy z Imerem Donatellim, ale jak dla mnie był za bardzo wygadany. Każdego mężczyznę porównuję do Renato i źle mi z tym. Prawda jest taka, że chcę tego, co miałam, a to nie wróci.

– Franco, ty mnie nie chcesz.

– Czemu nie pozwalasz mi samemu decydować?

– Usiłuję ci coś powiedzieć. Nie jestem ideałem.

Franco wybucha śmiechem.

– Ja też nie. Jedna randka. To wszystko. Tylko jedna. Daj mi szansę.

We wszystkich moich ulubionych książkach powtarza się element gwałtownego żaru uczuć. Innym elementem jest nieodwzajemniona miłość. Czytam o mężczyznach, którzy porzucają swój kraj, bogactwa i władzę z miłości do kobiety. Stoi przede mną sympatyczny włoski chłopak, który chce mnie uszczęśliwić, a ja nie daję mu szansy. Co mi szkodzi zjeść z nim kolację? Umrę, jeśli pójdę z nim raz do kina? Przecież nie prosi o wiele.

– No dobrze. Jedna randka.

Twarz Franca rozjaśnia się szerokim chłopięcym uśmiechem.

– Kiedy?

– Dziś wieczorem jestem zajęta. Wychodzę. Może w przyszłą sobotę?

– Bardzo dobrze. W przyszłą sobotę.

– I Franco...

– Tak?

– Zakładam, że do West Bangor nie pojedziemy.

– Stać mnie na więcej.

Przez tydzień, jaki upływa od przyjęcia zaproszenia, do chwili, w której Franco przyjeżdża po mnie do domu przy Dewey Street 137, łapię się na tym, że od czasu do czasu o nim myślę. Są w nim rzeczy, które mi się podobają. Umie mnie rozbawić, jest przystojny. Nie mogę sobie jednak wyobrazić, o czym będziemy rozmawiać. Chettie uważa mnie za wariatkę. Według niej kobieta i mężczyzna zawsze znajdą temat do rozmowy.

Ubieram się w pokoju gościnnym Eleny, gdzie stoi potrójne lustro. Druga część domu jest umeblowana na razie bardzo skromnie, póki rodzice nie zdecydują się przeprowadzić do miasta na stałe. Powoli wkładam pończochy, starannie wyrównując szwy. Mam na sobie jedwabną niebieską sukienkę koktajlową z dekoltem w łódkę, rękawami trzy czwarte i kokardą przepasującą biodra. Zobaczyłam ją w sklepie „Hess Brothers" i musiałam kupić. Czuję się niczym Constance Bennett: wysoka, chłodna i wytworna. A przynajmniej jestem jej udaną rosetańską imitacją.

Dzwonek do drzwi. Otwiera Elena. Zerkam na zegarek. Franco jest punktualnie. Skrapiam się lekko perfumami. Włosy mi lśnią. Przycięte krócej uczesałam tak, że przylegają do głowy i podwijają się dopiero na karku. Elena pożyczyła mi kolczyki: zwisające grona drobnych kryształków górskich. Pociągnęłam usta bladoróżową szminką, zainspirowana podobizną Paulette Goddard na metce w fabryce. Chcę wyglądać ładnie, choć sama nie wiem, dlaczego. Chettie twierdzi, że w głębi duszy lubię Franca, tylko się do tego nie przyznaję.

– Witaj, Franco.

Ujrzawszy mnie na schodach, moja siostrzenica wydaje z siebie przeciągły gwizd.

– Podzielam twoje zdanie, Assunto. – Franco puszcza oko do mojej siostrzenicy, a potem pomaga mi włożyć płaszcz. Wkładam kapelusz i rękawiczki, potem żegnamy się z domownikami. Po wyjściu z domu owiewa nas wieczorny chłód. Patrzę na Franca i mówię:

– Dobrze wyglądasz.

Franco uśmiecha się promiennie.

– Naprawdę?

– Nie mówiłabym tego, gdybym tak nie myślała.

Jadąc przez miasto, gawędzimy o pracy.

– Pomyślałem sobie, że zabiorę cię w nietypowe miejsce – oznajmia Franco, zjeżdżając z głównej drogi za Roseto. Staw na terenie klubu wędkarsko-łowieckiego jest zamarznięty. Srebrzysty lód połyskuje w świetle księżyca niczym warstwa lukru na torcie. Franco parkuje swojego hudsona coupé na polanie między drzewami nad brzegiem stawu.

– Nie wysiadaj jeszcze – oznajmia.

– Nie mam kaloszy – mówię, gdy otwiera mi drzwi. Spoglądam na swoje eleganckie buty, czarne atłasowe czółenka z paseczkiem i prostą, obwiedzioną kryształkami górskimi klamerką, i chowam nogi do auta.

– Ja mam. – Franco sięga po czyste kalosze leżące na tylnym siedzeniu. – Pomogę ci. – Niczym książę z bajki o Kopciuszku zdejmuje mi buciki i wsuwa kalosze na stopy. Jak na mój gust trochę za długo pochyla się przy moich kolanach. Fałdami sukienki owijam szczelniej łydki i wygładzam płaszcz, odpychając ręce Franca. Może i ma dobre zamiary względem mnie, ale złe chyba też.

Franco pomaga mi wysiąść. Kalosze są o kilka rozmiarów za duże, więc trudno mi utrzymać równowagę. Potykam się i wpadam na niego. Łapie mnie, ratując przed upadkiem. Wybuchamy śmiechem.

– Zaczekaj tu. – Podchodzi do bagażnika i wyjmuje stamtąd duży wiklinowy kosz. – Urządzimy piknik – oznajmia z uśmiechem.

– Strasznie zimno na piknik – oponuję.

– Nie będzie tak zimno – obiecuje Franco. Bierze mnie za rękę i prowadzi nad brzeg stawu. Ma wielkie dłonie ze zgrubieniami pracującego fizycznie człowieka. Był tu wcześniej i przygotował ognisko. Teraz wyciąga z kieszeni zapałki. Suche drewno pali się pomarańczowym płomieniem. Franco rozkłada na ziemi koc i proponuje, żebym usiadła. Odkorkowuje dzbanek z wąską szyjką, nalewa mi wina, potem sobie. – Zjemy później, dobrze?

– Dobrze. – Co za osobliwa sytuacja. Jestem na randce z mechanikiem o teatralnym zacięciu. Kurtyna poszła w górę, gra orkiestra, lada chwila spodziewam się ujrzeć Ruby Keeler stepującą na lodzie, a za nią sznureczek tancerek rewiowych w aksamitnych czerwonych kostiumach do jazdy na łyżwach. Tymczasem jedynym towarzyszącym nam dźwiękiem jest trzask ognia. Nawet księżyc schował się za chmury, jakby wiedział, że w tej chwili nie potrzebujemy jego obecności.

– Pomyślałem sobie, że coś ci przeczytam. – Z przepastnego kosza Franco wyjmuje książkę.

– Trochę za ciemno, nie sądzisz? – Mina Franca sprawia, że natychmiast żałuję swoich słów. Muszę lepiej dopasować się do tej romantycznej sceny. – Z przyjemnością posłucham, jak czytasz – mówię łaskawie.

– To wiersz – oznajmia Franco i otwiera książkę leżącą mu na kolanach.

– Naprawdę? A jaki?

– Zobaczysz – uśmiecha się. Ma piękny uśmiech. Dźwięczy mi w uszach głos mamy przykazującej zawsze sprawdzać stan uzębienia mężczyzny. – Co cię tak bawi? – pyta Franco.

– Pomyślałam o mamie. Przypomniało mi się coś śmiesznego, co kiedyś powiedziała. – Patrzę mu w oczy. – Czytaj, proszę.

Zauważam, że książka była czytana wielokrotnie, ma zniszczony grzbiet. Franco nachyla się do ogniska, ku światłu. Delikatnie trzyma książkę w jednej ręce, drugą zaś

181

przytrzymuje stronę, jak mędrzec, który od czasu do czasu wraca do zapisanych słów, by odnaleźć w nich nowe znaczenie. Kiedy czyta, obserwuję księżyc, wynurzający się zza chmur i przeświecający przez nagie gałęzie starych brzóz wokół stawu. Ciekawe, ilu zakochanych odwiedziło to miejsce. W ciszę wkrada się niski i łagodny głos Franca.

Kiedy już siwa twa głowa, osnuta snem, zamyśleniem,
Pochyli się nad kominkiem, weź w ręce tę książkę i czytaj,
Czytaj powoli i wspomnij, jak uśmiech twój niegdyś rozkwitał,
I wspomnij, jakim głębokim oczy mroczyły się cieniem.

Wspomnij, jak wielu kochało uśmiech łagodny i jasny,
Kochało – szczerze lub złudnie – czar, co radość twą zdobił.
Lecz jeden człowiek miłował duszę wędrowną w tobie,
I wtedy miłował najbardziej, gdy w smutku twe oczy gasły.

Schylając się tak, schylając nad tlejącym ogniskiem,
Pomyśl, trochę ze smutkiem, o tym, jak miłość odeszła.
Czy odleciała na skrzydłach, by w górach wysokich zamieszkać?
*Czy może twarz swą ukryła w gwiazd zamieci srebrzystej?"**.

– To było piękne – mówię łamiącym się nieco głosem. Renato zachęcał mnie do głośnego czytania, a kiedy sam czytał, robił to z profesorską przesadą. – William Butler Yeats. Kiedy przeczytałeś to po raz pierwszy?

– Jako chłopiec. I wiedziałem, że kiedyś chcę to do kogoś poczuć.

– Czujesz to do mnie? – pytam zbyt głośno, ponieważ zza drzew dobiega nagły szelest, jakbym spłoszyła coś tembrem głosu.

– Zawsze mówisz to, co myślisz, tak?

---

* W przekładzie Zygmunta Kubiaka.

Oblewam się rumieńcem, a może to tylko bliskość ognia.

– To chyba dobrze... zadawać pytania.

– Nigdy nie znałem takiej dziewczyny jak ty. Mówisz wszystko wprost. – Franco zamyka książkę i opiera się plecami o pniak starego drzewa. Uraziłam go, choć nie miałam takiego zamiaru. To taki cudowny wieczór, a ja potrafię przecież coś więcej niż wyskakiwać z pierwszą rzeczą, jaka mi przyjdzie do głowy. Tyle razy widziałam, z jaką łatwością Joan Crawford, Norma Shearer i Jean Harlow radzą sobie z mężczyznami. Uciekają przed konkretami, wykręcają się, chichoczą, nie zadają pytań, mówią niewiele niskim gardłowym głosem, a najważniejsze: nie zakładają, że mężczyzna jest w nich zadurzony. To przychodzi na końcu filmu. A ja, po pół godzinie randki, zdążyłam już poprosić o deklarację intencji.

– Czy moja szczerość to problem?

Franco spogląda na mnie.

– Nie.

– Nie jestem flirciarą jak te z West Bangor, nie należę do tych głupich, które prześlizgują się przez szkołę, zamiast się uczyć. Nie jestem pięknością, która nie musi pracować. Wiem, kim jestem, i może właśnie dlatego brak mi delikatności. Na farmie łagodność nie była potrzebna.

– Ale ty jesteś łagodna. Widziałem to.

– Mam uczucia. Bo chyba o tym mówisz, tak?

– Wiem, że masz uczucia. Chodzi o to, że prezentujesz się jako twarda sztuka i zupełnie nie wiem, jak chcesz, żebym to przyjmował.

– Wcale nie musisz – mówię cicho.

– Ale chcę.

– Czemu?

– Kiedy zobaczyłem cię pierwszy raz, szłaś z podniesionym czołem, taka pewna siebie. Myślałem, że jesteś starsza. A potem kichnęłaś. To było urocze.

– Będę o tym pamiętać, kiedy się przeziębię.

– Potem utarłaś mi nosa, kiedy powiedziałem, że jesteś za młoda na brygadzistkę. Podobało mi się, że nie dajesz sobie w kaszę dmuchać. Chcę dziewczyny, która mnie zmobilizuje... Nie wiem... skłoni do lepszego postępowania. Do bycia lepszym.

– Lubisz wyzwania?

– Nie, lubię c i e b i e. – Franco spogląda na kosz, niepewny, czy powinien podać jedzenie czy nie. Pomagam mu podjąć decyzję. Sama podnoszę wieko, wyjmuję kanapki i rozpakowuję.

– Wiersz mówi o miłości, która trwała wiele lat.

– Całe życie – Franco poprawia mnie łagodnie. – Moim zdaniem w tym wierszu młody mężczyzna mówi swojej ukochanej, że bez względu na wszystko, nawet jeśli jej uroda przeminie, on nie przestanie jej kochać. To bardziej obietnica niż wiersz.

– Nie przeszkadzałoby ci, że jestem stara i pomarszczona?

– Nic a nic.

– Czemu? Chcesz powiedzieć, że wziąłbyś mnie bez względu na wszystko?

Franco milczy. Odwraca wzrok i myśli nad moim pytaniem. To bardzo głęboki namysł. Może Franco nie jest zbyt wnikliwy i obyty, nie chodził do dobrych szkół (jak większość chłopców w Roseto edukację skończył pewnie na trzeciej klasie), lecz umie analizować sytuację, w jakiej się znajduje, w sposób charakterystyczny dla wszystkich bystrych umysłów. Widzę to. Po dłuższym milczeniu Franco spogląda na mnie.

– Opieram się na wzajemnej sympatii. Wiesz, że przez cały dzień naprawiam maszyny. Nauczyłem się, że nawet one mają osobowość. Trzeba umieć postępować z nimi tak, żeby działały. Ludzie wiele się w tym względzie nie różnią. Wystarczy odkryć czyjeś potrzeby i spełnić je.

– I to dałoby ci szczęście?

– O, tak. To j e s t szczęście. Nie wziąłbym cię bez względu na wszystko. Nie chciałbym być z tobą, gdybyś mnie nie kochała. Nie należę do facetów, którzy chcą być z kimś, kto ich nie chce. Poza tym błędnie mnie oceniasz. Masz mnie za prostaka.

– Nigdy tego nie powiedziałam.

– Gdyby było inaczej, nie trzymałabyś się tak myśli o tamtym. On ma tylko jedną rzecz, której mnie brak: wykształcenie.

– Ja też nie mam wykształcenia.

– Nie potrzebujesz go. Nauczyciele mogliby się od ciebie uczyć.

– Naprawdę? – Od dawna nie myślałam o szkole. W miarę upływu miesięcy i lat myślę o niej coraz mniej. Zupełnie jakby była odległym marzeniem. Kiedy człowiek wraca do niego we wspomnieniach, już nie pamięta, jak mocno czegoś pragnął.

– Zabawne. Możesz myśleć, że jestem dla ciebie za głupi, a ja najbardziej podziwiam twój rozum. Co sprawia, że szesnastoletnia dziewczyna zostaje brygadzistką w fabryce? Jesteś pierwszą taką osobą, wiesz?

– A ty jesteś uważnym obserwatorem.

– Kiedy coś mnie zainteresuje. Zresztą czemu nie? Są rzeczy widoczne i te pod powierzchnią. Prawda leży w tych drugich. – Franco odwija kanapkę i podaje mi. Gryzę kęs.

Z ogniska sypią się pomarańczowe iskry. Przed dramatycznym spotkaniem z lodem płomienie mogą ujrzeć własne odbicie. Wciskam w śnieg swoją szklankę, potem robię to samo ze szklanką Franca. Wyjmuję mu kanapkę z rąk, owijam płócienną serwetką i odkładam na bok. Siadam mu na kolanach i obejmuję za szyję.

– Zdecydowałam się – mówię.

– I?

– I chcę, żebyś dalej mi czytał. – Wtulam twarz w jego szyję, wspominając dzień, w którym pierwszy raz szłam do pracy w Roseto Manufacturing Company. Dobrze wiedziałam, że nigdy nie wrócę do szkoły. I tak jak pozwoliłam ulecieć tamtemu marzeniu, tak dzisiejszego chłodnego wieczoru pozwalam odejść Renato. Nie mogę przez resztę życia zamykać serca, tęsknić za mężczyzną, który nie miał w sobie choćby tyle odwagi, by osobiście powiedzieć mi „żegnaj". Lepiej być z kimś, komu na mnie zależy, niż usychać z tęsknoty za kimś, kogo nie obchodzę. – Tylko się nie spieszmy, dobrze?

– Jak sobie życzysz. – Franco całuje mnie. Tym razem nie ma mowy o zaskoczeniu. Tym razem jestem gotowa.

Rozdział dziewiąty

$\mathcal{M}$atka Franco jest najszczęśliwszą kobietą na świecie. No, może drugą po mojej mamie. I to wcale nie dlatego, że kwiecień tysiąc dziewięćset trzydziestego pierwszego roku jest wyjątkowo piękny i ciepły, a ogrody w Roseto toną w kwiatach. Pani Zollerano nie posiada się ze szczęścia, ponieważ jej syn Franco jest zakochany. Zdradza mi, że codziennie modliła się do świętej Teresy o oświecenie dla mnie. Moja mama z kolei jest przekonana, że połączyły nas jej modlitwy do świętej Anny.

Kiedy już oswoiłam się z myślą, że będę z Frankiem, szybko ujrzałam plusy tej sytuacji: Franco to porządny człowiek z dobrej rodziny mieszkającej przy Garibaldi Avenue. Moje dziewczęce marzenia nie pierzchły do końca, część z nich się ziściła. Opuściłam farmę w Delabole dla miejsca, w którym pragnęłam być. Kiedy wyjdę za Franca, zamieszkamy w mieście. Będę mieć własny dom i nadal żyć blisko swojej rodziny.

Jest jednak pewien problem. Wchodzę po schodach naszego kościoła głęboko przekonana, że ksiądz Impeciato znajdzie rozwiązanie. W soboty między trzecią a piątą po południu ksiądz spowiada wiernych. W tygodniach poprzedzających Wielkanoc przed konfesjonałem ustawia się długa kolejka, ponieważ parafianie chcą zdążyć ze spowiedzią przed świętami. Każdy dobry katolik musi wyznać wszystkie grzechy przed rezurekcją. Ale Wielkanoc już minęła i ławki znów świecą pustkami. W jednym z konfesjonałów widzę czerwone światełko, co oznacza, że ksiądz Impeciato jest w środku. Po stronie grzesznika kotara jest odsłonięta. Rozglądam się naokoło. Prócz pani Stampone, która zmienia obrusy na ołtarzu, w kościele nie ma nikogo. Wślizguję się do konfesjonału i zasuwam kotarę. Robię znak krzyża i wypowiadam modlitwę wstępną. Ostatni raz byłam u spowiedzi dwa tygodnie temu. O grzechu, który chcę dziś wyznać, nigdy wcześniej nie wspominałam.

– Proszę księdza, kocham miłego chłopca i potrzebuję rady.

– Mów – odpowiada ksiądz Impeciato.

– Kiedyś zrobiłam coś, co teraz może być problemem. Nie uważam tego za grzech, bo gdybym uważała, nie zrobiłabym tego.

– Jest wiele definicji grzechu, jak sama wiesz.

– O tym katechizm mówi wyraźnie, proszę księdza.

– Jaki konkretnie grzech masz na myśli?

– Kontakty intymne. Pięć lat temu kochałam się z chłopcem. A on wyjechał. Miałam zamiar wyjść za niego, ale tak się nie stało. Teraz kocham innego mężczyznę, chcemy się pobrać.

– Błąd młodości nie jest przeszkodą na drodze do małżeństwa... – zaczyna ksiądz Impeciato.

– Nie zgadzam się ze słowem „błąd". Powiedziałam, że chciałam to zrobić. Byłam w pełni świadoma konsekwencji, a mimo wszystko to zrobiłam. Nie po to tu jestem, proszę księdza, żeby roztrząsać, czy to było dobre czy złe.

– W takim razie po co przyszłaś?

– Czy muszę mówić mężczyźnie, za którego wyjdę, że nie jestem dziewicą?

W konfesjonale zapada długa cisza. Zaczynam się zastanawiać, czy ksiądz Impeciato zasnął. A może wyszedł rozprostować kości. Przyciskam ucho do kratki. Słyszę jego oddech. To znaczy, że myśli. Odciążam kolana, opierając się teraz na łydkach. To na pewno trochę potrwa. Co za dziwaczny rytuał: wyznawanie tajemnic w szafie mężczyźnie, który cię nie widzi.

– Uważam, że nie powinnaś mówić temu mężczyźnie, co się stało.

– Naprawdę? – Pierwszy raz w życiu uśmiecham się w konfesjonale. Po cichu liczyłam na taką odpowiedź.

– Co dobrego z tego przyjdzie? Na pewno miałby z tym problem, wszyscy mężczyźni go mają. Czy to Włoch?

– Tak, proszę księdza. I katolik.

Po drugiej stronie kratki słyszę westchnienie. Częścią misji, jaką diecezja powierzyła księdzu Impeciato, jest zachęcanie włoskich imigrantów, którzy przeszli na prezbiterianizm w pionierskich czasach Roseto, by powrócili do katolicyzmu. Czuję, że ksiądz nie chce być dla mnie zbyt surowy z obawy, bym nie uciekła mu do niewielkiego kościółka na drugim końcu Garibaldi Avenue.

– Małżeństwo będzie dla ciebie początkiem czegoś nowego. Cudzołóstwo jest grzechem, nie popełnij tego błędu...

Wracam we wspomnieniach do Renato, do smutnego dnia, w którym umarł jego ojciec, do czułości między nami, do tego, co znaczyła dla mnie jego bliskość. Słowa księdza Impeciato nijak się mają do tamtego dnia, wiem jednak, że z kapłanem nie należy się spierać.

– ... ale od tamtej pory wiodłaś czyste życie...

– Można tak powiedzieć, proszę księdza. – Nie czuję potrzeby opowiadania o wieczorach spędzanych z Frankiem nad stawem. Nie posunęłam się z nim tak daleko jak z Renato, ale to przecież nie księdza sprawa.

– Wobec tego zachowaj to dla siebie. – Ksiądz Impeciato zaczyna wypowiadać formułę przebaczenia modlitewnego. Łacińskie słowa ciurkiem płyną z jego ust. Słucham go, ale myślami jestem gdzie indziej. Rozmowa o Renato, nawet tak oględna, czyni wspomnienia wyraźniejszymi. Może za sprawą ciemności panujących w konfesjonale widzę przeszłość tak wyraźnie. Zawsze będę kochać Renato, i może to większy grzech względem Franca niż utrata dziewictwa. Dziś i tak wystarczająco skołowałam księdza Impeciato.

– Idź i nie grzesz więcej – dobiega mnie jego głos zza kratki.

– Postaram się, proszę księdza.

– Mężczyzna chce poślubić dziewicę, bo dla niego to oznaka jej moralności. – Chettie gryzie kęs kanapki: złożone razem piętki z masłem i wędzoną szynką.

– Mężczyzna chce poślubić dziewicę, bo nie życzy sobie konkurencji. Jeśli kobieta znała innego mężczyznę, może zacząć ich porównywać. – Nalewam z termosu kawę dla Chettie i dla siebie. – A męska moralność? Nigdy cię nie zastanawiało, że mężczyzna może spokojnie spędzić wieczór w Hellertown, prowadząc się i obściskując z miejscowymi dziewczynami, a gdybyśmy to my prowadzały się z tamtejszymi facetami, uznaliby nas za latawice?

Chettie potrząsa głową.

– A co komu szkodzi czekać do nocy poślubnej?

– Dla mnie to głupie.

– Co by powiedzieli twoi rodzice?

– A jak myślisz? – Maczam tosta w kawie. – Nie mogę z nimi rozmawiać o takich rzeczach.

– Ja tego nie zrobię, bo się boję piekła. Kiedy Anthony próbuje, przypominam mu czarną otchłań pełną płomieni na witrażu w oknie naszego kościoła i jeszcze mówię, jaki los czeka rozpustnych młodych mężczyzn. Jak świński tłuszcz smażą się w piekle przez całą wieczność.

– Myślisz, że Bóg zna datę twojego ślubu?

– Oczywiście. Przecież to sakrament.

– Aha, więc uważasz, że ma tam rejestr i zna dokładnie moment, w którym dostajesz obrączkę.

– To kwestia wiary. Tak, sądzę, że Bóg wie.

– A ja myślę, że nie wie i wszystko mu jedno.

Pod wpływem moich słów Chettie szeroko otwiera oczy.

– No coś ty, Nella! Nie jesteś dobrą katoliczką.

– Do ciebie mi bardzo daleko.

– To po co w ogóle chodzisz do kościoła?

– Nie żebym nie wierzyła w dobro i zło. Lubię też mszę, podoba mi się jej ustalony porządek, muzyka, kościół zalany złotym światłem wpadającym przez witraże do środka. Lubię zapach kadzidła, komunię świętą. To ważne. Jeśli mam być brygadzistką i żyć w Roseto, muszę być częścią Kościoła.

– Racja. Tutaj lubi się tych, co chodzą do kościoła.

– Ludzie nie muszą wiedzieć, że kiedy klękam do modlitwy, słucham głosu własnego serca albo że ufam własnemu sumieniu tak jak księdzu czy biskupowi.

– Kiedy przedstawiasz to w ten sposób, nie brzmi tak źle.

– Ludzie nie powinni bluźnić i cudzołożyć, ale co innego, kiedy na kimś nam zależy i okazujemy to.

– Lepiej zrobić to po ślubie. Wtedy jesteś bezpieczna. Mężczyzna nie może już cię zostawić – stwierdza autorytatywnie Chettie.

To pierwsze jej spostrzeżenie na temat intymnych relacji, które ma sens. Tylko taka dziewczyna jak ja, porzucona przez mężczyznę, zna prawdziwość tej opinii.

Nie przyznałam się Chettie, co zaszło między mną a Renato. Bardzo mi pomogła po jego odejściu, ale nigdy nie powiedziałam jej, skąd we mnie aż taka rozpacz. Byłoby mi pewnie łatwiej dojść do siebie po rozstaniu z Renato, gdybyśmy nie przekroczyli tej granicy. Kiedy się kochaliśmy, wszystko uległo zmianie. To nie była cielęca miłość, to był rodzaj oddania. I może właśnie dlatego musiały upłynąć aż cztery lata, żebym mogła myśleć o nim bez popadania w rozpacz.

Chciałabym opowiedzieć Chettie, jaki był ten mój pierwszy raz. Nie miałam wrażenia, jakbym pogrążała się w otchłani grzechu. Pragnęłam nawet powtórzenia tamtego wieczoru. Niestety, Renato tego nie chciał. Pewnie już wiedział, że się ze mną nie ożeni.

– ... zgadasz się, prawda? Lepiej, kiedy jest się po ślubie – Chettie obstaje przy swoim.

– Jak uważasz.

– Czy ty i Franco...?

– Jeszcze nie.

Chettie wzdycha z ulgą.

– Całe szczęście. Inaczej nie dotrwałabym do pierwszego czerwca, możesz mi wierzyć. Gdyby Anthony usłyszał, że Zollerano i Castelluca już to zrobili, to byłby dla niego wystarczający powód, żeby wywrzeć na mnie presję.

– Skoro chcesz czekać do nocy poślubnej, to czekaj.

– Wiem, że nie chcesz tego słuchać, ale jeśli masz rozum, też powinnaś zaczekać. Włoscy mężczyźni to hipokryci. Błagają o to, a tak naprawdę wcale nie chcą, żebyśmy ustępowały. Jeśli się zgodzimy, będą nam to wypominać do końca życia.

– Włoscy mężczyźni to duże dzieci. Kiedy czegoś chcą, są uparci.

– Cóż, Anthony sobie poczeka.

Rozmyślam o lunchu z Chettie w drodze powrotnej do domu. Postanawiam iść przez Chestnut Street. Jeśli pójdę przez Garibaldi Avenue, pani Zollerano zawoła mnie z werandy na pogaduszki. Czasem trzyma mnie prawie godzinę, dzieląc się nowinkami towarzyskimi. Dziś wieczorem chcę sprawić sobie gorącą kąpiel i pójść wcześnie spać.

Ze schodków prowadzących na ganek domu Eleny słyszę dziecięcy płacz. Wchodzę do środka. W kuchni Elena uspokaja Assuntę.

– Skarbie, zawsze mówiliśmy ci prawdę.

– Ja nie mam mamusi – zawodzi Assunta.

– Masz mamusię. Jest w niebie – tłumaczy Elena.

– Ellie Montagano powiedziała, że źle zrobiłaś, wychodząc za mojego tatusia. Powiedziała, że to by zabiło moją mamę. Odkładam torebkę, rękawiczki i wchodzę do kuchni. Z rękami wspartymi na biodrach Elena próbuje przekonać Assuntę. Przez moment wyglądają zupełnie jak mama i nasza siostra Assunta, kłócące się w kuchni w domu na farmie. Podobieństwo jest tak duże, że muszę sobie przypomnieć, gdzie jestem.

– Co za bzdury, Assunto. – Podaję jej swoją chusteczkę.

– Przestań płakać. – Mała Assunta jest bardzo podobna do matki: gwałtowna, dumna i wiecznie niezadowolona. Głowę daję, że sama sprowokowała kłótnię z Ellie Montagano. – Popatrz na mnie – mówię. – Twoja mama cię kochała. Była bardzo szczęśliwa, że się urodzisz. Ale Bóg zdecydował, że potrzebuje jej w niebie. – Powiedziawszy to głośno, uświadamiam sobie niedorzeczność tych słów. Po co Bogu gdzieś w górze Assunta? Na co mu kolejny trzeci anioł od lewej grający na harfie? A jednak mała Assunta patrzy na mnie z zaciekawieniem, więc kontynuuję swój wywód. – Tu na ziemi zostałaś ty, taka malutka, aż baliśmy się, że nie przeżyjesz. Twoja ciocia Elena opiekowała się tobą od pierwszej chwili po twoim przyjściu na świat. Czy Ellie Montagano może jeszcze coś się nie podobać?

– Chyba nie.

– W porządku. My wszyscy tutaj: ciocia Elena, ciocia Roma, ciocia Dianna, babcia, ja opiekowałyśmy się tobą. Twój tatuś zobaczył, jaką dobrą matką jest ciocia Elena, chociaż wtedy nie miała jeszcze własnych dzieci. Zobaczył i pokochał ją za to. Potem się pobrali. A ty byłaś na ślubie.

– Byłam mała, tak?

– Tak. Nie ma nic złego w tym, że ciocia Elena zajmuje się tobą, twoim tatą, twoją siostrą Aurelią i twoim bratem. Rozumiesz?

Assunta potakuje.

Przenoszę wzrok na Elenę.

– Już dobrze? – pytam.

Elena też potakuje.

Chwytam torebkę i rękawiczki i wychodzę z domu. Rodzina Montagano mieszka przy Cemetery Road, zmierzam więc w tamtym kierunku. Po drodze zaczynam gotować się ze złości. Mieszkańcy Roseto potrafią być bardzo dobrzy i serdeczni, ale surowość ich poglądów jest denerwująca. Sześcioletnia Ellie sama nie wymyśliła tej obelżywej plotki, musiała ją gdzieś usłyszeć. Jej matka Isidora pracowała w fabryce i ma opinię kobiety znającej więcej nowinek, niż zamieszcza ich „Saturday Evening Post". Nie obchodzi mnie, o kim plotkuje, pod warunkiem, że nie o mojej rodzinie. Pukam do drzwi domu przy Cemetery Road 17.

– Czy jest twoja mama? – pytam wymizerowaną dziewczynkę o kruczoczarnych wijących się włosach.

– Uhm. – Mała żuje gumę. Odwraca się i wrzeszczy w głąb domu: – Mamo, jakaś pani przyszła! – po czym ucieka, zostawiając mnie samą na werandzie. W drzwiach staje Isidora. W fabryce nigdy nie grzeszyła bystrością, poza tym zawsze się spóźniała, a tych dwóch cech szczerze nie znoszę.

– Jak się masz, Nello? – Isidora uśmiecha się na mój widok. Jest niska i okrągła niczym szpulka nici. – Wejdziesz?

– Nie mam ochoty.

Te słowa przykuwają jej uwagę.

– Jesteś zdenerwowana.

– Moja siostrzenica Assunta płacze w domu z powodu tego, co usłyszała od twojej córki.

– Niemożliwe. Co takiego?

– Ellie zrobiła uwagę na temat małżeństwa mojej siostry Eleny z Alessandrem.

– To straszne.

– Cieszę się, że tak myślisz.

– Czasem Ellie słyszy różne rzeczy w szkole. To wielkie nieszczęście, że twoja siostra Assunta umarła przy porodzie, ale ludzie będą gadać. A Elena i Alessandro pobrali się bardzo szybko. Nie minął nawet przewidziany czas żałoby. Jestem pewna, że tylko tyle mówiono.

– To było pięć lat temu, a ty ciągle o tym gadasz? – Wiedziałam o plotkach krążących wtedy po mieście, ale je zlekceważyłam. W Roseto zawsze się o kimś mówi. Jeśli akurat jest się w centrum zainteresowania, człowiek ma nadzieję, że to szybko minie. I zwykle mija.

– Dzieci chodzą razem do szkoły. Dlatego o tym się mówi. Tym bardziej że Alessandro i Elena mają jeszcze wspólne dzieci. No, sama rozumiesz...

– Posłuchaj mnie, Isidoro. Kiedy pracowałaś dla mnie w fabryce, miałaś najdłuższy jęzor w stołówce. Jestem pewna, że dzieci nie mają nic wspólnego z tą podłą plotką. Potraktuj to jak ostrzeżenie. Jeśli jeszcze raz usłyszę od twojej rodziny jakieś obrzydliwe komentarze o mojej siostrze, będziesz miała ze mną do czynienia. Zrozumiałaś?

– Jesteś śmieszna, wiesz? – Oczy Isidory zamieniają się w wąskie szparki.

– A ty chowasz się za plecami dzieci, żeby rosiewać ohydne plotki. Kiedy ja mam coś do powiedzenia, mówię wprost. – Odwracam się na pięcie, by zejść po schodkach z werandy.

– Za kogo wy się uważacie, co? Castellucowie... Jesteście tylko bandą farmerów – szydzi Isidora zza siatkowych drzwi. – Wielka mi brygadzistka. Też coś.

Uśmiecham się. Jeśli to jest największa obelga pod moim adresem, na jaką może się zdobyć Isidora Montagano, to mnie to zupełnie nie przeszkadza.

– Pamiętaj, co powiedziałam – mówię, nie odwracając się, by na nią nie patrzeć. – Ja nie żartuję.

Z dnia ślubu Anthony'ego i Chettie zapamiętam nie piękną pannę młodą, nie przystojnego pana młodego czy kościół przystrojony białymi goździkami i żółtymi margerytkami w słoneczny czerwcowy poranek, lecz bójkę między ciotkami Anthony'ego na stopniach kościoła tuż po ceremonii.

Rodzina Anthony'ego jest tak liczna, że jej członkowie zajęli wszystkie miejsca siedzące po ich stronie kościoła, a nawet boczne rzędy i chór. Jedna z jego ciotek poczuła się urażona, że musiała usiąść z tyłu. Ujrzawszy, jak jej szwagierka w trakcie pieśni na wyjście wstaje z ławki w drugim rzędzie, rzuciła jakąś uwagę pod jej adresem. Doszło między nimi do ostrej wymiany zdań, szczęśliwie zagłuszonej dźwiękami organów, lecz po wyjściu z kościoła kobiety posunęły się do rękoczynów. Jedna zepchnęła drugą ze schodów, w ruch poszły pięści i torebki, a kapelusze z piórami fruwały w powietrzu. Chettie postąpiła, jak należało: zignorowała awanturę i jak gdyby nigdy nic pojechała z Anthonym pożyczonym przez niego odkrytym cadillakiem do „Pinto's Hall" na przyjęcie weselne.

– Zdjęcia pięknie wyszły, prawda? – pyta Chettie, pokazując mi je podczas lunchu. Do Roseto zawitała jesień wraz z chłodnymi powiewami, ale słońce jeszcze mocno przygrzewa. Uwielbiamy z Chettie świeże powietrze, więc jemy na zewnątrz zamiast w stołówce, którą pan Jenkins zbudował dla pracowników fabryki.

– Są śliczne. Nie widać podbitego oka ciotki Rosy. – Pokazuję zdjęcie grupowe klanu Maruccich.

– Ktoś powiedział, że ta bójka to dobry znak. Ale przecież w dniu ślubu wszystko jest dobrym znakiem: deszcz, słońce, niezapięte haftki – Chettie uśmiecha się szeroko. – A przynajmniej taką mam nadzieję. Teraz będę potrzebować tyle szczęścia, ile się da.

– Czemu?

– Spodziewam się dziecka, Nello.

– Boże! – Ściskam Chettie mocno. Wiem, jak tego pragnęła. Szybko im poszło. Pobrali się z Anthonym zaledwie trzy miesiące temu.

– Liczyłam, że będziemy miały dzieci w tym samym czasie – mówi Chettie.

– Ktoś musi być pierwszy. Cieszę się, że to ty.

– Myślisz, że Franco poruszy w najbliższym czasie kwestię małżeństwa?

– Nie wiem. Nie należę do dziewcząt, które czekają na gwiazdkę z nieba. Stanie się, kiedy się stanie.

– Ktoś widział go w „Steckel's". – Chettie podnosi brwi na widok schodzącego po schodach Franca ze skrzynką narzędzi w ręku.

– O czym rozmawiacie, dziewczyny? – pyta. Ciągle zachwycam się jego wzrostem, silnymi ramionami i szyją. Godzinami mogłabym patrzeć, jak naprawia maszyny.

– O tobie.

– Nello! – woła z przerażeniem Chettie.

– Serio? – Franco wrzuca skrzynkę z narzędziami na tył furgonetki.

– Ktoś widział cię w „Steckel's". Kupowałeś biżuterię? – pytam.

– Nello, nie wierzę! – Chettie jest zaszokowana moją szczerością.

– Zanosiłem zegarek do naprawy. – Franco wsiada do furgonetki. – Jadę do Jersey. Przyjadę po ciebie około siódmej. – Uruchamia silnik, macha nam i wyjeżdża z parkingu na bulwar Slate Belt.

– Co z tobą? Zepsujesz mu niespodziankę!

– Nie lubię niespodzianek.

– A co z romantyzmem?

– Och, jest. O to się nie martw.

Dźwięk dzwonka oznacza koniec przerwy na lunch. Patrzę, jak Chettie wraca do wykańczalni. Będzie miała dziecko. Jej matka zaopiekuje się nim w ciągu dnia, a Chettie dalej będzie mogła pracować. Jak u wszystkich dziewcząt w Roseto, nasze matki są naszą ostoją. A jeśli mamy trochę szczęścia, mieszkają z nami babcie, więc jest jeszcze dodatkowa para rąk i oczu pomocna w wychowywaniu dzieci. Godziny pracy w fabryce są dostosowane do dzieci. Zaczynamy o siódmej, kończymy o trzeciej, w samą porę, by powitać w domu dzieciarnię wracającą ze szkoły.

Marzę o własnym domu. Najczęściej wyobrażam sobie duży, pełen zakamarków wiktoriański dom przy Garibaldi Avenue, z mnóstwem mebli, wielką kuchnią i tylko jedną lokatorką. Kocham Franca, lecz małżeństwo wydaje mi się dodatkową pracą, prócz tej wykonywanej w fabryce. Nie uda mi się w nieskończoność powstrzymywać go przed oświadczynami, chociaż zdecydowanie bardziej niż zobowiązania wolę dni wypełnione kolacjami, długą jazdą samochodem i niekończącymi się rozmowami.

W drodze do Easton na najnowszy film z Normą Shearer, *Wolne dusze*, dzielę się z Frankiem nowiną, którą usłyszałam od Chettie. Cieszy się, że Chettie i Anthony będą mieli dziecko, lecz nie jest zbyt rozmowny. Jego reakcja wydaje mi się dziwna. Może to złość, że rozmawiałam o nim z Chettie, a może zawstydzenie po mojej wzmiance o „Steckel's". Być może rzeczywiście zaniósł tam zegarek do naprawy.

Franco prowadzi mnie do fotela w sali kinowej i idzie kupić popcorn. Obserwuję pary, które przyszły obejrzeć film, i zastanawiam się, ile z nich weźmie ślub, a jeśli się pobiorą, to czy będą szczęśliwi. Dzięki pracy w fabryce mam własne pieniądze, zadaję sobie jednak pytanie: gdybym nie pracowała, czy bardziej zależałoby mi na wyjściu za mąż? Czemu nie marzę o dniu ślubu i byciu żoną tak, jak reszta dziewcząt? Niektóre, nie mogąc się doczekać, łapią pierwszego z brzegu chłopca, który im się podoba, inne wpadają w rozpacz, że nikt ich nie wybrał. W Roseto nie widziałam ani jednej szczęśliwej starej panny. Jest w nich zgorzknienie, skrywana złość, że utknęły w domu swojego dzieciństwa, że muszą zajmować się starymi rodzicami, doglądać siostrzeńców i siostrzenic. Kiedy patrzą na dzieci, na pewno zastanawiają się, jak by to było, gdyby miały własne. Czemu nie jest tak ze mną? Być może moje serce nigdy nie wyleczyło się z uczucia do Renato. Porównuję Franca i Renato, ich najistotniejsze cechy i drobnostki. Różnią się od siebie bardzo, lecz Renato ma jedną przewagę, i w tym względzie Franco nigdy mu nie dorówna; był moją pierwszą miłością.

Wraca Franco, siada obok mnie i podaje mi torebkę popcornu z masłem. Taki właśnie najbardziej lubię. Czuję się winna, że myślę o Renato na randce z Frankiem, więc całuję go w policzek. Odwraca się do mnie i delikatnie całuje mnie w usta. Domyślam się, że nie jest zły za to dokuczanie mu w fabryce.

Kronika filmowa pokazuje prezydenta Roosevelta i grupę pracowników administracji przy budowie mostu niedaleko Waszyngtonu. Wiem, że ludzie cierpią, lecz ja czuję dziwną obojętność. W Wielkim Kryzysie nie ma nic, czego wcześniej nie doświadczyłam na własnej skórze. W latach prosperity żyliśmy na farmie, z trudem wiążąc koniec z końcem. Wtedy byliśmy sami w naszej biedzie, dziś jesteśmy sami w dobrobycie.

Fabuła *Wolnych dusz* jest mroczna i skomplikowana. Clark Gable gra gangstera. Lionel Barrymore jest jego adwokatem, który ratuje go przed odsiadką. Norma Shearer gra córkę Lionela, nowoczesną dziewczynę, która zakochuje się w Clarku Gable'u. Ojciec-pijak czuje się opuszczony, gdy córka odchodzi z gangsterem.

– Przygotuj się. Teraz będzie najlepsza scena – szepcze Franco.

– Widziałeś ten film? – pytam też szeptem.

Kiwa głową potakująco. Dziwne. Przywiózł mnie taki kawał drogi do Easton na film, a teraz okazuje się, że już go widział? Z kim oglądał ten film za pierwszym razem i czemu postanowił zobaczyć go po raz drugi?

Clark Gable mówi Normie Shearer jasno i wyraźnie, że jest jego kobietą. Ta początkowo się opiera, w końcu przyznaje, że go kocha i że nic ich nie rozdzieli. Franco bierze mnie za rękę i splata swoje palce z moimi. Nagle czuję na serdecznym palcu coś zimnego. Franco wsunął mi na palec pierścionek zaręczynowy! Spoglądam na brylant w „szmaragdowym" szlifie i piszczę z radości.

– Cjii... – uspokajają mnie widzowie z tyłu. Pochylam się i całuję Franca, który obejmuje mnie i mocno przytula. Opuszczamy się na siedzeniach i całujemy.

– Zechcesz mnie? – szepcze Franco.

– Zechcę – odpowiadam. Pragnę zbudować swoją przyszłość z ukochanym mężczyzną i siedząc teraz obok Franca, wierzę, że to właśnie z nim chcę dzielić życie i pracę.

W drodze powrotnej siedzę przytulona do Franca i głaszczę go po karku, raz po raz zerkając na pierścionek. Istne cacko. Odbijają się w nim światła jadących z naprzeciwka samochodów.

– Właściwie to mnie nie poprosiłeś.

– O co? – pyta Franco niewinnie.

– Nie wygłupiaj się. Nie poprosiłeś, żebym za ciebie wyszła.

– Wyjdziesz za mnie?

– Nie podoba mi się twój ton.

– Zechcesz zostać moją żoną?

– Lepiej. Brzmi jak Yeats.

– Dziękuję. Więc kiedy za mnie wyjdziesz?

– Może na wiosnę?

– A może jutro? Pojedziemy do Sailor's Lake i poprosimy sędziego pokoju, żeby udzielił nam ślubu.

– Katolicy nie uciekają, żeby wziąć potajemny ślub – przypominam. – Na pewno nie porządni katolicy. – W tej samej chwili dociera do mnie ironia tych słów.

– Moja ciotka, Serafina DeMarco, uciekła.

– Ona się nie liczy. Musiała.

– Nie bądź złośliwa. W takim razie jedziemy do księdza Impeciato – Franco skręca.

– To mi nie wygląda na plebanię. – Franco wjeżdża w przecinkę, na której stoi czerwona stajnia oświetlona lampami, i zatrzymuje samochód.

– Co to? – dopytuję się.

– Jako dziewczyna z Delabole powinnaś wiedzieć, jak wygląda stajnia.

– Nie o to chodzi. Co my tu robimy?

– Wystarczy, że Chettie zepsuła niespodziankę z pierścionkiem. Ja tego nie popsuję. – Franco bierze mnie za rękę i prowadzi do stajni. W środku jest starszy mężczyzna. Drzemie na stołku, oparty o boks dla konia. – Panie Finkbeiner?

– Franco potrząsa nim delikatnie. – Proszę pana...

Pan Finkbeiner otwiera oczy.

– O, Franco. Już zaprzągłem konia. Chodźcie.

Mężczyzna prowadzi nas za stajnię, gdzie czeka wóz pełen siana.

– Byłaś kiedyś na takiej przejażdżce? – pyta Franco.

– Ostatni raz w wieku trzynastu lat.

Franco pomaga mi wsiąść na kozła i zajmuje miejsce obok.

– Do zobaczenia – zwraca się do pana Finkbeinera.

– Jakiś ty romantyczny – wzdycham.

– Trafiła mi się romantyczna dziewczyna, więc muszę się starać. – Franco przyciąga mnie do siebie. Koń stuka kopytami w ciemnościach, najwyraźniej zna drogę. Pamiętam, że jako dziewczynka pomagałam tacie orać nasze pole kukurydzy. Nigdy nie wystarczało dnia, żeby skończyć zaplanowaną pracę. To samo czuję dziś wieczorem u boku Franca: obawę, że nie mamy dość czasu. Szczęście tej chwili nie potrwa długo, choć przypieczętowane jest brylantem ze „Steckel's".

– Zrobisz wszystko, żeby być ze mną sam na sam – mówię, uciekając od mrocznych myśli. – Ale wynająć wóz pełen siana? To coś nowego.

– Wiesz, jak mam dosyć odprowadzania cię do domu? Dłużej tego nie zniosę. Wracam potem do pokoju, w którym wyrosłem, i czuję się jak w więzieniu. Chcę mieć cię w swoim łóżku przez resztę życia. – Franco zatrzymuje konia, pochyla się i całuje mnie. Zeskakuje z kozła, przechodzi na moją stronę, bierze mnie na ręce i niesie na tył wozu. Po drodze okrywa moją twarz pocałunkami. Czuję się więcej niż opętana, więcej niż zakochana. Szaleńczo pragnę Franca. Tymczasem on stawia mnie za ziemi, zdejmuje marynarkę, rozkłada ją na świeżym sianie, a potem delikatnie kładzie mnie na niej. Przyciągam go do siebie. Oboje wybuchamy śmiechem. Tarzamy się w sianie, wzbijając je w górę niczym konfetti. Kiedy się całujemy, księżyc raz po raz wygląda zza chmur jak światło ostrzegawcze. Ignoruję ten znak. Teraz ja leżę na wierzchu i ujmuję w dłonie twarz Franca.

– Pokochałem cię od pierwszej chwili – szepcze Franco.

– Nigdy mnie nie zostawiaj.

Ostatnim sakramentem, jakiego udzieli ksiądz Impeciato przed ustąpieniem z funkcji proboszcza naszej parafii, będzie jutrzejszy ślub. Trzydziestego pierwszego marca tysiąc dziewięćset trzydziestego drugiego roku połączy węzłem małżeńskim Antonellę Margaritę Castellucę z Frankiem Danielem Zollerano. Elena będzie moją druhną, tak jak ja byłam druhną na jej ślubie. Drużbą Franca będzie jego starszy brat. Elena uszyła mi suknię ślubną z atłasu w kolorze słomkowym. Jest dwuwarstwowa, ma długie wąskie rękawy. Stanowiący nakrycie głowy szeroki pas atłasu będzie przytrzymywany stroikiem z gardenii. Chettie, u której zbliża sie czas rozwiązania, pokieruje uroczystością weselną.

Coś starego – czerwona chustka podarowana mi pierwszego dnia pracy przez Franca – posłuży za podwiązkę. Zawiążę ją tuż nad kolanem w ładną kokardę. Elena ofiarowała mi cudowny medalik z Matką Boską, który posłuży za coś nowego. Pożyczonym elementem będzie różaniec Chettie, a niebieskim – pojedynczy irys między różami w bukiecie. Sala w „Pinto's Hall" jest zamówiona, frak pana młodego dopasowany. Wynajmiemy jednopiętrowy ceglany dom przy Garibaldi Avenue 169. Mamy nadzieję, że któregoś dnia kupimy go na własność. Za domem jest bujnie porośnięty długi kawałek ziemi. Tam planuję urządzić ogród.

Pierwszą rzeczą, jaką zrobiłam po ustaleniu daty ślubu, było pójście do cukierni „U Marcelli" i zamówienie tortu. Wybrałam dziesięciowarstwowy z białym lukrem. O miejscu, w którym obydwoje pracujemy, będą przypominały umieszczone na brzegach tortu marcepanowe igły i szpulki nici.

Alessandro pojechał do Filadelfii po rodziców, którzy wracają do domu kilka tygodni wcześniej niż zwykle po zimowym urlopie w Roseto Valfortore. Tata napisał do mnie wzruszający list, którego treść zachowam w sercu na zawsze. Wyznaje w nim, że ufał mojemu zdrowemu rozsądkowi, a wybrawszy Franca na męża, uczyniłam jemu i mamie wielki zaszczyt. Kiedy pokazałam Francowi ten list, był tak samo wzruszony jak ja.

– Chodźcie już, chodźcie, zaczynamy! – Chettie woła do nas ze szczytu schodów naszego kościoła.

– Idziemy! – odkrzykuję z samochodu. Franco wysiada, obchodzi auto, otwiera drzwi po mojej stronie, a pomagając mi wysiąść, daje mi całusa.

– Nie rozumiem, czemu musimy mieć próbę. Co w tym trudnego? – mówi, gdy idziemy po schodach do wejścia.

– Ksiądz Impeciato lubi, żeby wszystko było idealnie.

Chettie i Anthony przygotowali posiłek, na który zapraszają po próbie obie nasze rodziny. Otwieram drzwi kościoła. Tuż za progiem wita mnie tata.

– Świetnie wyglądasz, tato – ściskam go serdecznie.

– *Bronzata!*

– Mam dla ciebie pudło prezentów zza oceanu. Nie uwierzysz. Koronka, pościel, nawet korkociąg. Twoi włoscy krewni są bardzo szczęśliwi z twojego powodu.

– To ja jestem szczęśliwa, tato.

Chettie, weteranka przedślubnych prób, dokładnie wie, w której części przedsionka powinnam stać z tatą. Zerkam w stronę ołtarza, gdzie ksiądz Impeciato patrzy na zegarek. W trakcie pieśni procesjonalnej Chettie prowadzi mnie pod ołtarz. Elena kroczy przed nami jako stateczna mężatka.

Franco czeka na mnie przy stopniach ołtarza. Jest wysoki, przystojny i silny. Trudno pogodzić mężczyznę, za jakiego go uważałam, z mężczyzną, jakim się stał. Nie żeby Franco Zollerano zmienił się dla mnie. Przemiana dokonała się w nas obojgu. Dzięki niemu złagodniałam, a on pod moim wpływem stał się bardziej refleksyjny. Taką mam przynajmniej nadzieję.

– Ty idziesz tam... – ksiądz Impeciato wskazuje mi schodek za balustradą przy ołtarzu... – a ty, Franco, dołączasz tu do nas. – Franco ujmuje moją dłoń. Oboje stajemy przed obliczem księdza Impeciato.

Z drzwi zakrystii po prawej stronie ołtarza wychodzi inny ksiądz. Z pochyloną głową podchodzi do tabernakulum i stawia kielich mszalny oraz tacę przy małych złotych drzwiczkach. Jest w nim coś znajomego. I choć patrzę na księdza Impeciato, moja uwaga skupia się na odwróconej do nas plecami postaci w długiej czarnej sutannie.

Ksiądz Impeciato, któremu zależy na przyspieszeniu próby, woła do kapłana:

– Księże Lanzara?

Na dźwięk tego nazwiska najpierw czuję zmieszanie, potem serce zaczyna łomotać mi w piersi. Kurczowo ściskam rękę Franca. Kapłan odwraca się i spogląda na nas. Ma te same rudawozłote włosy, tę samą mocno zarysowaną szczękę, te same niebieskie oczy. To Renato. Mój Renato. Chettie i Elena, tak samo wstrząśnięte jak ja, przysuwają się do mnie bliżej. Franco patrzy na mnie kompletnie zdezorientowany. W końcu decyduję się przerwać głuchą ciszę, która zapadła.

– Renato? Jesteś księdzem?

– Tak – uśmiecha się Renato. Nie jest to uśmiech zażenowania, raczej pełen serdeczności. Przyklęka, po czym rusza w naszym kierunku. Jest równie przystojny jak wtedy, a sutanna wydaje się jedynie kostiumem. Mam nieodparte wrażenie, że odgrywam scenę ślubu, a Renato właśnie otrzymał sygnał do wejścia i przybywa mi na ratunek.

Renato wyciąga rękę do Franca.

– Gratuluję. – Potem bierze moją dłoń i kierując wzrok gdzieś ponad moją głowę, mówi serdecznym tonem: – Tobie też.

– Kiedy zostałeś księdzem? – wybucha Chettie.

– W zeszłym roku w Rzymie. – Renato kłania się lekko, jakby mówił „koniec uprzejmości". Wymieniamy z Chettie spojrzenia. Zupełnie nie wiemy, co myśleć.

Więc tak potoczyły się losy Renato. Nie zniknął, nie ożenił się z dziewczyną z Allentown, nie uciekł z kraju. Poszedł do seminarium, wybrał stan duchowny. Tylko dlaczego? Wydawał się ostatnim kandydatem na kapłana! Przecież kocha kobiety, ładne ubrania i poezję.

– To mój następca. Wasz nowy proboszcz – wyjaśnia ksiądz Impeciato. – Biskup uznał, że najlepszym kandydatem jest rodowity mieszkaniec Roseto. Podzielam tę opinię.

– Miło was znowu widzieć. Nie chcę przeszkadzać w próbie – mówi szorstko Renato i odchodzi.

Ksiądz Impeciato kontynuuje omawianie przebiegu uroczystości, co po czym i kiedy, wyjaśnia, w którym momencie przejść pod figurę Matki Boskiej na czas trwania *Ave Maria*, a ja pragnę tylko wpaść pędem do zakrystii i porozmawiać z Renato. Przez pięć lat czekałam na jego wyjaśnienie i choć jestem w przededniu zawarcia najświętszego z sakramentów z Frankiem, chcę wiedzieć, czemu Renato mnie zostawił. Franco czuje, na kim skupia się teraz cała moja uwaga, więc ściska mi rękę, przywołując do powrotu. Ale ta chwila, nasza chwila, już uleciała. W myślach przeżywam na nowo dzień, w którym wyjęłam z siatkowych drzwi list od Renato, kiedy poczułam siłę odrzucenia po tym, jak obdarzyłam go najszczerszym uczuciem. Kręci mi się w głowie. Chettie szepcze mi do ucha, że zaraz koniec próby.

– Potrzebujesz świeżego powietrza.

Moja przyjaciółka ma rację. Na powietrzu zrobi mi się lepiej. Mamy wyjść z kościoła dostojnym krokiem, ale ja pokonuję drogę spod ołtarza w rekordowym tempie. Niemal dobiegam do drzwi. Franco otwiera je szybko. Znalazłszy się na zewnątrz, łapię się poręczy, by utrzymać równowagę.

– Szlag by to trafił – mówi Franco. – Jezu!

– Przestaniesz przeklinać? – formułuję to jak pytanie, ale tak naprawdę żądam. Kiedy spoglądam na Franca i widzę jego zmieszanie i ból, spowodowane wcale nie powrotem Renato, lecz moją reakcją na ten powrót, serce mi się kraje. Jutro o tej porze Franco będzie już moim mężem i nie chcę, by cokolwiek zmąciło jego szczęście. – Przepraszam, Franco, szkoda, że nikt nas nie uprzedził.

Kiedy Chettie, Elena i tata wychodzą z kościoła, Franco trzyma mnie już tuż przy sobie.

– Jest księdzem – komentuje tata z szyderczym uśmiechem, wygładzając rondo kapelusza i pukając w denko. – Miastowy playboy zostaje *padre*. Tylko w Ameryce takie rzeczy są możliwe.

O świcie w dniu mojego ślubu dom Eleny pogrążony jest w ciszy. Schodzę do kuchni i nastawiam kawę. Otwieram okiennice, patrzę na ogród za domem. Ziemię pokrywa cieniutka warstwa śniegu. Zza wzgórza wypływa słońce, rzucając na miasto jasną poświatę. Rano padał śnieg. Ciekawe, co powiedziałyby na to stare przepowiednie. Deszcz czy słońce są oznaką pomyślności dla młodej pary. A śnieg? Kawa się parzy. Wlewam mleko do rondelka. Patrzę, jak pieni się i podnosi. Szybko zdejmuję je z ognia i wlewam do kubka. Ostatni raz napełniam mlekiem jeden kubek. Tak bardzo lubiłam poranki, kiedy wstawałam godzinę przed wszystkimi, siadałam w cichej i ciepłej kuchni i w samotności jadłam śniadanie. To mój ostatni samotny poranek. Od jutra zacznę robić śniadania dla Franca, a w miarę upływu lat, kiedy na świat przyjdą dzieci, także dla nich. Pod wpływem tych myśli czuję nagłe ściskanie w dołku.

Nie rozumiem, czemu powrót Renato zbiegł się w czasie z dniem mojego zamążpójścia. Na dodatek to kapłaństwo! Czy byłoby inaczej, gdyby wrócił z żoną? Tak! Wybrałby kogoś zamiast mnie. Nie byłby ciągle kawalerem. Co by to oznaczało w dniu mojego ślubu?

– Dzień dobry – mówi Elena łagodnym głosem, stając w progu kuchni. Wkłada chleb do tostera. Zdejmuje z półki maselniczkę, wyciąga dżem z kredensu. – Dobrze się czujesz?

– Dobrze.

– Nie pozwól, żeby ksiądz Lanzara zepsuł ci dzień ślub.

Zawsze mnie zdumiewa, skąd Elena wie, o czym akurat myślę.

– Nie nazywaj go księdzem.

– Przecież nim jest.

– Nie dla mnie. Może być twoim księdzem. Księdzem Roseto. Ale to mój były chłopak.

– Nello, musisz dać sobie z tym wszystkim spokój. Z przeszłością. Z nim. Z tamtymi uczuciami. To nie ma sensu.

– Czy ja wyglądam na dziewczynę, która będzie wzdychać do księdza? – pytam.

– Nie. Ale jeśli będziesz się trzymać tego, co było między wami, to zaszkodzisz swojemu związkowi z Frankiem.

– Niczego się nie trzymam – kłamię.

– Sama wiem coś o tym – ciągnie Elena. – Dużo czasu minęło, zanim ujrzałam w Alessandrze swojego męża, a nie wdowca po Assuncie. Zawsze czułam, że jestem na drugim miejscu. Nie pozwól, żeby Franco czuł to co ja.

– Nigdy bym do tego nie dopuściła. – Serce mi pęka na myśl, co przeszła Elena przez te wszystkie lata.

– Czasem to bardzo subtelne. Czasem nawet nie zdajesz sobie sprawy, że to robisz. Wiele razy Alessandro oczekiwał ode mnie, że będę coś wiedziała albo zrozumiem coś, co jego dotyczy, a dla mnie wszystko było nowe. Nawet teraz, mimo że nasze małżeństwo trwa dłużej niż jego związek z Assuntą, zawsze pamiętam, że przed ślubem ze mną mój mąż miał inne życie.

– Będę ostrożna – obiecuję, uświadamiając sobie jednocześnie, że w relacjach z Frankiem nigdy taka nie byłam. Mówię mu zawsze to, co myślę. Nigdy się nie zastanawiam, czy moje słowa mogą go ranić. Lecz od tej chwili będę bardzo uważna. I będę tak czule obchodzić się z jego sercem, jak on z moim.

– Trafił ci się dobry człowiek. Da ci szczęście, jeśli mu pozwolisz.

Elena nakrywa stół do śniadania dla dzieci. Obserwuję ją w trakcie tej codziennej porannej krzątaniny. Jej sprawne ruchy, zupełnie jakby się do tego urodziła. To jej mały świat, który wypełniła ciepłem, uczyniła przyjaznym. Wbrew przewidywaniom znalazła tu szczęście. Przyrzekam sobie, że mnie też się uda. Nic w moim życiu domowym nie było tak łatwe jak w pracy w fabryce. Zawsze z trudem dopasowywałam się do ram życia rodzinnego. Dziś, w dniu ślubu, biorę na siebie obowiązek stworzenia nowej rodziny. Mam nadzieję, że sprostam temu zadaniu.

Nowy kapłan na szczęście nie pojawił się na moim ślubie. Ksiądz Impeciato poprowadził ceremonię ze staroświeckim spokojem i zdecydowaniem. Chór nie zawiódł, a w „Pinto's Hall" orkiestra grała przez dodatkową godzinę, dzięki czemu robotnicy z fabryki, tańcząc, zaczęli niedzielę. Noc poślubną spędziliśmy z Frankiem w uroczym hotelu w Poconos. Franco podarował mi sznur pereł i koszulę nocną. Ja dałam mu nowy komplet narzędzi i piżamę.

Z naszego pokoju roztaczał się piękny widok na Delaware Water Gap. Nasze łóżko było tak miękkie, że zapadaliśmy się w nim jak w chmurze. Kochaliśmy się, jedliśmy czekoladki, rozmawialiśmy o przyszłości. Zaplanowaliśmy dzieci i wspólną podróż do Włoch. Chcę pokazać Francowi świat. Jemu wystarczy, żebym żyła w jego świecie.

Podczas naszego miodowego miesiąca ani razu nie wspomniałam o księdzu Lanzarze. Franco też nie. Przez pięć lat czułam w sercu tępy ból z powodu Renato, więc nawet wyjście za mąż nie mogło zmienić tego tak szybko. Nie chcę kochać Renato, nie chcę żywić tych uczuć, lecz z jakiegoś powodu one ciągle we mnie tkwią. Desperacko pragnęłam uwolnić się od tego bólu, miesiąc miodowy nie był jednak stosownym czasem po temu. Zmierzę się z tym problemem po powrocie do domu.

Wchodzę po schodach naszego kościoła. Dziś sobota, dzień spowiedzi. Zwykle lubię ten sakrament. Lubię to poczucie, że Bóg wybacza mi bycie tylko człowiekiem i daje szansę, bym zaczęła od nowa.

Nigdy nie klękałam u konfesjonału z zamiarem porozmawiania z księdzem. Ksiądz jest dla mnie jedynie kanałem prowadzącym do Boga. Nigdy nie przywiązywałam wagi do tego, kto siedzi w środku. Ksiądz Impeciato? W porządku. Ksiądz z Bangor? Też w porządku. Dla spowiednika i tak jestem grzesznikiem bez twarzy, tak jak jego osoba nie ma dla mnie znaczenia.

Dziś jest inaczej. Dziś znam twarz swojego spowiednika. Znam jego głos. Jego dłonie. Obejmowałam go, kiedy płakał. Chcę dialogu. Nie wypada mi zapukać do drzwi plebanii ani zostać po mszy, by porozmawiać z księdzem Lanzarą. Ten człowiek kiedyś mnie kochał. I nie jestem jedyną osobą w mieście, która zna naszą przeszłość. Nie odważyłabym się narażać ani jego, ani swojej reputacji. Zrobię, co uważam za słuszne. W ciemnym konfesjonale – jedynym miejscu, gdzie możemy swobodnie porozmawiać – chcę powiedzieć całą prawdę.

– Pobłogosław mnie, ojcze duchowny, bo zgrzeszyłam...

Albo Renato nie poznaje mojego głosu, albo udaje. Zaczyna recytować modlitwę po łacinie. Przerywam mu.

– Renato, to ja, Nella.

– Nella? – szepcze Renato.

– Tak, twoja Nella. Zechciałbyś mi wyjaśnić, co się wydarzyło?

– Chciałem cię zawiadomić, kiedy wstąpiłem do seminarium, ale potem pomyślałem, że najlepiej dać ci spokój.

– Zamiast znikać, najlepiej byłoby ze mną porozmawiać.

– Przez myśl mi nie przeszło, że mnie tu przyślą.

– Nawet gdyby wysłali cię do Chin, nadal byłbyś mi winien wyjaśnienie.

– Biskup miał co do mnie plan i nie dał się przekonać. Marzy mu się tutaj katolicka szkoła. A potem szpital. Widzi we mnie drugiego księdza DeNisco. Wymyślił sobie, że chłopak stąd zaktywizuje miasto.

Prawie mi go żal. Mimo własnego cierpienia zdaję sobie sprawę, że dla Renato wrócić do miejsca, gdzie dorastał, ofiarowywać przewodnictwo duchowe miastu, w którym nie potrafił odnaleźć spokoju, musi być prawdziwą pokutą.

– Biskup jest idiotą. To nie jest twoje miejsce. Tu jest tylko twoja przeszłość. Przeszłość, której jestem cząstką. Może drobną, ale...

– Nie byłaś drobną cząstką – oponuje Renato cicho.

– Twój list odebrałam jak obelgę.

– Byłem zdezorientowany. Nie chciałem cię zwodzić.

– Czy chciałeś być księdzem, czy ożenić się z inną, czy żyć w pojedynkę, winien mi byłeś wyjaśnienie. Co miałam myśleć przez tych pięć lat?

– Przykro mi, Nello.

– Powinno ci być przykro.

– Naprawdę. Przepraszam za swoje zachowanie.

– Wiesz co, księże? To za mało. Co za ironia, że siedzisz w tym pudle i dajesz ludziom rozgrzeszenie. Ode mnie go nie dostaniesz.

Opieram się na łydkach i usiłuję przetrawić prawdę. Renato przedłożył coś innego ponad mnie. Zupełnie jakby wrócił do Roseto z inną kobietą u boku. Muszę to zaakceptować. Kochałam go bardziej niż on mnie, a to źle wróży kobiecie.

Pierwszy raz, odkąd zaczęłam wyznawać grzechy w tej budce, zasuwam kotarę bez wyrażenia żalu za grzechy i wychodzę z kościoła. Przez długi czas stoję na Garibaldi Avenue, po czym ruszam do domu, ku swemu przeznaczeniu, ku Francowi Zollerano. Ta jedna spowiedź nie przyniosła mi rozgrzeszenia.

Rozdział dziesiąty

Wieść o śmierci pana Jenkinsa, który zmarł w swoim domu w New Jersey, przyjmujemy z Frankiem bez szczególnego zdziwienia. Jesienią tysiąc dziewięćset trzydziestego dziewiątego roku pan Jenkins powierzył mi większość swoich obowiązków w fabryce. Jego syn Freddie przyjeżdża raz w miesiącu dopilnować spraw ojca. Pan Jenkins cierpiał na serce, potem walczył z rakiem i był już tak słaby, że nie mógł jeździć z New Jersey do Roseto. Liczył więc, że poprowadzę jego interesy. Nie zawiodłam go, wdzięczna za możliwość wykazania się. Choć pan Jenkins zaliczał się do Brytoli, pod koniec życia zaczął szanować mieszkańców Roseto i patrzeć na mnie jak na córkę, której może zaufać w sprawach ukochanej fabryki.

Z dwójką dzieci w domu: sześcioletnim Frankiem juniorem (nazywamy go Frankie) i dwumiesięczną Celeste, mamy pełne ręce roboty. Marzymy o własnej fabryce. Oszczędzamy, ile się da, ale miną lata, zanim zbierzemy kwotę wystarczającą do jej uruchomienia.

Freddie Jenkins nie ma uroku ojca, nie ma też, choćby w stopniu ograniczonym, jego wizji. Przedsięwzięcie Jenkinsa rozrosło się do czterech fabryk w okolicy: dwóch w Roseto, jednej w Pen Argyl i nowo otwartej w Martins Creek. Freddie często powtarza, że każdy może ustawić maszyny do szycia gdzieś w strefie wydobycia łupków w Pensylwanii i zarabiać. On zarabia. Franco i ja nocą snujemy plany, jak moglibyśmy wkręcić się do branży.

Zamiast jechać do kościoła na chrzest Celeste, wsadzamy ją do wózka i idziemy Garibaldi Avenue. Mama i tata mieszkają teraz z nami. Zrobili miejsce dla powiększającej się rodziny Eleny i Alessandra w domu przy Dewey Street (w zeszłym roku Elena urodziła trzecie dziecko – córkę Marię). Cieszymy się, że tata jest z nami. Ma dobry wpływ na naszego syna. Frankie uważa Garibaldi Avenue za swoją prywatną ulicę. Biega do domu dziadków Zollerano, potem do moich rodziców. Teściowie są wielką pomocą przy dzieciach. Mama i teściowa na zmianę opiekują się wnukami, kiedy my jesteśmy w pracy.

– Podoba mi się ten kapelusz – chwali mój mąż. Kupiłam go u braci Hessów w Easton. Jest czerwony, słomkowy, z szerokim rondem, ozdobiony jedwabnymi różyczkami. Do tego uszyłam purpuroworóżowy wełniany kostium. Widziałam go na Myrnie Loy w filmie *Brawura* i skopiowałam dla siebie. – Uwielbiam cię w czerwonym. – Mąż całuje mnie w policzek. – Frankie, przytrzymaj mamie drzwi. – Nasz syn wykonuje polecenie ojca. Wchodzimy do kościoła.

Rodzicami chrzestnymi Celeste będą Elena i Alessandro. Chrzcimy ją szybko, ponieważ za tydzień Alessandro jedzie do Włoch. Jego interesy kwitną, lecz wiążą się z koniecznością częstych podróży. Elena jest bardzo wyrozumiała, choć wraz z powiększeniem rodziny przybyło jej obowiązków. Moja siostra radzi sobie jednak doskonale.

W kościele czeka ksiądz Lanzara. Daje mi znak, bym podeszła do balustrady przy ołtarzu, gdzie zostanę poddana obrzędowi zwanemu „wywodem", czyli oczyszczeniu po porodzie, co daje mi prawo do ponownego przyjmowania sakramentów. Renato wręcza mi świecę, którą mam zapalić. Patrząc na mnie, recytuje modlitwę: – *Ingredere in templum Dei, adora Filium beatae Mariae Virginis, qui tibi fecunditatem tribuit polis.* – Prowadzi mnie do ołtarza, gdzie umieszczam płonącą świecę w świeczniku, po czym wracam na klęcznik.

213

Teraz Renato głośno wypowiada słowa hymnu. Z początku stapiają się w jedno, ale kiedy czyta: – Pokazał swą moc; wypędził pychę z serc. Zrzucił z tronów potężnych, wyniósł na nie maluczkich... – brzmią jak przeprosiny. Gdy Renato kładzie ręce na mojej dłoni, by udzielić mi błogosławieństwa, natychmiast ją cofam. Gdy dotyka mojego policzka w symbolicznym geście oczyszczenia, podnoszę wzrok. Nasze spojrzenia krzyżują się. W tej samej chwili wzbiera we mnie gwałtowna fala przypomnienia, ile kiedyś dla siebie znaczyliśmy. Jak dwoje starych kochanków porozumiewamy się oczyma. Choć trwa to niezmiernie krótko, intymność tej chwili jest prawdziwa i porażająca. Mała Celeste zaczyna gaworzyć. Szybko odwracam wzrok, podnoszę się z klęczek, staję przed rodziną i uśmiecham się.

– Proszę, kochanie. – Ceremonia oczyszczenia skończona, więc Franco podaje mi naszą córkę.

Idziemy za księdzem Lanzarą na tyły kościoła do chrzcielnicy. Patrzymy, jak Renato błogosławi maleńką i wita ją w swojej owczarni. Spoglądam na swoje siostry, siostrzenice i siostrzeńców, rodziców, teściów i uświadamiam sobie, ile mam szczęścia.

– Zapraszamy księdza na kolację – zwraca się do Renato moja teściowa.

– Przykro mi, ale nie mogę. Muszę przygotować się do jutrzejszej mszy.

– Przecież ksiądz musi coś jeść! – matka Franca nie daje za wygraną. Beatrice Zollerano jest przewodniczącą żeńskiej sodalicji, musi więc roztaczać opiekę nad księdzem.

– Proszę się nie martwić. Pani Stampone dobrze się nami zajmuje na plebanii.

– Jej sos nie jest ani w połowie tak dobry jak mój – prycha moja teściowa.

– A może później podrzucimy księdzu talerz? – proponuję.

– To nie jest konieczne. Ale dziękuję za zaproszenie.

Renato wychodzi z kościoła. Patrzę za nim. Smutno mi, że będzie jadł sam.

Po położeniu dzieci spać Franco przychodzi do kuchni zrobić herbatę.

– Przyniosę ci herbatę na górę – mówię.

– Nie, ty też musisz wcześnie wstać. – Franco nastawia wodę. – Alessandro ma dla nas ciekawą ofertę.

– Jaką?

– Powiedział, że mógłby dać nam zaliczkę na zakup fabryki. Ale – tu Franco zawiesza głos – chciałby zostać naszym wspólnikiem.

– Boże, naprawdę? – pytam, lecz zaraz nachodzą mnie wątpliwości. – Czy to dobrze prowadzić interesy z rodziną?

– Nie sądzę, żeby to był jakiś problem – odpowiada Franco.

Mój mąż nie ma takiej żyłki do interesów jak ja. Wolałabym pożyczyć pieniądze w banku. Nie wierzę w udane połączenie układów rodzinnych z interesami. Dla mnie to potencjalne źródło kłopotów. Co by się stało, gdyby dostawa się opóźniła? A gdyby trzeba było wymienić maszyny? Albo najlepsi pracownicy odeszli do konkurencji?

– Nie podoba mi się ten pomysł.

– W takim razie pozostaniemy zakontraktowanymi sługami syna Jenkinsa. Uważasz, że to lepsze rozwiązanie?

– Lepsze? Nie. Ale nie jesteśmy sługami. Właśnie dał mi podwyżkę.

– I tak za mało.

– Za dwa lata będzie w sam raz. – Wiem, co mówię, wszystko sobie wyliczyłam. Znam liczby. – Czemu nie poczekać tych dwóch lat?

– Uważam, że powinniśmy rozważyć propozycję Alessandra. Wolę być dłużnikiem szwagra, niż ciągnąć układ z Jenkinsem.

– Pomyślę o tym – odpowiadam, choć nie mam zamiaru zmieniać zdania.

– Czemu to robisz? – pyta Franco.

– Co?

– Mówisz, że się zastanowisz, chociaż ani myślisz spełnić mojej prośby.

– Nie wiem, o czym mówisz. Naradzam się z tobą we wszystkich sprawach.

– Nie masz zaufania do moich opinii, Nello.

– Nie o to chodzi, Franco. Oczywiście, że ufam twoim opiniom. Ale od szesnastego roku życia jestem brygadzistką. Wiem co nieco o funkcjonowaniu fabryki.

– Nie traktuj mnie jak głupka – obrusza się.

– Nie wolno mi się nie zgadzać?

– Teraz drażnisz się i jesteś uszczypliwa. Kolejna z twoich metod. – Franco odwraca się na pięcie i rusza ku schodom. Zatrzymuję go.

– O co chodzi? – domagam się wyjaśnienia.

– Nie podoba mi się, jak na niego patrzysz – odpowiada miękko.

– Na kogo?

– Na Renato. Ciągle ci na nim zależy.

Nie mogę uwierzyć, że Franco to wyczuł. Kiedy jestem blisko Renato, zachowuję się obojętnie. Prawie z nim nie rozmawiam, a gdy odprawia mszę, wcale go nie słucham. Nawet nie próbuję się modlić. Nie mogę okłamywać Franca.

– Zawsze będzie mi na nim zależało, ale nie jest tak, jak myślisz.

– Wyglądałaś na zmartwioną, kiedy odmówił przyjścia na kolację.

– Nie byłam zmartwiona. Było mi go żal.

– Dlaczego?

– Bo jest sam. Spójrz na nas. Mamy wokół siebie rodzinę. Mamy siebie, dzieci. A on co?

– Przecież jest księdzem, do licha. Sam wybrał taki los.

– Nie masz ani krzty współczucia?

– Powinienem był się postawić, kiedy Lanzara wrócił. Nie żartuję. Więcej nie pójdziemy to tego kościoła.

– Czemu nie?

– Bo nie chcę na to patrzeć. Jesteś moją żoną i jeśli nie umiesz o nim zapomnieć, muszę to przeciąć.

– Franco, nigdy nie zrobiłam nic złego. Naprawdę. Uwierz mi.

– Wierzę. – W oczach Franca lśnią łzy. Widzę, że przy całym moim cierpieniu jego cierpienie jest równie prawdziwe. Myślałam, że uporałam się z tym, że to już przeszłość. Nie oddałam się całkowicie mężowi, ponieważ w zakamarku serca ciągle noszę wyobrażenie tego, co mogło być. Nie chcę kochać Renato! Nie chcę z nim być. Chcę tylko wiedzieć, jak wyrzucić go z serca raz na zawsze.

– Nigdy bym ci czegoś takiego nie zrobiła. Jesteś moim mężem. Ojcem moich dzieci. Kocham cię. – Całuję go czule. – Nigdy bym cię nie skrzywdziła. Uwierz mi, proszę.

– Kocham cię, Nello. I wiem, czemu mi tak ciężko. Bo jesteś moją pierwszą miłością. Nie umiałbym przestać cię kochać.

Franco wchodzi na górę. Dziś na mnie spada obowiązek zgaszenia świateł i zamknięcia drzwi. Czy to ja sama wybrałam ten straszny stan między przeszłością i teraźniejszością, czy on mną po prostu owładnął? Postanawiam uczynić męża szczęśliwym bez względu na wszystko. A skoro w tym celu trzeba odejść z kościoła Matki Bożej z Góry Karmel, niech i tak będzie.

– Nello, Nello, kochanie? – Franco szturcha mnie delikatnie. – Ubieraj się.

Otwieram oczy i widzę męża oraz syna. Obydwaj w kapeluszach i płaszczach.

- Która godzina?
- Północ – chichocze Frankie i ciągnie mnie za rękę, żebym wstała.
- Czy wyście oszaleli?
- Tata ma niespodziankę – wyjaśnia Frankie – ale nie chce zdradzić, co to jest.
- Ubieraj się – powtarza Franco.
- Dokąd jedziemy?
- To tajemnica. Twoi rodzice zajmą się Celeste. Do rana wrócimy.
- Dobrze już, dobrze. – Przez ostatni miesiąc robiłam wszystko, o co prosił mnie mąż. Ta prośba wystawia moją cierpliwość na ciężką próbę, ale teraz jestem zdecydowana zgodzić się na wszystko. Posłusznie ubieram się, wkładam pończochy, botki i schodzę na parter. Franco zapakował do torby termos i biscotti.
- Ruszajmy – zarządza Franco. Nasz syn patrzy na mnie i wzrusza ramionami, ja spoglądam na niego i odpowiadam tym samym. Od pierwszej randki Franco Zollerano zaskakiwał mnie pomysłami na wycieczki w niekonwencjonalne miejsca. Powinnam ofuknąć go, że tym razem przesadził, budząc naszego syna w środku nocy, lecz gryzę się w język.

Wkrótce Frankie zasypia w moich ramionach. Franco tymczasem słucha radia i pogwizduje, wioząc nas drogą do Filadelfii. Nie mam pojęcia, co wymyślił.
- Dokąd jedziemy, kochanie? – pytam trzy mile przed Filadelfią.
- Widziałaś znaki?
- Jesteśmy pod Filadelfią, ale co takiego jest w tej Filadelfii, że aż musiałeś zerwać nas z ciepłych łóżek w środku nocy?
- Zobaczysz. – Franco zjeżdża na parking za sznurem autobusów i kilkoma ciężarówkami. Kiedy wyłącza silnik, budzi się Frankie.

– To już? – pyta.

– Tak. Chodź, synu. – Franco bierze Frankiego za rękę i prowadzi go przez parking. Idę za nimi. Kiedy przechodzimy między stojącymi pojazdami, orientuję się, że jesteśmy na terenie największego w świecie wędrownego cyrku: the Ringling Bros. and Barnum & Bailey.

– Tylko mi nie mów, że dołączamy do cyrkowców – rzucam bezosobową uwagę.

– To tutaj, synu.

Na ziemi leży namiot cyrkowy. Wygląda zupełnie jak spadochron. Brezent w pomarańczowo-białe pasy zajmuje ogromną powierzchnię. Nagle rozlega się głośne trąbienie. Prowadzony przez trzech treserów słoń schodzi z rampy i ciężko stąpa ku jednemu z boków płachty namiotu. Po chwili nadchodzi drugi słoń, którego treserzy ustawiają po przeciwnej stronie. Wreszcie pojawia się trzeci słoń, a raczej słoniątko, które też jest prowadzone do rozłożonego na ziemi namiotu. Jeden z trenerów daje sygnał gwizdkiem. Pozostali wrzeszczą do siebie, po czym jeden z nich wydaje okrzyk:

– Podnieś! – Trzy słonie jednoczą siły. Każdy z nich podnosi trąbą maszty. Płachta, która przed chwilą leżała na ziemi, na naszych oczach staje się namiotem.

Frankie patrzy na tę scenę szeroko otwartymi oczami, w których zachwyt miesza się z niedowierzaniem.

– Postawiły namiot, tato.

– Uhm. Słonie robią wszystko – odpowiada Franco.

Spoglądam na swojego syna i męża, podziwiających niezwykłe widowisko. Czuję, że piecze mnie nos, łzy napływają do oczu. Wyszłam za człowieka, który patrzy na świat zupełnie inaczej niż ja. Franco umie się zachwycać. Zaczynam płakać. Nie ze wzruszenia na widok reakcji Frankiego i wcale nie dlatego, że dane mi było obserwować przejaw miłości ojca i syna. Płaczę nad sobą. Wierzę tylko w to, co widzę. Jeśli nie mogę czegoś dotknąć, to dla mnie nie istnieje. Moja wyobraźnia zawsze ustępowała praktycznej stronie mojej natury. Nie umiem się bawić, nie umiem się zapomnieć, dlatego nie umiem żyć. Wydaje mi się, że kocham głęboko, a to nieprawda. Nie umiem się poświęcać. Nie daję rozwinąć skrzydeł fantazji męża, a dzieciom dotknąć magii.

– Nello, widzisz? – Franco obserwuje pomarańczowo-biały namiot rozstawiony na masztach i gotowy do przedstawienia.

– To cudowne – odpowiadam łagodnym tonem.

– Warto było przyjechać? – pyta, nie odrywając oczu od namiotu.

– Warto.

Potem obserwujemy iście królewską paradę zwierząt, które zmierzają do namiotu. Lamy, niedźwiedzie, tygrys, lew, a na końcu ciężko pracujące słonie znikają pod brezentowym dachem.

– Jak arka Noego. – Nasz syn liczy zwierzęta.

– Prawie. – Franco go obejmuje.

– To najlepsza rzecz, jaką w życiu widziałem – mówi Frankie do ojca. – Prawda, mamo?

– O tak – przytakuję.

– Nie pojedziesz. Jesteś za stary.

– Mam trzydzieści trzy lata.

– Za dużo! – przekonuję męża, choć dobrze wiem, że trzech mężczyzn z Roseto w wieku dwudziestu dziewięciu, trzydziestu czterech i trzydziestu ośmiu lat zgłosiło się już na wojnę przeciwko Mussoliniemu i Hitlerowi.

– Armia tak nie uważa.

– Nie chcę, żebyś jechał – przybieram błagalny ton. Na próżno. Franco już podjął decyzję.

– Masz tu pomoc. Twoi rodzice nie pojadą do Włoch, przecież trwa wojna. A moi mieszkają po drugiej stronie ulicy. Byłoby inaczej, gdybyśmy nie mieli nikogo do pomocy przy dzieciach, ale mamy. A ja chcę postąpić właściwie – mówi Franco stanowczo.

– Postąpić właściwie to być bezpiecznym dla żony i dzieci – oponuję, wiedząc, że i tak przegrywam spór.

– Na gwałt potrzebują mechaników. Nie ma takiej maszyny na świecie, której bym nie rozebrał i nie złożył z powrotem.

– Franco, błagam...

– Nello, jeśli w ogóle istnieje jakaś kobieta, która nie potrzebowałaby przy sobie mężczyzny, ty nią jesteś. – Franco całuje mnie w czoło. – Pomyśl o dzieciach i ich przyszłości.

– Myślę o nich! Możemy kupić obligacje i pomóc armii w inny sposób.

– Chcę pokazać synowi, jak kochać swój kraj. Nie zrobię tego, zostając tutaj i pracując w fabryce. Potrzebuję twojego wsparcia, kochanie.

Takie rozmowy toczymy od siódmego grudnia tysiąc dziewięćset czterdziestego pierwszego roku, od nadejścia tragicznych wieści. Jest luty i Franco obstaje przy swoim. Już rozmawiał z członkiem komisji rekrutacyjnej, który dał mu nadzieję, że mimo trzydziestu trzech lat zostanie wcielony do armii.

– Wspieram cię. – Tak naprawdę to raczej kwestia rezygnacji. Franco powziął postanowienie i nikt, nawet jego matka, go nie powstrzyma.

Rodzina Pagano, Zollerano i Castelluców, nasze dzieci i ja jedziemy osiemdziesiąt mil do Nowego Jorku pożegnać Franca. Przez większość drogi płaczę. (Siedzę obok Franca w pierwszym z trzech samochodów). Staram się być silna

221

przez wzgląd na dzieci, choć Frankie już widzi w ojcu bohatera, a Celeste jest za mała, żeby to wszystko rozumieć. Nie pozostaje mi nic innego, jak pogodzić się z decyzją męża. Spoglądam na niego i przypominam sobie jego słowa: że jestem kobietą, która nie potrzebuje mężczyzny. To nieprawda. Rozpaczliwie go potrzebuję i nie wyobrażam sobie, że mogłabym go utracić.

Nie ja jedna przeżywam trudne chwile. Wiele rodzin w Roseto żegna swoich mężczyzn. Do armii wstępuje młodszy brat Chettie – Oreste i kuzyn Franca – Paul. Prawie wszystkie kobiety w fabryce mają męża, ukochanego czy brata, który poszedł do wojska. I nieważne, ilu mężczyzn jedzie, bo każda z nas czuje się samotna i opuszczona i ma nadzieję, że to jedynie tymczasowa rozłąka. Nie tylko mężczyźni nas opuszczają. Do Anglii zostaną wysłane dwie pielęgniarki z Roseto. Modlimy się wszyscy o szybkie zwycięstwo.

Młodszy brat Franca wstąpił już do marynarki. Moja teściowa stoi w obliczu potencjalnej straty dwóch synów, mimo to nie uroniła ani jednej łzy. Zdumiewa mnie jej siła.

Jakie to dziwne dla nas, Włochów, że toczymy wojnę z krajem, z którego pochodzimy. Trudno zrozumieć konieczność zwrócenia się przeciw rodakom, znamy jednak serca Włochów, przynajmniej tych z naszej wioski. Nie chcą dyktatora. Mój mąż wcale nie jest rozdarty z powodu Mussoliniego. Stwierdził wprost, że ten człowiek musi odejść.

Franco całuje swoich rodziców na pożegnanie, potem Frankiego, Celeste, która wypycha mu kieszenie różnymi drobiazgami. Mnie bierze w ramiona i całuje na końcu. Kiedy odprowadzam go do wyjścia, mówi niewiele. Pierwszy raz od chwili naszego ślubu milczy, a ja trajkoczę. Pospiesznie próbuję streścić wszystkie nasze marzenia, przypomnieć, ile dla siebie znaczymy, obiecać, że zajmę się dziećmi, a kiedy wróci, otworzymy własną fabrykę.

– Ja się nie boję – mówi Franco.

– Dobrze, bo to znaczy, że będziesz ostrożny – próbuję się uśmiechnąć.

– Będę ostrożny – zapewnia mnie.

Spoglądamy na siebie. Nie widzę już u niego śladów tamtego chłopaka, którego poznałam w fabryce, mając szesnaście lat. Nie chodzi tylko o to, że jest starszy. Franco po prostu dojrzał.

– Wiesz, że kocham cię z całego serca – mówię.

– Ja ciebie też.

– Wracaj do domu, do mnie.

– Wrócę, Nell. Obiecuję.

Franco dołącza do innych rekrutów w szeregu. Teraz widzę, że mój mąż jest o wiele starszy od reszty. Ale pod względem doświadczenia i umiejętności ma wiele do zaoferowania.

Kiedy Franco zmierza w stronę budynku, w którym zostaną zakwaterowani rekruci, ja odwracam się i idę do rodziny. Elena trzyma na rękach Celeste, tata trzyma za rękę Frankiego. Przyrzekam sobie, że od tej chwili, bez względu na to, co los przyniesie, nie będę płakać. Zrobię, czego oczekuje ode mnie mąż, i spróbuję żyć bez niego. Przecież nie mam wyboru.

Podczas przerw na lunch Chettie i ja snujemy plany na przyszłość. Wyobrażamy sobie, jak to będzie, kiedy otworzę z Frankiem własną fabrykę. Minęło dziewięć miesięcy od jego wyjazdu. Brat Chettie został wysłany na Pacyfik, listy od niego przychodzą teraz rzadziej. Chodzą słuchy, że wojna nie potrwa długo, ale któż to wie na pewno?

Pod nieobecność naszych mężczyzn Freddie Jenkins wykorzystuje nas bezlitośnie. (Sam dostał odroczenie z powodu wady wzroku). Przemysł filmowy kwitnie. Nasza fabryka produkuje fasony noszone przez młode gwiazdki kina: Lanę Turner, Gene Tierney i latynoską piękność Carmen Mirandę. Kiedy nadszedł wykrój jej kostiumu, było trochę śmiechu. Teraz kwiecista bluzka wiązana w talii, idealna do spodni na szelkach i butów na platformach, cieszy się ogromnym powodzeniem. Szwaczki miały nieco kłopotów z woalem, ale rezultat przeszedł najśmielsze oczekiwania.

Frankie pisze to swojego taty raz w tygodniu. Nasz syn wyobraża sobie ojca w bombowcu i z karabinem na polu bitwy. Tymczasem Franco pracuje w fabryce zbrojeniowej w Anglii. Naprawia samoloty, które wracają z frontu. Wieści o bombardowaniach Londynu za każdym razem budzą we mnie lęk. Modlę się, by Francowi nic się nie stało.

Kiedy przed fabryką przystaje rządowy samochód, warkot maszyn ustaje. Dotąd tylko jedna spośród nas, Mary Bozelli, straciła narzeczonego. Od tamtej chwili minął prawie rok. Mary wyszła wtedy z pracy, ale już na drugi dzień wróciła. Dzielnie radziła sobie z bólem. Byłyśmy dla niej pełne podziwu.

– O nie – mówi Chettie. – Złe wieści.

Serce podchodzi mi do gardła, gdy młody oficer zmierza w naszym kierunku.

– Kogo pan szuka?

– Concetta... nie umiem wymówić nazwiska – odpowiada mężczyzna.

– Marucci? – pyta Chettie drżącym głosem.

– Tak, proszę pani.

– To ja.

– Armia Stanów Zjednoczonych wyraża żal...

Widzę Chettie jak przez mgłę. Kiwa głową i słucha oficera, łzy lśnią jej w oczach, a kiedy pada nazwisko Oreste Ricciego, zaczynają płynąć po policzkach. Oficer odchodzi.

– Mój biedny brat – płacze Chettie. – Jak ja to powiem mamie? – Sięga do kieszeni fartucha i wyjmuje zdjęcie Oreste. Skłania głowę i zaczyna odmawiać *Litanię do wszystkich świętych*, by przyjęli jej brata do siebie. Ja też schylam głowę, lecz przytłoczona smutkiem bezgłośnie poruszam tylko ustami. Szukanie Boga to ostatnia rzecz, jaką bym zrobiła w takiej chwili. Czemu mam się do niego modlić, skoro odebrał mi kogoś bliskiego? Chettie jest inna. W sprawach wiary była zawsze szczera i bezkompromisowa. Zna swoją duszę jak swoją prawą rękę. Dusza jest dla niej realnym tworem, niczym rzeczy z tego świata, co dla mnie zawsze było nie do pojęcia. Chettie wsuwa zdjęcie do kieszeni. – Po tym wszystkim jeszcze śmierć brata.

– Po czym, Chettie? Mówisz o wojnie?

– Nie. O stracie taty. Oreste chował się bez ojca od szóstego roku życia. Miał sześć lat, kiedy tata zginął. Patrzyłam, jak z beztroskiego wesołego chłopca mój brat staje się posępnym żołnierzem. Dosięgło go przeznaczenie.

Obejmuję Chettie, która stwierdza, że musi zawiadomić mamę. Patrzę, jak stąpa ciężko po Garibaldi Avenue i skręca w Dewey Street. W fabryce nadal panuje cisza, słyszę więc każdy krok swojej przyjaciółki.

Msza żałobna w intencji Oreste Ricciego w kościele Matki Bożej z Góry Karmel gromadzi kobiety i mężczyzn, których synowie, bracia, mężowie poszli na wojnę. „Gazeta Wojenna" wydawana w Bangor poświęca Oreste specjalny artykuł. Wojna zatarła podziały między Włochami, Walijczykami, Irlandczykami i Holendrami. Dociera do nas, że w tym nieszczęściu jesteśmy razem. Przestaliśmy nawet używać określenia „Brytol".

Renato wygłasza poruszającą mowę pogrzebową. Wspomina Oreste jako chłopca, opowiada o losach rodziny Riccich. Mówi o ich męstwie, otwartości dla innych, przypomina Carla Ricciego, który był woźnym w naszej szkole.

Renato jest porywającym i przekonującym mówcą, ale i jemu łamie się głos, gdy matka Oreste otrzymuje amerykańską flagę.

Na dworze hula lodowaty marcowy wiatr. Dziś nie będzie pogrzebu. Rodzina Riccich ma nadzieję na odnalezienie szczątków Oreste. Służył na morzu, więc prawdopodobieństwo jest znikome.

– Nello, co u ciebie słychać? – Renato toruje sobie przejście w tłumie.

– W porządku. Rodzina ma się dobrze.

– Jakieś wieści od Franca?

– Ciągle jest w Londynie. Jak dotąd wszystko dobrze.

– Modlę się za niego.

– Dziękuję.

– Nello, możemy chwilę porozmawiać?

– Jasne. – Rozglądam się wokół i może to tylko moja wyobraźnia, ale czuję na sobie ciekawskie spojrzenia.

– Chodź ze mną – mówi Renato. Skrępowana idę za nim między ludźmi, a potem przez plac przed kościołem ku drzwiom sąsiadującym z wejściem do biura parafialnego i plebanii.

– Dzień dobry, pani Stampone – witam się z wolontariuszką prowadzącą plebanię.

Pani Stampone podnosi wzrok i uśmiecha się w odpowiedzi, nie przerywając wycierania kurzu. Renato prowadzi mnie do gabinetu i zamyka drzwi.

– Od miesięcy nie widziałem cię na mszy. Dlaczego?

– Chodzimy do świętej Elżbiety w Pen Argyl – wyjaśniam. Po odejściu z kościoła Matki Bożej z Góry Karmel byliśmy obiektem plotek, ale kiedy rozeszły się pogłoski, że zamierzamy otworzyć w Pen Argyl fabrykę, uznano naszą decyzję za chęć wejścia do tamtej społeczności. Co oczywiście jest nieprawdą.

– Czemu?

– Tak zdecydował Franco.

– To przeze mnie?

Kiwam głową potakująco.

– Bałem się tego. Powinienem był z nim o tym porozmawiać. Już pierwszej niedzieli, kiedy nie widziałem was w ławce.

– To nie jest dobry pomysł.

Renato siada za biurkiem. Nie mogę na niego patrzeć. Ciągle nie mogę na niego patrzeć. Gdy go nie widzę, wszystko jest w porządku, jestem spokojna, gdy o nim nie myślę.

– Czymś go uraziłem?

Potrząsam głową.

– Nie. Ja go uraziłam.

– Ty? Co takiego zrobiłaś?

– Wiesz, nasza wiara niesie ze sobą takie przesłanie, że...

– zaczynam.

– Tak?

– ... że miłość nigdy nie umiera.

– To prawda – przytakuje szczerze Renato. Najwyraźniej jeszcze nie rozumie, co chcę mu powiedzieć.

– Wierzy w to mój mąż. Dlatego chodzimy do świętej Elżbiety.

– To śmieszne. – Renato wyrzuca w górę ręce. W końcu dociera do niego pełne znaczenie moich słów. Przypomina mi się dzień, kiedy czytaliśmy na głos i Renato stracił cierpliwość, gdy nie umiałam prawidłowo wymówić łacińskich sentencji. – Zmieniać parafię z powodu czegoś, co było dawno temu... Nie rozumiem.

Ja rozumiem. Renato całkowicie wyleczył się z przeszłości. Choć nici łączące nas z tym, co minęło, są cienkie, ja kurczowo się ich trzymam. Tylko ja. Mój mąż zna mnie lepiej niż ja sama.

Zza drzwi dobiega głuchy dźwięk. Znając moje szczęście, pani Stampone podsłuchuje nas na korytarzu i niedługo wieści o moich prywatnych sprawach powędrują od domu do domu niczym codzienna dostawa mleka. Wstaję, ściskając torebkę pod pachą. Renato też wstaje. Patrzę mu w oczy. Ciągle tak samo przenikliwe, tak samo niebieskie, lecz teraz spoglądają na mnie inaczej. Dobiegając czterdziestki, Renato emanuje pewnością, którą daje doświadczenie. W pewnym sensie stał się jeszcze bardziej urzekający. Jego porywczość i napuszoność zniknęły zastąpione pełnym godności spokojem, co czyni go prawdziwym przywódcą. Pod jego przewodnictwem parafianie zbudowali szkołę podstawową i klasztor dla salezjanek, które będą ją prowadzić. Na jesieni zaplanował położenie fundamentów pod katolicką szkołę średnią naprzeciwko placu przed kościołem. Stara się o budowę szpitala w mieście. Niestrudzenie inspiruje ludzi do działania. Jak kiedyś ksiądz DeNisco, tak teraz Renato zmobilizował mieszkańców Roseto, rozbudził w nich ambicję i hojność. Postawił sobie za cel rozwój miasta. Mimo to, patrząc na niego, widzę poetę.

– Ta praca ci służy, Renato.

– Tak jak twoja tobie. Jesteś piękna jak zawsze.

Ta uwaga mnie zaskakuje. Jest niewłaściwa, a przecież czekałam na te słowa. Chcę wiedzieć, co Renato o mnie myśli.

– Dziękuję.

Wychodząc, nie mówię „Do widzenia" ani jemu, ani pani Stampone, która wyciera parapet okna przed biurem Renato. W końcu pochylam głowę w szczerej modlitwie. Boże, spraw, proszę, by Franco jak najszybciej wrócił do domu.

Rozdział jedenasty

W lewo, Franco! W lewo! – krzyczę do stojącego na drabinie męża. – Za wysoko. – Franco opuszcza o dziesięć centymetrów wiszącą na dwóch łańcuchach tablicę. – Teraz idealnie! – wołam, osłaniając oczy przed słońcem. Sięgam do kieszeni po okulary przeciwsłoneczne. Wkładam je na nos, podnoszę wzrok i widzę napis NELLA MANUFACTURING COMPANY, EST. 1945. Białe litery o pięknym kroju na jaskrawoczerwonym tle.

Franco schodzi z drabiny i staje obok mnie.

– Jak ci się podoba? – pyta.

– Powinniśmy nazwać naszą fabrykę Zollerano's Manufacturing Company.

– Brzmi niezręcznie. Poza tym lubię, żeby mi przypominać, dla kogo tak ciężko pracuję.

Zgodnie z planem zaraz po powrocie Franca wzięliśmy w Pierwszym Narodowym Banku w Bangor pożyczkę na otwarcie własnej fabryki. Freddie Jenkins był wściekły, a wpadł w jeszcze większą furię, kiedy prawie wszystkie szwaczki postanowiły przejść do nas. Skończyło się na tym, że zamknął fabrykę w Roseto. Ponieważ otworzył trzy nowe w Jersey, rodzinny majątek Jenkinsów nie ucierpi.

Frankie, który ma teraz dziesięć lat, i Celeste, teraz sześcioletnia, są zachwyceni rodzinną fabryką. Kiedy wracają ze szkoły, w domu czeka na nich dziadek. Matka Franco często przygotowuje im kolację, gdy załadunek towaru trwa do późna. Urwanie głowy mamy takie samo jak w fabryce

Jenkinsa, zawsze jednak to n a s z e urwanie głowy. Pierwsze zamówienie składają starzy znajomi, Rosenbergowie, którzy zrobili świetny interes na fasonach rodem z Hollywood. Rozpoczynamy szycie modelu „Jennifer Jones" – białej bawełnianej bluzki z wyhaftowaną na kieszonce sylwetką konia. Ten fason powinien sprzedawać się jak świeże bułeczki.

– Ciociu Nell, potrzebuję twojej pomocy – oznajmia Assunta, kiedy odwiedza mnie w fabryce. Jest tak podobna do matki, że patrząc na nią, zapominamy z Eleną, który mamy rok, i przenosimy się do czasów farmy w Delabole. Assunta jest wysoka i szczupła, ma czarne oczy i jasną cerę po matce. Odziedziczyła po niej nawet zmarszczkę między brwiami. A jednak widać u niej wpływ Eleny. Assunta jest hojna i życzliwa. Zadziorna jednak jak matka, tyle że nie miewa jej humorów. – Ksiądz Lanzara poprosił, żebym starała się o pozycję królowej Wielkiego Dnia – ciągnie Assunta.

– Wiesz, że dla nas już jesteś królową – mówię.

Assunta wybucha śmiechem.

– Wiem, ciociu, ale teraz to co innego. Mam nieść koronę i ukoronować figurę Matki Boskiej. To wielkie wyróżnienie.

– Wiem. Tak było już w czasach mojego dzieciństwa. Kto jeszcze startuje?

– Elisabetta Sartori. Jej tata ma na imię Enzo, a mama Caterina. Mają farmę w Totts Gap. I jeszcze Ellie Montagano.

– Ellie? – Staje mi przed oczyma rozwydrzona dziewczynka z ciemnymi lokami.

– Tak. Zależy jej na wygranej. Chyba głównie po to, żeby mnie pokonać.

– A co trzeba zrobić, żeby z nią wygrać? – pytam.

– Zebrać pieniądze, mnóstwo pieniędzy – podpowiada mój mąż, stając w drzwiach biura. Spoglądam na niego. Ma ręce powalane smarem, jest w T-shircie i roboczych spodniach.

– Kościół Rzymskokatolicki SA potrzebuje dużo gotówki.

– Nie dotykaj niczego, Franco. – Podaję mu ściereczkę, ignorując złośliwy komentarz. – A jak nazwiesz dziesięcinę, którą co niedziela wrzucasz do koszyka w świętej Elżbiecie?

– Ubezpieczenie od ognia. – Wzrusza ramionami mój mąż. W wieku trzydziestu siedmiu lat ciągle ma silne ramiona, ale we włosach połyskują mu srebrne nitki.

– Pomożecie mi? – Assunta zwraca się z pytaniem do nas obojga.

– Oczywiście. Ale jeśli chcesz stanąć do zawodów, musisz dać z siebie wszystko. Castelluca-Pagano nie może przegrać – mówię.

– Spokojna głowa, Assunto – śmieje się mój mąż. – Byłabyś pierwszą pokonaną w rodzinie. To potwornie zawzięte towarzystwo.

Pod koniec dnia, po przeliczeniu etykietek i naklejeniu numerków, Franco i ja gasimy światła w fabryce.

– Zgasiłeś w wykańczalni? – wołam.

– Tak, skarbie. – Franco idzie przez halę główną.

Rozglądam się wokoło.

– Dziękuję, Franco. Kocham naszą fabrykę. – Obejmuję go za szyję. – Ciebie kocham bardziej, ale fabrykę też.

– Wiem, że Franco czuje to samo. Kocha naszą niezależność, tak jak ja.

Franco całuje mnie, wyłącza światło w hali i pociąga mnie na stertę jedwabnych bluzek przygotowanych do wykończenia. Rozpina mi fartuch, sięga do guzików bluzki, nie przestając mnie całować. Śmieję się i przyciągam go do siebie.

– To niezgodne z zasadami.

– To twoja fabryka. Zmień zasady – odpowiada, przygważdżając mnie swoim ciężarem.

– A Gene Tierneys? – szepczę.

– Jej to na pewno nie będzie przeszkadzać. – Całuje mnie w ucho, potem w szyję.

Kiedy Franco pojechał na wojnę, starałam się pamiętać każdą wspólną intymną chwilę. Nie chciałam uronić ani jednego szczegółu.

– A jak teraz? – pyta, przekręcając się na plecy, przez co teraz ja jestem na górze.

– Lepiej niż na wozie z sianem.

W tej chwili nie ma milszego odgłosu w Nella Manufacturing Company niż śmiech mojego męża.

Kampania mojej siostrzenicy o funkcję królowej Wielkiego Dnia rozpoczęta. Po zapukaniu do wszystkich drzwi w Roseto przenieśliśmy się do West Bangor, Bangor Martins Creek, Pen Argyl i Flicksville. Co wieczór po pracy wskakujemy z siostrami i Assuntą do samochodu i rozbiegamy się po ulicach, każda z wachlarzem biletów w dłoni. Jednorazowo przemierzamy zwykle dwie przecznice. Nie wyobrażam sobie, żeby mogło być inaczej. Moje siostry dorównują mi determinacją w sprzedaży biletów. Nie zapomniałyśmy też o farmerach. Odwiedziłyśmy Wind Gap i Stone Church.

Zmęczona po kolejnym wieczorze gromadzenia funduszy, otwieram siatkowe drzwi do kuchni. Kolacja dla mnie stoi na kuchence.

– Nie uważasz, że trochę przesadzacie z tą rywalizacją? Coś mi się wydaje, że tobie bardziej zależy na wygranej Assunty niż jej samej – rzuca Franco znad okularów. Siedzi przy kuchennym stole i czyta gazetę.

– Nie rozumiesz tego. – Podpalam gaz pod rondlem z pastą fagioli.

– Racja. Nie rozumiem. Czemu to takie ważne, żeby Assunta wygrała?

– Franco, nie wychowałeś się na farmie. Wyrosłeś przy Garibaldi Avenue, w m i e ś c i e. Kiedy przyjeżdżałam do Roseto, nigdy nie czułam się tu jak u siebie. Sytuacja zaczęła się zmieniać, kiedy poszłam do szkoły, ale potem musiałam zarzucić naukę i iść do pracy. Pamiętam, gdy jako dziewczynka stałam przed wystawą cukierni „U Marcelli" i liczyłam w myślach, ile musiałabym zaoszczędzić, żeby kupić swojej rodzinie pudełko ptysiów.

– U nas też się nie przelewało.

– Nie chodzi o pieniądze, chodzi o uznanie. W dzieciństwie moje siostry i ja nigdy nie brałyśmy czynnego udziału w obchodach Wielkiego Dnia. Szłyśmy na końcu procesji z resztą mieszkańców i odmawiałyśmy różaniec. Nigdy nie poproszono nas, żebyśmy dołączyły do świty królowej Wielkiego Dnia, niosły transparent sodalicji albo maszerowały z uczniami szkoły.

– Więc chcesz coś udowodnić, tak?

– Tak, sobie. Chcę, żeby Castelluca przebyła drogę od farmy w Delabole do królowej Wielkiego Dnia za życia jednego pokolenia. Moim zdaniem nie ma w tym nic złego.

Mój mąż uśmiecha się i wraca do lektury. Przekładam makaron na talerz, siadam i zaczynam jeść. Castellucowie pokonali długą drogę w krótkim czasie, ale w piątki nadal jadamy makaron i fasolę.

W ostatnim tygodniu gromadzenia funduszy Assunta wkłada w to całe serce. Tegoroczna rywalizacja jest tak zajadła, że wiozę plik biletów do naszych szefów w Nowym Jorku. Franco nie posiada się ze zdumienia, że przekroczyłam granice stanu, by zebrać pieniądze. Rosenbergowie są szczęśliwi, że mogą pomóc. Rozprowadzą bilety wśród swoich sprzedawców i przyjaciół. Nie mają żadnych oporów, choć dochód ze sprzedaży pójdzie na cele katolickiego kościoła. „Liczą się dobre uczynki" – powiedział mi Sid Rosenberg, biorąc bilety. Ich starania na pewno pomogą Assuncie wygrać.

Jestem zbyt zdenerwowana, by iść do sali parafialnej na liczenie wpływów z biletów. Siedzę więc w domu i czekam na telefon. Ogarnia mnie szaleńcza radość, kiedy Assunta dzwoni z informacją, że to ona wygrała.

Jedyną kłopotliwą sprawą dla zwycięskiej królowej jest fakt, że pokonane rywalki stają się jej księżniczkami w orszaku. Elisabetta Sartori, śliczna dziewczyna o długich jasnych włosach i ciemnobrązowych oczach, umiała przegrać z godnością, w przeciwieństwie do swojej matki, która nie mogła przeżyć, że nie zajmie miejsca w pierwszym rzędzie ławek. Ellie Montagano, niska i pulchna jak matka, dla zachowania pozorów była bardzo uprzejma, podczas gdy jej matka odgrzebywała rozmaite historie o naszej rodzinie, by popsuć kampanię Assunty. Franco radził, żebym odpuściła sobie interwencję (przecież dzięki Rosenbergom Assunta wygrała rywalizację i zapewniła sobie koronę, więc po co się sprzeczać?). W orszaku Assunty znajdą się też: Rosemary Filingo, Angela Martocci, Grace DelGrosso, Mary Jo Martino, Giuseppina Bozelli, Lucy Communale, Monica Spadoni, Laura Viglione, Helen Bartron, Violet Stampone, Kitty Romano, Rosina Roma, Rosemarie Gigliotti oraz Eva i Angela Palermo.

– Mamo? – Celeste wchodzi do mojego pokoju.

– Pospiesz się, skarbie. Musimy zanieść Assuncie suknię.

– Odrywam się od szycia. Po ostatniej przymiarce trzeba jeszcze zrobić dwie zaszewki w talii.

– Dobrze? – Celeste robi obrót, prezentując swój strój. Będzie sypać kwiaty w trakcie procesji.

– Gdzie masz pończochy?

– Nie mam. Wkładam skarpetki.

– Nie możesz iść w skarpetkach.

– Ale ja mam tylko skarpetki.

– Och, Celeste – wzdycham. Odkładam suknię Assunty na łóżko i ruszam do pokoju córki. Grzebię w jej szufladzie, aż znajduję białe pończochy. – Masz. Pospiesz się.

Wracam do siebie i owijam suknię Assunty w prześcieradło. Franco i Frankie czekają przed domem. Frankie jest paziem, lecz wbrew swojej woli. Ma na sobie atłasowe pumpy i kapelusz z piórkiem.

– Gdzie Celeste? – pyta Franco.

Odwracam się. Naszej córki nie ma.

– Skaranie boskie z tą dziewczyną. – Podaję im suknię Assunty i wracam do domu. – Celeste? – wołam niecierpliwie. Odpowiada mi cisza. Wchodzę po schodach. – Co się dzieje? – Otwieram drzwi. Celeste biedzi się z pończochami. – Pomogę ci – mówię i zręcznie podciągam je w górę.

Ponieważ Garibaldi Avenue została zamknięta z powodu parady, na Dewey Street musimy jechać przez Chestnut.

– Będzie tłum – zauważa Frankie, wyglądając przez okno.

– A ja muszę nosić ten głupi kapelusz.

– Jest prawdziwie królewski – mówię. – Nie marudź.

Dojechawszy na miejsce, wyskakujemy z auta. Celeste idzie za mną do domu. Assunta czeka ubrana w halkę. Ma misternie upięte loki. Pomagam jej włożyć suknię: prosta obcisła góra z białego atłasu, długie rurkowane rękawy i dół z warstw białego tiulu przypominającego chmurę z bitej śmietany.

Elena, ubrana w elegancki błękitny kostium, układa dół sukni Assunty. Mama patrzy na wnuczkę i wydaje tłumiony okrzyk.

– Wyglądasz zupełnie jak twoja mama.

– Naprawdę?

– Tak wyglądała w dniu ślubu. – W oczach mamy lśnią łzy. Elena ją obejmuje.

Celeste stroszy Assuncie warstwy tiulu w sukni.

– Nie dotykaj tego, Celeste – upominam córkę.

– Assunto, chcę ci coś dać. – Mama wyjmuje z kieszeni małe pudełeczko powleczone czarnym aksamitem. – Twoja mama była moją najstarszą córką i kiedyś miałam jej to podarować...

Assunta otwiera pudełko i wyciąga złoty medalion z szafirem, prezent dla naszej mamy od taty sprzed wielu lat.

– Dziękuję, babciu. Jest śliczny.

Assunta pochyla głowę, a ja zapinam jej medalion na szyi.

– Zanim się urodziłaś, twoja mama chciała ci dać na imię Celeste. Po babci.

– Jak ja! – woła moja Celeste z dumą w głosie.

– Tak, kochanie, jak ty. – Elena głaszcze ją po głowie.

Patrzę na Assuntę.

– Ale kiedy twój tata wrócił z Włoch po śmierci twojej mamy, spojrzał tylko na ciebie i dał ci imię po niej.

Oczy Assunty napełniają się łzami.

– Chciałabym, żeby tu była.

– My też – zapewnia ją Elena, choć wtedy jej życie wyglądałoby zupełnie inaczej. Otaczamy Assuntę, naszą królową Wielkiego Dnia, i obejmujemy ją jedna po drugiej. Nie możemy zrekompensować jej nieobecności matki, ale przynajmniej jesteśmy w stanie pomóc jej pamiętać, jak bardzo była przez nią kochana.

Lipcowe słońce przypieka niemiłosiernie, gdy na placu przed kościołem Assunta koronuje figurę Matki Boskiej. Po wojnie miejscowe dziewczęta i kobiety ofiarowały pierścionki na nowe korony: imponującą dla Najświętszej Marii Panny i mniejszą dla dzieciątka Jezus, które Maria trzyma w ramionach. Ja przeznaczyłam na ten cel złoty sygnet od Franca. Patrzę teraz z dumą na korony wieńczące figury Marii i Jezusa, świadoma, że ich częścią jest moja miłość do męża. Niektóre kobiety ofiarowały nawet swoje obrączki, ale ja nie potrafiłam się na to zdobyć.

Celeste i Frankie spisują się znakomicie, trzymając tren Assunty, która idzie po schodach do kościoła po swoją koronę. Ceremonia jest wzruszająca. Oklaskujemy Assuntę, gdy sadowi się na tronie umieszczonym na platformie, która następnie toczy się po Garibaldi Avenue. Elena płacze. Nasza siostrzenica, maleństwo, któremu Elena tak czule matkowała, wyrosła na wysoką i silną dziewczynę, a teraz dostąpiła najwyższego zaszczytu, jakiego młoda kobieta w Roseto może dostąpić. Nieważne, że wygrała w amerykańskim stylu, sprzedając bilety. To nie ma znaczenia. Miała honor włożyć koronę naszej świętej patronce, a to musi oznaczać szczęście i powodzenie w życiu. Nie mogę uwolnić się od myśli, jak długą drogę przebyliśmy z farmy w Delabole. Wiele lat temu pozycja królowej Wielkiego Dnia była dla sióstr Castelluca praktycznie nieosiągalna. Teraz nie jesteśmy już obcy. Lata działalności w Towarzystwie Maryjnym, praca w fabryce, gdzie dowiodłam siły swojego charakteru, walka w obronie dobrego imienia rodziny, gdy Elena wyszła za swojego szwagra, wszystko to ulatuje niczym puszczone luzem białe balony na placu przed kościołem w chwili rozpoczęcia parady.

Jednym z zadań Assunty jako królowej jest udział w festynie dobroczynnym. Pamiętam ten dreszcz emocji sprzed lat, gdy królowa robiła obchód między stoiskami. Dziś Assunta spisuje się w tej roli doskonale.

– Co za dzień – zagaduje mnie Renato, przystając obok stoiska Alessandra ze słodyczami. Zgodnie z tradycją mój szwagier co roku rozstawia się naprzeciwko kościoła, któremu ofiarowuje potem dochód ze sprzedaży łakoci.

– Tak, proszę księdza.

– Dziękuję za pomoc w sprzedaży biletów. Dzięki wam dobrze wypadłem w oczach biskupa.

– To wszystko na zbożny cel.

– Tak, chcę otworzyć stołówkę w szkole podstawowej. Dochody z festynu bardzo się przydadzą.

– Powinien ksiądz zająć się urbanistyką. Zmienił ksiądz oblicze naszego miasta dzięki nowym szkołom i parkowi. Wspaniała robota.

– Dziękuję, Nello – uśmiecha się Renato. – Nie dałbym rady bez twojej hojności. – Kiedy patrzę teraz na Renato, nie widzę twarzy, o której śniłam, ani ust, które kiedyś całowałam. Skupiam wzrok na koloratce, co pomaga mi zachować przyzwoity dystans. – Nello, chciałem ci coś powiedzieć. Odchodzę z parafii.

Na moment serce mi zamiera. Choć od dawna nie chodzimy do tutejszego kościoła, zawsze miałam tę świadomość, że Renato jest parę kroków stąd. Mogłam natknąć się na niego podczas kolacji w remizie albo na ulicy w trakcie wieczornej przechadzki. Stał się do tego stopnia nieodłączną częścią Roseto, że nie umiem sobie wyobrazić miejscowej wspólnoty bez niego.

– Przykro mi to słyszeć.

– Mój następca zaczyna w pierwszym tygodniu września. Wspaniały z niego kapłan. Ksiądz Schmidt.

– Więc biskup postawił na nie-Włocha?

– Zmiana się przyda. Jestem pewien, że ludzie go polubią.

– Zrobił ksiądz mnóstwo dobrego dla Roseto.

– Nie osiągnąłem wszystkich celów. Chciałem zbudować tu szpital.

Zgiełk tłumu, odgłosy skwierczenia i okrzyki dobiegające ze stoiska z kiełbaskami zagłuszają nasze słowa. Spoglądam na Renato. Uśmiecha się do mnie.

– Mam trzydzieści pięć lat – zaczynam. – Znam cię pół życia.

– A ja ciągle jestem starszy o siedem lat.

– Wiem. Staruszek z ciebie.

Renato wybucha śmiechem.

– Nello, ja...

– Nie musisz nic mówić. – Odwracam wzrok. Nagle nie jestem w stanie spojrzeć na niego.

– Będzie mi cię brakowało – mówi Renato cicho. – Nie chciałem wyjechać po raz drugi bez pożegnania.

– Dziękuję.

– Widzisz, odkupienie istnieje. Czasem nie musimy powtarzać tych samych błędów.

Jeden z parafian odciąga Renato ode mnie, chcąc przedstawić go swojej rodzinie. Mam niejasne przeczucie, że przez długie lata go nie zobaczę.

Jesień tysiąc dziewięćset pięćdziesiątego dziewiątego roku przynosi wielkie zmiany w naszej rodzinie. Krótko po dwudziestych urodzinach Celeste postanawia, że jej ślub z Giovannim Melfim, przemiłym chłopcem z neapolitańskiej rodziny mieszkającej w Filadelfii, powinien przebić zaślubiny królowej angielskiej. Kościół Matki Bożej z Góry Karmel jest przystrojony mnóstwem kalli, hotel „Bethlehem" również, a ekskluzywny nowojorski butik „Sully of Fifth Avenue" uszył dla Celeste suknię, na której jest więcej koralików niż w marokańskiej świątyni.

– Dziwisz się? – pyta mój mąż, rozglądając się za łyżką do butów. – Celeste nie jest wiejską dziewczyną.

– Jest rozpuszczona jak dziadowski bicz. I tak się zachowuje.

– Wszystko słyszę – woła Celeste ze swojego pokoju. – Potrzebuję pomocy.

Idę do niej. Stoi na środku pokoju w halce, pończochach i podwiązkach. Patrzę na nią i dziwię się, że moja córka jest kobietą. Kiedy to się stało?

– Będzie kłopot z trenem.

– Bo ma dwa i pół metra? – żartuję.

Celeste wygląda prześlicznie. Spod krótkich czarnych loków patrzą na mnie błyszczące brązowe oczy. Moja córka przypomina włoską gwiazdę filmową. Ma mocne szczęki po ojcu i nos po mnie, ale jest ode mnie ładniejsza. Właściwie odziedziczyła najlepsze cechy po Castellucach i Zollerano. Moim zdaniem w wieku dwudziestu lat jest za młoda na małżeństwo, ale tak postanowiła, i koniec. Po pierwszym roku nauki w college'u w Marywood stwierdziła, że to nie dla niej. Giovanni był gotów czekać, aż Celeste skończy studia, ona tymczasem nie czekała. Wszyscy wiemy, że dla mojej Celeste odpowiedź „nie" nie istnieje.

– Jesteś piękna – mówię.

– Tak myślisz?

– Oczywiście.

– Nigdy tego nie mówisz. – Celeste przybiera uszczypliwy ton.

– O co ci chodzi? Ciągle to powtarzam.

– Mamo, nie powiedziałaś tego ani razu.

– Nieprawda – oponuję.

– Och, błagam, nie kłóćmy się w dniu mojego ślubu. Chociaż dzisiaj dajmy spokój. Dobrze? – Celeste siada przy toaletce i delikatnie pudruje czoło.

– Wiem, że czasem się sprzeczamy.

– To bardzo łagodne określenie – śmieje się Celeste.

– Wcale mnie to nie bawi – opieram dłonie na jej ramionach. Celeste podnosi głowę i patrzy na mnie.

– Mamo, proszę... Nie zaczynajmy. Mówię poważnie.

– Ja też. – Odwracam się, by wyjść.

– Nic nie rozumiesz – wyrzuca z siebie Celeste.

– Czegóż to nie rozumiem? Że zawsze miałaś wszystko, czego chciałaś? Że mieszkasz w pięknym domu i chodziłaś do dobrego college'u? Że będziesz miała huczne wesele w hotelu „Bethlehem", którego próg ja przestąpiłam, mając trzydzieści cztery lata?

– Znowu to samo. Opowieści z farmy w Delabole. Biedni Castellucowie, którym się udało. Z obory do domu przy Garibaldi Avenue.

– Nie zapominaj o tym.

– Ty nikomu nie pozwalasz o tym zapomnieć, mamo.

– Bo to ważne. Miejsce, z którego się wywodzisz, określa cię na resztę życia. To twój punkt wyjścia. Przyjść znikąd i do czegoś dojść, zarobić na utrzymanie rodziny to nie lada wyczyn. Zrozumiesz, o czym mówię, gdy sama zostaniesz matką.

– Mamo, proszę... Wszystkim naokoło opowiadasz, jak ciężko pracowałaś. Ja ci powiem, jak ciężko. Pracowałaś tak ciężko, że wcale cię nie widywałam. Nigdy nie było cię w domu. Nigdy nie jadłyśmy razem...

– Byłaś u dziadków. Ja nie mogłam przebywać ze swoimi dziadkami, kiedy dorastałam na farmie.

– Mamo, tu nie chodzi o to, co t y mogłaś, ale o m n i e. Ciebie nigdy nie było. Dlatego rzuciłam Marywood. Co za sens studiować, skoro nie zamierzam zostawiać własnych dzieci?

– Nigdy cię nie zostawiłam, Celeste.

– Nie musiałaś. Ciebie tu w ogóle nie było. Spytaj Frankiego. Nie ja jedna czułam się porzucona.

Słowa Celeste ranią mnie, każde z nich boleśnie przeszywa mi serce. O czym ona mówi? Porzucona? Ją i Frankiego otaczała rodzina. Po kupieniu fabryki pracowaliśmy w niewielkiej odległości od domu, przy tej samej ulicy. Daliśmy im wszystko, czego sami nie mieliśmy. Celeste podróżowała! Miała wakacje. Ja nie wiem, co znaczy mieć wakacje. Była w Atlantic City, w Miami i w innych miejscach, o których ja tylko marzyłam i których nie mogłam zobaczyć ze względu na pracę. Dla kogo pracowałam? Dla swoich dzieci. Gdyby to nie był dzień ślubu Celeste, powiedziałabym jej to wszystko. Wątpię jednak, by chciała tego słuchać. Nie interesuje jej, co mam do powiedzenia.

– Nello, chodź już i szykuj się – Franco wyciąga mnie na korytarz. – Zostaw ją.

Idę do naszego pokoju, żeby się ubrać. Franco wchodzi do pokoju Celeste, potem zamyka drzwi. Nie chcę wiedzieć, o czym rozmawiają. Gdyby Celeste wiedziała, co to znaczy walczyć z przeciwnościami losu, nigdy nie rzuciłaby mi w twarz tak okrutnych słów.

Pojawia się Franco i bierze mnie za rękę.

– Kochanie... – mówi – Celeste chce z tobą porozmawiać, zanim pójdziemy do kościoła.

Wracam do pokoju córki. Celeste ma na sobie lśniący dia-dem i tiulowy welon, spowijający jej postać niczym obłok.

– Przepraszam, Celeste.

W jej oczach błyszczą łzy. Przechodzi mi przez głowę, że nigdy nie była płaksą.

– Wiem, mamo. Wybacz mi to, co powiedziałam.

– Starałam się robić wszystko najlepiej, jak umiałam. Mam nadzieję, że kiedyś to zrozumiesz.

– Rozumiem. Tylko nie potrafię nad sobą panować.

– Chcę, żebyś była szczęśliwa. Bardziej zależy mi na two-im szczęściu niż na własnym. Zawsze marzyłam o tym dla ciebie. Żebyś miała lepiej. Była lepsza.

– Spróbuję.

Zamiast jechać do kościoła Matki Bożej z Góry Karmel, do którego wróciliśmy po otwarciu nowej katolickiej szkoły w tysiąc dziewięćset pięćdziesiątym drugim roku, Franco, Celeste i ja idziemy stromą ulicą w listopadowym słońcu. Franco trzyma córkę za lewą rękę, ja za prawą. Ostatni raz mamy ją tylko dla siebie. Może Celeste ma rację, może za mało było takich chwil.

– Dziękuję, mamo – mówi Celeste, gdy stajemy u dołu schodów. Zaraz wejdę do kościoła zająć miejsce w ławce.

– Bądź szczęśliwa – odpowiadam, patrząc na swoją jedy-ną córkę. Te słowa płyną z głębi mojego serca.

– Zabieram cię do Włoch na twoje pięćdziesiąte urodziny – rzuca Franco znad biurka w fabryce.

– To nie najlepsza pora, kochany. W styczniu czeka nas największa wysyłka kolekcji wiosennej.

– Jeśli nie pojedziemy teraz, to już nigdy – upomina mnie Franco. – Chcę cię zabrać do Wenecji, Florencji i Rzymu. A potem pojedziemy na południe do Roseto Val-fortore.

– Dobrze, możesz zacząć planować – całuję go w czoło.

– Tylko pamiętaj, żeby to były dwa tygodnie między wysyłką a rozpoczęciem pracy nad nową kolekcją.

– Masz to jak w banku, szefowo – Franco szczypie mnie w pupę, gdy przechodzę obok.

Mój mąż, romantyczny jak zawsze, chce zobaczyć Roseto Valfortore.

– W domu jest za cicho, odkąd Frankie i Celeste założyli własne rodziny. Trudno mi uwierzyć, że nasze dzieci wyjechały z Roseto – kręci głową. – Musimy znaleźć sobie jakieś nowe zajęcie.

– Mamy mnóstwo pracy w fabryce – przypominam.

– A gdyby tak ją sprzedać?

– Co? Oszalałeś? Przecież przynosi świetny dochód.

– Wiem. Tylko ile pieniędzy naprawdę potrzebujemy? Mamy na własność dom i ten budynek. Kto wie, ile byśmy dostali za fabrykę. Pewnie tyle, ile zażądamy. Pozbądźmy się jej i ruszajmy zwiedzić świat.

Przysiadam na skraju biurka męża i krzyżuję ramiona.

– I co będziemy robić?

– Odpoczywać. – Wsuwa mi rękę pod spódnicę.

– Na miłość boską, przecież to zajęcie na parę minut dziennie.

Franco wybucha śmiechem.

– Postaram się przedłużyć te chwile.

Pochylam się i całuję go w czubek głowy.

– Nie masz dosyć pracy? – pyta. – Robisz to od szesnastego roku życia.

– Nic na to nie poradzę. Nauczyłam się ją kochać.

– Ale ona nie odwzajemnia twojej miłości.

– Tego nie wiem. Całkiem nieźle ją imituje, kiedy przychodzą czeki.

– No, dobrze, wygrałaś. Dwa tygodnie we Włoszech. Nie więcej. I żadnej wcześniejszej emerytury. – Franco wraca do

243

papierkowej roboty. Patrzę, jak wkłada okulary i podpiera dłonią głowę. Przypomina mi pana Jenkinsa, który był pewnie w jego wieku, kiedy mnie zatrudniał. Czy ja powierzyłabym stanowisko brygadzistki szesnastolatce? Nigdy. Tymczasem stary Jenkins dostrzegł we mnie jakieś zdolności.

Czasem odnoszę wrażenie, że to wszystko zdarzyło się wczoraj. Są dni, kiedy wydaje mi się, że przeżyłam sto, nie pięćdziesiąt lat, uwalniam z magazynu wspomnień niektóre momenty i przywołuję dokładnie te same uczucia, jakich doznawałam wtedy. W mroźny zimowy poranek przypominam sobie wspólne dojenie krów z mamą na farmie w Delabole. Z nadejściem wiosny myślę o tym, jak Renato Lanzara podarował mi książki nad jeziorem Minsi. Latem przypominam sobie pocałunek Franca na werandzie domu przy Dewey Street, a kiedy nastaje zima, wraca do mnie wspomnienie o siostrze, która umarła w moich ramionach, wydawszy na świat córkę.

Głęboko skrywane pragnienia, przejmujący żal, młodzieńcza namiętność, wszystko złożyło się na to, kim teraz jestem. Wiem jednak, że Franco ma słuszność. Nie umiem się zmienić. Dochodzę do pewnego etapu i na nim się zatrzymuję, czasem z wygody, innym razem z konieczności. Boże, błogosław Franca. Znosi do domu broszurki biur podróży. Oglądam je, choć miejsca poza fabryką i domem wydają mi się zupełnie nierzeczywiste. Nadzór nad interesami, opieka nad rodziną to moje pomysły na dobrze spędzony czas. Poza tym, czyż nie zostało nam mnóstwo czasu na podróże? Jeśli popracujemy jeszcze dziesięć lat, mój Franco będzie miał dopiero sześćdziesiąt dwa. Wystarczająco wcześnie na emeryturę.

– Sprawdzę załadunek. – Franco wychodzi z biura. Nalewam sobie kawy. Kartkuję przyniesione z biura podróży foldery o Włoszech. Stary kraj wygląda na nich luksusowo i romantycznie. Może mój mąż ma rację. Podróż do Włoch bardzo by się nam przydała.

– Pani Zollerano, szybko! – Do biura wpada Donna Mu-gavero, specjalistka od kołnierzyków. – Coś się stało panu Zollerano! – w jej głosie słychać przerażenie.

Pędzę do hali głównej, gdzie ustał terkot maszyn. Szwacz-ki z trwogą patrzą na leżącego na podłodze Franca. Maszy-ny w fabryce zatrzymują się tylko na czas lunchu, przerwy albo z powodu jakiegoś nieszczęścia. Widząc wyraz twarzy moich pracowników, wiem, że stało się coś strasznego.

– Co z tobą? – klękam obok Franca. – Co ci jest, kochany? – Dotykam jego twarzy, ściskam za rękę. I nic.

– Zadzwonię po karetkę – mówi Sally Viglione i biegnie do biura. Za późno. Mój Franco odszedł.

Samochody parkują przed naszym domem przy Garibaldi Avenue w dwóch, gdzieniegdzie nawet w trzech rzędach. Zjeżdżają do mnie członkowie rodziny i przyjaciele. Celeste i Frankie zjawili się zaraz po tym, jak ich zawiadomiłam. Pojechali ze mną wybrać trumnę dla ojca, kartki i kwiaty. Kurczowo trzymaliśmy się siebie, wybierając najlepsze rze-czy z oferty domu pogrzebowego Fiori.

Moje siostry kręcą się po kuchni, układając na tacach przyniesione jedzenie. Od czasu do czasu śmieją się na wspomnienie wesołych historii związanych z ich szwagrem. Nie jestem w stanie słuchać tego zbyt długo. Franco nie jest dla mnie bohaterem opowieści. Dzielił ze mną życie i łóżko. Nie umiem sobie wyobrazić, jak będzie bez niego. Wdowy z Roseto przychodzą jedna po drugiej z kondolencjami. Każ-da z nich powtarza to samo: Franco umarł za młodo, miał przecież dopiero pięćdziesiąt dwa lata. Nie wierzę, że Bóg mi to zrobił. Chyba powinnam się modlić, lecz nie potrafię.

Dziewczęta z fabryki przyszły, by wyrazić swoje współczu-cie i zobaczyć się z moimi dziećmi. Sally Viglione obwinia się, że nic nie zrobiła, że nie dostrzegła u Franca żadnych oznak, które kazałyby wcześniej wezwać lekarza. Zapewniam ją, że na krótko przed tym, jak umarł, żartowaliśmy i rozmawialiśmy jak zwykle. Nic nie można było zrobić.

Tej nocy idę spać zupełnie wyczerpana. Dziwne uczucie położyć się na swojej połowie łóżka, odwrócić się do Franca, by się do niego przytulić, i nie znaleźć go tam gdzie zawsze. Celeste i Frankie są w swoich pokojach. Zadzwoniłam do rodziców, którzy akurat byli we Włoszech. Są już w drodze do domu.

Nie uroniłam ani jednej łzy. Czuję, że wzbiera we mnie rzeka łez, lecz jak dotąd jestem tak zablokowana, że nawet nie umiem sobie wyobrazić siebie płaczącej.

– Mamo? – Zalana łzami Celeste wchodzi do pokoju w koszuli nocnej. – Tak mi smutno.

Unoszę pled. Moja córka kładzie się przy mnie.

– Co teraz zrobimy? – pyta.

– Nie wiem – mówię, choć znam odpowiedź. Już kiedyś tego doświadczyłam. Żyje się dalej. Nie ma wyjścia, trzeba żyć dalej.

– Był za młody.

– Wiem.

– Powiedział coś?

– Rozmawialiśmy o podróży. A potem... po prostu upadł. Nie słyszałam, żeby coś jeszcze mówił.

– Biedny tata. Nigdy nie miał wakacji.

– Każdego lata jeździliśmy nad morze.

– Chodzi mi o prawdziwe wakacje. Długie miesiące z dala od pracy.

Nie wiem, czy Celeste mówi to rozmyślnie, ale jej słowa sprawiają, że czuję się okropnie. Z drugiej strony wiem, że ma rację.

– Żałuję, że nie mieliśmy długich wakacji.

– Mimo wszystko był szczęśliwy – stwierdza łaskawie moja córka.

– Tak myślę.

Celeste przytula się do mnie.

– Zawsze o tobie mówił.

– Naprawdę?

– Uhm. Martwiło go, kiedy się kłóciłyśmy. Przychodził potem do mnie, żeby porozmawiać. Opowiadał, jaka byłaś w młodości. Powiedział, że zanim cię pocałował, byłaś jak bryła lodu, ale on cierpliwie odłupywał kawałek po kawałku. Powiedział, że całkowicie poświęcił się Nelli Castelluce. Byłaś jego religią. Kochał cię bardziej, niż ci się zdaje.

– Wiem.

– Opowiadał, jak kierowałaś fabryką, będąc właściwie dzieckiem. Jak udawałaś, że wiesz, co robić, nawet kiedy nie wiedziałaś. Opowiadał o pożarze, kiedy uratowałaś ludzi...

– To on uratował robotników, nie ja.

– Tata mówił, że ty.

– Taki był twój ojciec. Zawsze przypisywał zasługi innym.

– Powiedział, że musiał się napracować, żeby cię zdobyć.

– Naprawdę?

– Tak. Mówił, że każdy mężczyzna powinien w ten sposób zdobywać serce kobiety, bo wtedy będzie je naprawdę cenił. Pamiętałam o tym, kiedy wychodziłam za mąż.

Przez długi czas leżymy w milczeniu. Celeste wyciera nos.

– Mamo, czemu nie płaczesz?

– Nie wiem – odpowiadam po namyśle.

Pogrzeb mojego męża był taki jak sam Franco: pełen ciepła i prostoty. Wyjątkowym akcentem była obecność Rycerzy Kolumba (członków jedynej grupy, do której należał Franco), w kapeluszach z piórkiem oraz smokingach przepasanych szarfami. To była poruszająca chwila, kiedy wzdłuż głównego przejścia w kościele uformowali dwuszereg i wznieśli szable, gdy wynoszono trumnę z ciałem mojego męża. Franco był oddany ich sprawie, a zwłaszcza pracy dobroczynnej na rzecz dzieci. Choć niezbyt religijny, udzielał się aktywnie w pracy bractwa.

Ksiądz Les Schmidt mówił o hojności mojego męża nie tylko w kategoriach materialnych. Przypomniał jego poświęcenie przy budowie szkoły i nowego probostwa.

Rodzice przybyli na nabożeństwo żałobne w ostatniej chwili, nie zdążywszy nawet zmienić ubrań po podróży. Alessandro i Elena trwali przy mnie wiernie. Roma przyjechała z Filadelfii, Dianna z Pen Argyl. Moi siostrzeńcy i siostrzenice przynieśli ukojenie. W takich chwilach liczna rodzina jest skarbem. Trudno mi patrzeć na ból moich teściów. Doświadczają największej straty, straty syna. Bracia Franca również są wstrząśnięci.

Chettie i Anthony przynieśli album z fotografiami z czasów młodości. Patrzę na Franca i na siebie. Jest taki przystojny, wysoki. A ja mam zacięte szczęki Rosie the Riveter[*]. Może moja córka ma rację. Jestem twarda jak bryła lodu i tylko mój mąż był w stanie się przez nią przebić.

Po powrocie do domu Celeste idzie do spiżarni zrobić przegląd wszystkich przyniesionych nam potraw, wśród których są ciasta, ciasteczka, placki, pieczony indyk, trzy szynki. Dzwoni telefon. Celeste podnosi słuchawkę.

– Chwileczkę – mówi. Wchodzi do kuchni. – Mamo, do ciebie.

– Kto?

– Ksiądz Lanzara. – Moja córka przewraca oczami.

Idę do telefonu w salonie, siadam na brzegu kanapy i sięgam po słuchawkę.

– Nello, tak mi przykro z powodu Franca.

---

[*] Tytuł plakatu propagandowego z czasów II wojny światowej autorstwa Normana Rockwella. Przedstawia prostą młodą robotnicę jedzącą drugie śniadanie.

– Dziękuję, że dzwonisz.

– Jak sobie radzisz?

– Po tylu latach pracy z załamanymi ludźmi nie wiesz, że nie można pytać wdowy, jak sobie radzi? – usiłuję żartować.

– To straszne. Nie sądziłam, że kiedykolwiek będę aż tak smutna.

– To wielka strata. Był jeszcze młody.

– Właśnie. Mieliśmy tyle planów.

– Na pewno.

Milkniemy. Cisza, jaka między nami zapadła, nie jest jednak niezręczna.

– Gdzie jesteś, Renato? – z jakiegoś powodu zwracam się do niego po imieniu. Głupio mi mówić „proszę księdza".

– Na Uniwersytecie Świętego Jana w Queens w Nowym Jorku.

– Jesteś kapelanem?

– Nie, wykładam literaturę.

– To cudownie – mówię.

– Nello, muszę już kończyć. Pamiętaj, że modlę się za ciebie i za Franca.

Odkładam słuchawkę i wracam do kuchni, gdzie siedzą Celeste i Frankie. Mąż Celeste, żona Frankiego i kilkoro przyjaciół są na ganku.

– Czego chciał? – pyta Celeste.

– Przekazać wyrazy współczucia. – Nalewam sobie wody.

– Raczej zaprosić cię na randkę – żartuje Frankie.

– To wcale nie jest śmieszne – strofuję go. Co w nich dziś wstąpiło?

– Tata mówił, że ksiądz Lanzara cię lubił.

– Przyjaźniliśmy się w młodości, Frankie.

– Według taty księdzu Lanzarze chodziło o coś więcej niż przyjaźń. Dlatego chodziliśmy do świętej Elżbiety. Prawda, Celeste?

Moja córka chrząka w odpowiedzi.

– Tak, tata miał kłopot z Matką Bożą z Góry Karmel – ciągnie Frankie, wskazując palcem w stronę kościoła.

– Daruj sobie, Frankie, dobrze? Mówisz o domu Boga i o duchownych.

– Niczym się nie różnią od ciebie i ode mnie, mamo. Mają te same problemy. Te same pragnienia i potrzeby. Nasz ksiądz w Jersey jeździ cadillakiem. Ślub ubóstwa? Tylko do pewnego stopnia. Co ty na to?

– Zmieńmy temat. – Patrzę na syna. Nieważne, ile ma lat. I tak ciągle jest sześcioletnim chłopcem wystawiającym moją cierpliwość na ciężką próbę.

– W porządku, mamo.

Cmentarz parafii Matki Bożej z Góry Karmel leży na wzgórzu nad Garibaldi Avenue. W porównaniu z innymi cmentarzami jest uroczy. Szerokie ścieżki oddzielają zielone połacie trawy naszpikowanej kamieniami nagrobnymi. Franco wykupił kwaterę dla nas wkrótce po otwarciu fabryki. Idąc na wojnę, martwił się, że nie poczynił odpowiednich przygotowań.

– Jest bardzo ładny, mamo. – Celeste bierze mnie za rękę, gdy po raz pierwszy patrzymy na nagrobek Franca.

– Jak uważasz, synu?

– W porządku, mamo – odpowiada Frankie z oczyma lśniącymi od łez.

Nagrobek jest prosty. Napis brzmi:

Franco Zollerano
Mąż i Ojciec
17 marca 1907 – 18 listopada 1959

Rozdział dwunasty

Nie spodziewaj się cudów – przestrzega tata. Jedziemy gruntową drogą, wzbijając tumany kurzu. Cel naszej podróży to Roseto Valfortore. – To nie Roseto w Ameryce. Jest stare, nienowoczesne.

– Tato, proszę, nie tłumacz się. Już mi się tu podoba.

– Tata przekonał mnie, bym wybrała się z nim i z mamą do Włoch. Zapraszali mnie już wiele razy. Dopiero w tym roku postanowiłam pojechać. Przecież o takim prezencie na moje pięćdziesiąte urodziny marzył mój mąż. Franco chciał, żebym poznała miejsce naszego pochodzenia. Gdyby tu był, zachwyciłby się krętymi bitymi drogami, niskimi górami o łagodnych wierzchołkach i zielonymi zboczami porośniętymi krzewami dzikich róż. Roseto w pełni zasłużyło na swoją nazwę. Gdziekolwiek spojrzeć, widać krzewy obsypane barwnymi kwiatami w różnych odcieniach, od ciemnorubinowego po najbledszy róż.

– Jak w Delabole, prawda? – mówi mama.

– Tak – odpowiadam. Wypielęgnowane zaorane pola kompensują nierówne kamieniste połacie ziemi. Jedyna różnica polega na tym, że tutejsza gleba wydaje się sucha i stara, polne kamienie tkwią w niej bardzo głęboko, a niektóre są tak wielkie, że można usiąść w ich cieniu. Na szczytach wzgórz stoją skąpane w słońcu drzewa figowe, wzdłuż drogi z Biccari rosną gaje oliwne. Tata wskazuje widoczne w oddali kamieniołomy. Głębokie pęknięcia w ziemi otoczone hałdami gruzu przypominają mi kamieniołomy po drugiej stronie Atlantyku.

251

– Teraz wiem, czemu lubisz tu przyjeżdżać. Tu jest jak w domu.

Spoglądam na siedzącego za kierownicą tatę. Jestem przekonana, że mnie przeżyje. Ciężka praca na farmie utrzymała go w doskonałym zdrowiu. Udało mu się nawet całkowicie wyleczyć z obrażeń odniesionych w kamieniołomie w tysiąc dziewięćset dwudziestym piątym roku, kiedy chodziłam jeszcze do szkoły. Noga boli go tylko podczas deszczu, ale to jedyna pozostałość po tamtym wypadku.

– O co chodzi? – tata zerka na mnie. – Myślisz o Francu?

– Tak.

– Więc płacz.

– Nie mogę płakać, tato. Próbuję, ale nie mogę. Coś ze mną nie tak.

– To niedobrze. Musisz płakać. Pamiętam, co mówił mój ojciec.

– Co takiego?

– Powiedział, że trzeba nauczyć dzieci wszystkiego, nawet przeżywania rozpaczy. Musisz pokazać Celeste i Frankiemu, jak opłakiwać zmarłych.

– Tato, im to wychodzi lepiej ode mnie. – Chciałabym, żeby tata wiedział, ile się uczę od swoich dzieci. Są o wiele bardziej przenikliwe ode mnie, choć nie mają pojęcia, jak głęboko wszystko przeżywam.

Im bliżej Roseto, tym wzgórza stają się bardziej szmaragdowozielone.

– Tu jest tak zielono z powodu bliskości morza – tata czyta w moich myślach. Zaczynam rozumieć, jak powstało Roseto w Pensylwanii. Nasi przodkowie zbudowali replikę swojego ukochanego miasta na wzgórzach. Kiedy wspinamy się drogą ku rogatkom, widzę podobieństwo do stromej Division Street, która przechodzi w Garibaldi Avenue. Znalazłszy się na głównej ulicy, mam wrażenie, że już tu byłam. Tyle szczegółów jest identycznych. Takie same jednopiętrowe domy z balkonami. Ludzie o ciemnych włosach, czarnych błyszczących oczach, wydatnych nosach, zupełnie jak w naszym Roseto. Ich postawa i sposób noszenia głowy zdradzają Włochów zza oceanu. Ludzie, którzy ciężko pracują na farmie albo w kamieniołomie, mają siłę w ramionach i karku, dzięki czemu zachowują wyprostowaną sylwetkę. Moja rodzina miała to we krwi. Boję się, że lata, które spędziłam zgarbiona przy maszynie do szycia za bramą fabryki, odbiły się niekorzystnie na moich kościach. Widzę to u wszystkich, którzy tam pracowali. Nie są już tacy jak kiedyś i wcale nie z powodu postępującego wieku.

– Rozumiesz już, czemu mama i ja przyjeżdżamy tu co roku? – mówi tata. – To jak Ameryka, tylko bez jej zgiełku.

Słowa taty pobudzają mnie do śmiechu.

– Tato, w naszym mieście nie ma zgiełku.

– Czyżby? Tutaj nadal jeżdżą na koniach. Samochód jest rzadkością. – Tata podjeżdża pod otynkowany jednopiętrowy budynek w złotym kolorze stojący w połowie głównej ulicy. – To dom mojego brata Domenica. Tu się zatrzymamy.

– *Come stai!* – Z domu wybiega najmłodszy brat taty, krępy, mocno zbudowany mężczyzna koło sześćdziesiątki o brązowych, lekko rudawych włosach. – Nella! – wuj Domenico obejmuje mnie. – Agnese, *vieni!* – woła i ściska mamę na powitanie. Z domu wychodzi teraz ciocia Agnese. Jej młody wygląd robi na mnie piorunujące wrażenie. Jest w moim wieku, a sprawia wrażenie młodszej o dobrych dziesięć lat. Ma czarne, sięgające podbródka włosy związane w kitkę, skórę o złotawobrązowym odcieniu, zaróżowione policzki, pełne usta i piękne zęby. Podchodzi i ściska mnie serdecznie.

– Nella! – Wita się z nami również ich córka Penelope. Ma około dwudziestu lat i figurę po ojcu. Jest śliczna, lecz zupełnie niepodobna do matki.

– Wejdźcie, odpocznijcie. – Ciocia Agnese pomaga mi wnieść bagaże. Penelope prowadzi mnie do pokoju, w którym będę spać. To pokój od frontu, chłodny dzięki żaluzjom, które jednak wpuszczają do środka promienie słońca. Penelope stawia na podłodze moje walizki i lustruje mnie od stóp do głów. Zdejmuję kapelusz i odkładam go na nocną szafkę. Potem ściągam rękawiczki.

– Kapelusz i rękawiczki nie będą potrzebne – uśmiecha się Penelope. – Mam nadzieję, że przywiozłaś sandały i spódnice.

– Przywiozłam.

– Żadnych pończoch, zgoda?

– Zgoda. – To rozstrzyga sprawę strojów, myślę i siadam na brzegu łóżka. Podróż zaczęła się koszmarnie. Przywiozłam przecież walizkę pełną nowych ubrań: dwa kostiumy z wełenki, płaszczową suknię *bouclé*, mnóstwo nowych pończoch. Jedyny swobodny strój, jaki wzięłam, to szeroka czarna spódnica i biała bawełniana bluzka (uszyta oczywiście w Nella Manufacturing). Ten model nazywa się „Kim Novak", choć nasze powiązania z Hollywood z każdym rokiem słabną. Filmy nie są już takie jak przedtem, ich wpływ na życie zwykłych ludzi zmalał. Teraz zwracamy się ku znanym projektantom, którzy zdają się być ważniejsi od gwiazd filmu.

Zmieniam podróżny strój na spódnicę i bluzkę. Zgodnie z radą rezygnuję z pończoch, wkładam wygodne płaskie pantofelki. Nad kominkiem wisi przydymione owalne lustro. Przysuwam się bliżej i patrzę na swoje odbicie. Jako dziewczynka miałam na głowie niesforne loki, teraz noszę usztywnionego lakierem średniej długości pazia. Nawet grzywka jest sztywna. Nie zauważyłam w mieście żadnego fryzjera. Na szczęście tak jak tata nie mam siwych włosów, choć w nowym pokoju, w nowym oświetleniu moja fryzura bardzo mnie postarza. Przesuwam dłońmi po twarzy. Używam zbyt różowego pudru, co też mnie postarza. Jasnobrzoskwiniowa szminka niewiele pomaga. Uważnie badam swoje rysy. Nie mam zmarszczek, za to napiętą twarz apodyktycznej kobiety. Ledwo widoczne biegnące w dół linie na czole nasuwają przypuszczenie, że zawsze patrzę na ludzi z góry. Mam prosty nos i pełne usta, układające się w wyraz samozadowolenia. Zupełnie jakbym znała odpowiedź na każde pytanie. Teraz zaglądam sobie w oczy. Wreszcie widzę siebie. Powłoka kobiety, jaką jestem, ustępuje miejsca dziewczynce, którą kiedyś byłam. Nie mogę znieść swojego widoku i odwracam wzrok. Wszystko, co mówiła o mnie Celeste, to prawda. Jestem tylko właścicielką fabryki myślącą wyłącznie o zyskach. Upodobniłam się do starego Jenkinsa. A nawet gorzej, do jego syna Freddiego. W fabryce odnalazłam cel życia. Sukces i zysk są moją siłą napędową. Co się ze mną stało? Jak mogłam do tego dopuścić?

Słyszę pukanie.

– Proszę – wołam.

W drzwiach staje Agnese. Odwracam się do niej plecami.

– Co się dzieje? – Agnese podchodzi do mnie.

– Nie wiem.

– Powiedz. – Agnese otacza mnie ramionami. Nie wiem czemu, ale jej serdeczność, choć przecież zupełnie się nie znamy, głęboko mnie porusza. Zbiera mi się na płacz. Zaczyna się od drobnych igiełek bólu gdzieś we wnętrznościach, a potem ogromny ciężar – utrata męża, naszego wspólnego życia, wspólnej przyszłości, miniona młodość – wszystko znajduje ujście. Próbuję zdławić ten dźwięk, lecz nie umiem. – Płacz. Nie powstrzymuj się. Wyrzuć to z siebie – mówi Agnese. – Pierwszy raz, odkąd trzymałam w ramionach Franca leżącego na ziemi w fabryce, płaczę.

– Pomóż mi, Boże – powtarzam przez łzy.

Po przebudzeniu patrzę na portfelowy budzik i nie wierzę własnym oczom. Już południe! To znaczy, że spałam dwanaście godzin. Siadam na łóżku. Jedyny dźwięk dobiegający moich uszu to delikatne obijanie się zasłon o parapet. Tata ma rację. Tu naprawdę panuje cisza. Wychodzę na korytarz. Przy schodach nasłuchuję, lecz nie słyszę nikogo. Idę do łazienki. Nalewam wodę do wanny. Zanurzam się w gorącej kąpieli, biorę głęboki wdech. Nie wiem czemu, ale jest mi dobrze, zupełnie jakbym unosiła się na wodzie. Nic dziwnego, że wszyscy martwili się, gdy nie płakałam po śmierci Franca. Łzy przynoszą ukojenie.

Zwykle kiedy biorę kąpiel w wannie, wkładam czepek, by ochronić fryzurę. Dziś jest inaczej. Stopniowo się zanurzam, najpierw brodę, potem nos, w końcu całą głowę. Wstrzymuję oddech. Czuję, jak ciepło przynosi ulgę oczom. Staram się wytrzymać pod wodą jak najdłużej, potem znów siadam. Odgarniam włosy z twarzy i opieram się o ścianę wanny. Rozglądam się po urządzonej na biało łazience. Z podłużnego okna roztacza się widok na pole za domem. Na półce przy wannie leży stos starannie złożonych ręczników z grubej białej bawełny. Nad białą ceramiczną umywalką wisi staroświeckie lustro. Za zasłonką w szerokie biało-brzoskwiniowe pasy skrywa się toaleta. Na podłodze wyłożonej czarno-białymi płytkami leży mały biały dywanik. Prócz uchwytów, klamek i rur ta łazienka jest równie nowoczesna jak nasza w Ameryce.

Ubieram się i schodzę na dół. W domu nie ma nikogo. Dziwi mnie to, jest prawie pora lunchu. Otwieram drzwi od frontu i wychodzę na ulicę. Mnóstwo ludzi i ani jednej znajomej twarzy. Ruszam w górę ulicy, szczęśliwa, że nie muszę się z nikim witać, że mogę po prostu iść i patrzeć. W witrynach sklepów niewiele widać. W Ameryce przyciąga się klientów ciekawymi wystawami. Tutaj chyba wchodzi się po prostu do środka i kupuje, co potrzeba. Roseto Valfortore nie jest rajem dla miłośników zakupów. Doszedłszy do końca ulicy, widzę Agnese i Penelope. Idą w moją stronę, niosąc kilka małych pakunków zawiniętych w szary papier.

– Nello, już wstałaś – zagaduje z uśmiechem Agnese.

– Jak się czujesz?

– Dobrze – odpowiadam. Mówię prawdę. Czuję, jakby zdjęto mi z barków wielki ciężar. Oddycham głęboko w nadziei na dalsze zmiany. Pierwszy raz od bardzo, bardzo dawna jestem wypoczęta.

– Gdzie mama? – pytam.

– Pojechała z sąsiadką do Foggii na targ rybny. Uwielbia ten targ.

– Chodź, trzeba zrobić coś do jedzenia. – Penelope rusza naprzód.

– Dobrze spałaś? – pyta Agnese.

– Bardzo dobrze. Dziękuję. A gdzie tata?

– Pojechał z moim mężem. Rozejrzeć się po okolicy. Kto wie za czym. Mówił, że masz własną fabrykę.

– Mieliśmy – odpowiadam. Ciekawe, czemu mówię o Nella Manufacturing w czasie przeszłym? Poprawiam się więc:

– Mamy. – Z dala od wszelkich napięć, maszyn wymagających naprawy, produkcji, z którą trzeba zdążyć na czas, wszystko wydaje się takie nierzeczywiste. Jakim cudem trzydzieści kilka lat pracy tak łatwo ulatuje z głowy?

– Ciężka praca, co?

– Bardzo ciężka – potwierdzam.

– Lubisz ją?

– Przyzwyczaiłam się – uśmiecham się do Agnese.

Idę za nią i Penelope do domu. Agnese wskazuje mi krzesło w kuchni. Nie mam im pomagać, lecz siedzieć i rozmawiać z nimi, podczas gdy one przygotowują posiłek. Kuchnia jest największym pomieszczeniem w domu. Stoi w niej długi stół, przy którym może usiąść dwanaście osób. Długi kontuar służy do przygotowywania posiłków. Jest jeszcze drugi stół. Kominek pełniący funkcję piekarnika ma drzwiczki z kutego żelaza. Obserwuję, jak Agnese z córką odwijają z papieru świeżą rybę, doprawiają ją ziołami i skrapiają sokiem z cytryny przed upieczeniem. Penelope stawia na ogniu wielki garnek z wodą. Zgaduję, że będzie gotować makaron. Wkrótce przestaję zwracać uwagę na przebieg przygotowań do posiłku, a skupiam się na partnerstwie matki i córki. Nie ma tu poprawiania, nie ma przywódcy. Ja zawsze mówię Celeste, co ma robić i jak, a kiedy córka nie stosuje się do moich wskazówek, złoszczę się i robię to sama. Tymczasem na moich oczach inna matka i córka pracują razem, a z każdego ich ruchu przebija łączące ich uczucie oraz szacunek dla odmiennego sposobu robienia różnych rzeczy. Analizując swoje postępowanie z Celeste, odczuwam żal. Wątpię, czy kiedykolwiek czuła, że tworzymy zespół. Nawet teraz, choć jesteśmy złączone bólem, przeszłość wisi nad nami niczym niski sufit w spowitym ciemnością pokoju.

Tata i wuj Domenico wracają z przejażdżki roześmiani i rozgadani. Staje mi przed oczami obraz taty otoczonego kobietami na farmie w Delabole. Wiedziałam, że czegoś mu brakuje, chociaż nigdy nie rozumiałam czego, póki nie ujrzałam go w rodzinnych stronach. Tata rozkwita w miejscu swego urodzenia.

Po lunchu wkładam pantofle i staję przed lustrem. Zamiast nałożyć na twarz puder, delikatnie maluję usta szminką. Bliskość młodości Agnese robi swoje. Na nosie i policzkach mam zaróżowienia od słońca. Powoli zaczynam przypominać szczęśliwą dziewczynę, którą kiedyś byłam.

Postanawiam rozejrzeć się po okolicy. Ruszam na wzgórze usytuowane mniej więcej w miejscu naszej Chestnut Street. Na samej górze stoi kościół. Otoczona kamiennym murem tynkowana budowla bardziej przypomina fort niż świątynię. Nad drzwiami widnieje relief przedstawiający apostołów. Ich olbrzymie stopy nadają postaciom niemal komiczny wygląd. Otwieram drzwi. Znajduję się w małym ciemnym przedsionku, skąd prowadzą drzwi do wnętrza kościoła. Po wejściu do środka widzę na ścianach wyblakłe freski, w których dominuje błękit, zieleń i róż. Przedstawiają koleje życia Marii. W naszym Roseto nie ma takich scen. Tutaj wędrujemy z Marią od jej lat dziewczęcych po ukrzyżowanie Jezusa. Uśmiecham się do siebie. Miejscowa Matka Boska jest pięknością o karminowych ustach i ogromnych niebieskich oczach. Artyście najwyraźniej spodobała się koncepcja zmysłowej Madonny. Siadam w ławce i zaczynam odmawiać różaniec.

– Chwała Ojcu, i Synowi, i Duchowi Świętemu... – Gubię się przy powtarzaniu kolejnych sekwencji modlitwy. Kiedy przerywam, nasuwa mi się pytanie, czy kontemplacyjny stan, w który się wprowadziłam, ma jakieś duchowe skutki. Zastanawiam się, jak zawsze, czy Bóg mnie słyszy.

Z zakrystii wychodzi miejscowy ksiądz. Przyklęka przed ołtarzem, po czym przejściem między bocznymi ławkami zmierza do wyjścia. Myślę o Renato i o tym, jak pierwszy raz zobaczyłam go w sutannie, akurat w przeddzień swojego ślubu. Co to był dla mnie za wstrząs! Zrozumiałabym, gdyby ożenił się z cudowną kobietą i miał rodzinę. Ale decyzja o kapłaństwie zawsze wydawała mi się błędna i krzywdząca. Rozmyślając o Renato, czuję się winna. Przecież straciłam męża, z którym zbudowałam rodzinę, dzieliłam życie i pracę. Po co więc roztrząsać pobudki Renato Lanzary? Jedynym jego konsekwentnym wobec mnie uczynkiem było porzucenie. Może brak miłości z jego strony ma coś wspólnego z murem otaczającym moje serce?

Wychodzę z kościoła na słońce. Siadam na ławce, z której mogę obejrzeć panoramę miasta, i podziwiam pomarańczowe dachy oraz wzory tworzone przez kamienie na starych ulicach. Nagle słyszę śmiech i rozmowy. Na wzgórze wchodzi grupka młodzieży. Pamiętam te odgłosy ze szkoły w Delabole, a potem z Columbus School. Pamiętam brzmienie młodzieńczego śmiechu i poczucie, że zawsze go mało. Tak żałuję, że nie mogłam być młoda, kiedy byłam młoda.

Wszystko skończyło się w dniu, w którym przekroczyłam próg Roseto Manufacturing Company.

Kiedy grupa wyłania się zza rogu i kieruje w stronę kościoła, widzę, że są starsi, niż przypuszczałam, prawdopodobnie studenci college'u. Mówią po włosku z amerykańskim akcentem. Co ci młodzi ludzie robią w tym miasteczku? Żołądek podchodzi mi do gardła. Przeczucie, które zwykle ignoruję, podsuwa mi wskazówki, ale za wolno składam je w całość. Przypominam sobie swoją fryzurę, burzę loków na głowie, prostą bawełnianą spódnicę, sandały na bosych stopach, brak pończoch. Chcę uciec w przeciwnym kierunku, ale nie mam dokąd. Drogę odwrotu zagradza mi kościół.

– Nella! – Na dźwięk głosu tego mężczyzny ogarnia mnie fala radosnego podniecenia zmieszanego z przerażeniem. – Co ty tu robisz? – Nie ma wątpliwości. To Renato. Odwracam się do niego i uśmiecham. Ciągle ma gęste włosy, tyle że posiwiałe. Wysoki i szczupły, ma na nosie okularki w drucianych oprawkach, jest ubrany w białą koszulę i spodnie khaki. Nie ma koloratki.

– Przyjechałam z rodzicami. A ty co tu robisz?

– To moi studenci z uniwersytetu. Zatrzymaliśmy się tutaj, bo chciałem im pokazać miejsce pochodzenia moich przodków. I freski w kościele. Są zadziwiające.

– Tak, racja.

– Jak się masz? – pyta, nie mówiąc wprost o mojej stracie.

– Dobrze. Franco zawsze chciał tu przyjechać, pomyślałam więc, że powinnam.

– Jak w domu, prawda?

Potakuję głową. Renato i ja pochodzimy z tych samych stron, od tych samych ludzi. Im jestem starsza, tym bardziej cenię sobie tę więź. Renato nie przestaje mówić o krajobrazie, widokach, sztuce. Widzę jego zdenerwowanie, które próbuje ukryć wyjaśnianiem studentom, skąd mnie zna, i opisem Roseto w Pensylwanii. Jego podopieczni wydają się dostrzegać niecodzienne tempo i gwałtowność opowieści Renato. Kładę mu rękę na ramieniu, by zwolnił.

– Jak długo tu zostajecie? – pytam.

– Kilka dni. Potem Rzym.

Patrzę na studentów.

– Mogę pożyczyć waszego profesora na dziś wieczór?

Wybuchają śmiechem. Jedna z dziewcząt mówi:

– On jest księdzem, wie pani?

– Och, wiem, wiem wszystko. – Zwracam się teraz do Renato. – Mieszkam przy Via Testa sto dwadzieścia siedem.

– W takim razie do zobaczenia około siódmej. – oznajmia Renato, po czym odwraca się do studentów: – A teraz idziemy obejrzeć freski.

Schodzę ze wzgórza wolnym krokiem w obawie, że się potknę. Jest tak stromo, że oczyma wyobraźni widzę, jak przewracam się na kamieniach i toczę do Adriatyku niczym opona. Co za dziwne zrządzenie losu spotkać Renato akurat tutaj. Co to znaczy? Idąc po Via Prima, łapię swoje odbicie w oknie sklepu spożywczego. Widzę się bokiem. Przystaję więc i odwracam się przodem do witryny. W słońcu, ze splątanymi lokami, w spódnicy do połowy łydek mogłabym być dziewczyną. Dobrze wiem, że nią nie jestem, a jednak można by mnie za nią wziąć.

Przy starym zajeździe za Roseto Valfortore nad rzeką Fortor jest restauracja o nazwie „Junona". Krajobraz jest tu przepiękny. Zajazd urządzono bowiem w starej fortecy z kamienia otoczonej ogrodami. Główna sala restauracyjna mieści się pod namiotem, a podłoga wysypana jest żwirem. Renato prowadzi mnie do stolika z widokiem na rzekę.

– I jak? – pyta, odsuwając mi krzesło.

– Dobrze – uśmiecham się.

Pożyczyłam od Agnese spódnicę z białego lnu i jasnoróżowy sweterek z kaszmiru. Nalegała, bo według niej moje ubrania były zbyt eleganckie jak na wypad do zajazdu.

– Gdzie twoja koloratka? – pytam.

– Nie wkładam jej w podróży – wyjaśnia.

– To chyba nie najlepszy pomysł.

– Mogłoby się wydawać, że koloratka odstrasza. A jest na odwrót.

Unoszę rękę.

– Dosyć! Nie chcę więcej wiedzieć. – Śmiejemy się oboje. Mam wrażenie, jakbyśmy zaledwie wczoraj siedzieli nad brzegiem jeziora Minsi. – Renato, poznałeś mnie, kiedy miałam szesnaście lat.

– Czternaście.

– Racja, czternaście. Jak teraz wyglądam?

Renato rozsiada się wygodniej na krześle.

– Musisz wybaczyć moją próżność, Renato, ale właśnie stuknęła mi pięćdziesiątka. Nigdy przedtem nie czułam się staro, a teraz tak. Ta liczba mnie przeraża. Franco odszedł. Jestem wdową. Czuję, że wszystko się skończyło. Skończyło się dla mnie. – Moje prawdziwe uczucia wylewają się ze mnie gwałtownie. Jestem w towarzystwie kogoś, kto zna mnie od dziecka. Czuję się bezpieczna. Ten wybuch jest prawie jak łzy pierwszego wieczoru po przyjeździe. Nic nie mogę na to poradzić, nie umiem powstrzymać się przed uzewnętrznieniem swoich uczuć. Potrzebuję rozmowy. Do naszego stolika podchodzi kelner. Renato wybiera wino. Kelner mówi o potrawach w menu.

– Proszę przynieść wszystko, co smaczne – rzuca Renato. Kelnera cieszy takie zamówienie. Szef kuchni na pewno będzie zadowolony.

– Nie jesteś stara – Renato podejmuje przerwany wątek. – Ciągle jesteś piękna. Jeszcze piękniejsza.

– A ty jesteś miły. – Przesuwam dłonią po włosach. Są gęste i miękkie. Nigdy więcej nie potraktuję ich lakierem. Dzięki Agnese przerzuciłam się na naturalność.

– Zgoda, jestem miły. Ale jestem też szczery. Masz szczęście. Twoja twarz zawsze będzie młoda.

– Może taką mnie po prostu pamiętasz.

– Nie, taka jesteś. – Renato nalewa mi wina. – Co ci się stało?

– Co masz na myśli? – Wypijam łyk wina i czuję na twarzy falę gorąca.

– Nigdy mnie o takie rzeczy nie pytałaś. Byłaś dziewczyną pozbawioną próżności.

– Cóż, nigdy przedtem nie czułam się staro.

– Nie o tym mówię. Czuję, że zastanawiasz się nad samą sobą. Tak jakbyś musiała coś zrozumieć.

– Próbuję zrozumieć, czemu nic mi się nie udało. Jak ktoś w tym wieku może czuć się takim głupcem?

– O co ci chodzi?

– Niczego się nie nauczyłam. Franco umarł, zanim wybraliśmy się na prawdziwe wakacje. Celeste uważa mnie za okropną matkę. Frankie żartuje, że zamiast matki przytulającej miał matkę ładowaczkę. Oboje są przekonani, że poświęciłam się tylko pracy i że zależało mi tylko na zarabianiu pieniędzy.

– Czy któryś z ich zarzutów jest prawdziwy?

– Zawsze byłam ambitna, Renato. Zawsze.

– Więc mieli dobre życie, tak?

– Niczego im nie brakowało. Otaczali ich dziadkowie. Mieli cudowne dzieciństwo.

– Na co się więc skarżą?

– Na mnie.

– Chcieli, żebyś spędzała z nimi więcej czasu. Czy to źle?

– Chyba nie.

– Są dni, kiedy oddałbym życie, byle tylko znów mieć ojca przy sobie... – zaczyna Renato. – Mama umarła, kiedy miałem pięć lat. Szukałem jej w każdej znajomej kobiecie i w pewnym sensie do dziś to robię. Wszyscy pragniemy, żeby było inaczej, niż jest, ale to my sami wybieramy drogę życiową, miejsce dla siebie, a można wybrać tylko jedno.

Przez chwilę myślę nad tymi słowami.

– Wysłuchałeś mnóstwa spowiedzi, prawda?

– Za wiele – śmieje się Renato.

– Nigdy się nie dziwisz? Tam, w tej czarnej szafie?

– Już nie.

– Brawo. – Poprawiam sweterek Agnese włożony w spódnicę. – Opanowałeś trudną sztukę.

– Nie mówiłem o opanowaniu sztuki. Chcę ci tylko dać do zrozumienia, że wszyscy zdajemy się walczyć z tymi samymi demonami.

– Duchowny mówi o demonach.

– Nie rozmawiajmy o mnie w kontekście kapłaństwa.

– Czemu nie? Przecież jesteś księdzem.

– Nie przewyższam wiedzą zwykłego człowieka, naprawdę. Pochlebia mi twoje przekonanie, że mam jakiś wewnętrzny radar, ale tak nie jest. Mam tyle samo wątpliwości i pytań co ty. Co na to powiesz?

– Chciałabym powiedzieć, że jestem zaskoczona. – Sadowię się wygodniej na krześle i opieram ręce o poręcz.

Renato kwituje moją odpowiedź śmiechem.

– Właśnie dlatego zawsze cię kochałem...

– Na miłość boską, Renato! – Słowo „kochałem" peszy mnie.

– Nie żartuję. Zawsze cię kochałem, bo umiałaś zajrzeć w głąb mnie.

– Przebić się przez twój urok?

– Urok, przechwałki, intelekt, poezję, pomysły, przez wszystkie warstwy tego, z czego byłem taki dumny. Ty jakimś sposobem przejrzałaś mnie na wylot i zmusiłaś do szczerości.

– Więc czemu mnie zostawiłeś? – W tej samej chwili dociera do mnie, jak potworną nielojalność popełniłam wobec męża. Chciałabym cofnąć te słowa. Chciałabym nie zastanawiać się nad powodami odejścia Renato. Chciałabym cofnąć te wszystkie chwile w swoim małżeństwie, kiedy zła na Franca myślałam: „Może mnie teraz nie kochasz, ale znam mężczyznę, który mnie kochał". Co za straszna rzecz w małżeństwie: odwracać się od przeżywanej teraźniejszości i cofać do przeszłości, kiedy wszystko wydawało się doskonałe.

– Nieważne. Nie muszę wiedzieć.

– Może powinienem ci to wyjaśnić.

– Nie, to nie w porządku. Kochałam Franca. Wybrałam go. Nie chcę wiedzieć, czemu odszedłeś. Będę miała poczucie, że wybrałam Franca w odruchu desperacji, a nie chcę tak tego odbierać.

– A czy tak nie było?

– Boże drogi, Renato... Proszę...

– Czy nie tak właśnie było? – naciska Renato.

– Nie!

– Ale Franco tak myślał. Dlatego musiałaś przenieść się do parafii świętej Elżbiety. Obwiniałem się o to. Dzień, w którym wydelegowali mnie do Roseto, był najgorszym dniem w moim życiu. Błagałem, żeby wysłali mnie gdzie indziej, ale oni byli przekonani, że jestem drugim księdzem DeNisco. Przez pięćdziesiąt lat diecezja szukała księdza z talentem, wizją i zdolnościami dyplomatycznymi DeNisco. Powiedziałem im, że był tylko jeden taki ksiądz i że to był święty człowiek. Nie posłuchali. Wysłali mnie do domu, do Roseto. Nie docierały do nich żadne argumenty. Gdybym nie podporządkował się tej decyzji, zostałbym wykluczony z kościoła. Trzeba było robić, co każą.

– Byłeś jak ksiądz DeNisco. Dokonałeś wielkich rzeczy.

– Och, diecezja i jej wielkie plany... Szkoła, szpital, dom opieki. Chcieli uczynić z Roseto modelowy przykład realizacji szczytnych założeń.

– Udało im się.

– Do pewnego stopnia. Ale ja nie chciałem wracać. Nie chciałem cię zranić. Czułem, że zepsułem ci ślub.

– Nie zepsułeś. Kochałam Franca.

– To dobrze. – Renato oddycha z ulgą.

– Wiedziałam, że mogę skupić na sobie zainteresowanie Franca przez całe życie, ale twojego nie byłam pewna.

– Mogłaś być pewna, Nello.

Kelner kładzie na stole talerze z miejscowymi specjałami. Kosztujemy ravioli z homarem w sosie truflowym, cielęcinę z karczochami duszoną w winie i świeżą zieleninę. Pytam Renato o jego obecne życie. Kiedy opowiada o byciu profesorem, o Uniwersytecie Świętego Jana, porównuje życie w Nowym Jorku z życiem w małym miasteczku, znów zaczynam mu współczuć. Moje serce, ciągle złamane po stracie Franca, tęskni za więzią z drugim człowiekiem. Chcę przestać opłakiwać zmarłego męża i znów poczuć się kobietą, choć wiem, że to niewłaściwe. Byłoby to jak tamta noc, kiedy kochałam się z Renato. Połączylibyśmy się ze współczucia i potrzeby pocieszenia, nie z prawdziwej miłości, nie z uczucia, którego zaznałam z Frankiem. Nasza miłość była prawdziwa. Potrzebowałam wielu lat, nawet śmierci męża, żeby to sobie uświadomić. Może nie jestem aż tak głupia, może lepiej znam siebie, niż mi się wydawało. Może ten romantyczny wieczór przy stole w starym włoskim forcie jest ilustracją tego, czym byliśmy dla siebie z Renato. Jego miłość rozbłysła na krótko w moim życiu niczym odległa gwiazda, która kiedyś mnie prowadziła.

– Czemu to zrobiłeś, Renato?

– Co?

– Czemu zostałeś księdzem?

– Ach, t o pytanie – uśmiecha się Renato. – Po pierwsze, czułem, że coś mnie ku temu wiedzie. Prowadziłem dość hulaszcze życie bez znaczenia...

– Z wyjątkiem mojej osoby, oczywiście.

– ... z wyjątkiem ciebie. Zastanawiałem się, co mógłbym zrobić ze swoim życiem. Modliłem się o odpowiedź. Dla młodego mężczyzny w tysiąc dziewięćset dwudziestym siódmym roku, który uwielbiał czytać, pisać i rozmyślać, to było idealne zajęcie. Kocham samotność, a jednocześnie lubię służyć ludziom. Lubię wygłaszać dobre kazania. Trudno mi to wyjaśnić, w pewnym sensie to zajęcie wybrało mnie.

– Mogłeś przecież zostać lekarzem, politykiem, kimkolwiek, jeśli przewodzenie i służenie ludziom tak bardzo ci odpowiada. Czemu takie życie? Czemu stan kapłański?

– W seminarium przyglądałem się swoim kolegom i zadawałem sobie pytanie, co nas tak naprawdę łączy. Mogłoby się wydawać, że miłość do Boga i pragnienie służenia mu, ale nie. To było oderwanie od rzeczywistości. Jakbyśmy znajdowali ukojenie w oddzieleniu od świata. Miałem swoją wymówkę, moja mama umarła, gdy byłem chłopcem. Zawsze czułem, że ślizgam się po powierzchni, niezdolny do nawiązania silnych więzi, bo pozbawiony mamy, która by mnie tego nauczyła. Nie mogę mówić w imieniu innych seminarzystów. Mieli swoje powody, by wybrać życie w istocie swej oznaczające zakaz intymnych związków z inną osobą. Ta intymność była zarezerwowana dla Boga.

– Dawałeś sobie z tym radę?

– Tak, bo to jedno było prawdą. Przekonałem się, że nie mogę wylądować w ramionach tysiąca dziewcząt. Próbowałem, ale nie wyszło. Nigdy nie byłem zadowolony.

Krzywię się na wzmiankę o innych dziewczętach. Przypuszczałam, że były jakieś przede mną, lecz rozpaczliwie chciałam wierzyć, że to ja byłam tą wyjątkową. Teraz wiem, że nie na tyle wyjątkową, by powstrzymać Renato przed kapłaństwem.

– Intymność, o jakiej mówisz – zaczynam – odnalazłam, będąc z Frankiem. – Może nie powinnam czynić Renato takich wyznań, lecz ciągnę dalej. – Łączyła nas silna więź. Nie doceniałam tego, kiedy żył. Uważałam za naturalne, że jest ktoś, kto w środku nocy poda mi aspirynę, że w fabryce spojrzy na mnie zza biurka i będzie dokładnie wiedział, co znaczy takie, a nie inne, moje westchnienie. My nie tylko dzieliliśmy życie, my je tworzyliśmy.

– Tego ci zazdroszczę – mówi cicho Renato. – Żałuję, że sam tego nie zaznałem. Z odgradzania się od innych nic dobrego nie przychodzi. W ostatecznym rozrachunku to najmniej błogosławiony stan.

– Celibat?

– Nie chodzi tylko o celibat. To też świadomość, że przyrzekło się nie wchodzić w bliskie relacje z drugim człowiekiem, bo to zakłóciłoby twoją pracę i związek z Bogiem. Kiedy byłem młody, taki dystans miał sens. Teraz wydaje się głupi.

– Czemu nie odejdziesz?

– Jestem stary – śmieje się Renato. – Cóż mógłbym teraz zaoferować kobiecie?

– Rozumiem cię. Czuję to samo. Przeżyłam swoje z Frankiem, a teraz wszystko skończone. Miałam dobre małżeństwo, dwoje wspaniałych dzieci i udane życie. Co jeszcze mi zostało? Miałam to, co najlepsze. Tego nie przebiję. – Rozkładam ręce.

– Uwielbiam uczyć. Jestem przede wszystkim nauczycielem. Studenci są wspaniali. Co roku zabieram grupę z Queens do Włoch. Poznają prawdziwą sztukę, źródła inspiracji. Otwierają im się nowe horyzonty. – Renato ucieka spojrzeniem w bok. – Ale codziennie rano, zanim wstanę, zadaję sobie pytanie: Czy dziś odejdę? Potem wchodzę w rytm dnia, a że ciągle są w moim życiu dobre momenty, zostaję.

– Nie sądziłam, że możesz mieć tyle wątpliwości.

– Ciągle je mam. Dlatego się zdeklarowałem. – Renato wzrusza ramionami. – Może łudziłem się, że znajdę odpowiedzi, dając je innym. Niestety…

– A kobiety?

– Co „kobiety"? – Uśmiecha się. – Czy mi tego brakuje?

Kiwam głową.

– Nie jestem doskonały – mówi Renato z namysłem.

– Popełniałem błędy.

– Ach... – Jaka ja jestem naiwna. Myślałam, że w oleju świętym tkwi tajemnicza siła pomagająca księdzu zachować celibat, widzę jednak, że się pomyliłam.

– Zaszokowana?

– Nie. Sądziłam jednak, że jako ksiądz całkiem to porzucisz. Nie powinieneś?

– Staram się. Ale taka już natura grzechu: starasz się i upadasz, starasz się i upadasz. Tak to działa. Bez grzechu nie byłoby odkupienia. – Renato dolewa mi wina. – Z biegiem lat brakuje nie tyle fizycznego kontaktu, ile jego strony emocjonalnej. Intymności. Najgłębszego poziomu miłości. Przekonania, że ktoś cię rozumie, dopinguje, dzieli z tobą życie. Chociaż jako ksiądz pogłębiłem swoją wiarę i dobrze wiem, co straciłem.

– Jeśli to będzie dla ciebie jakąś pociechą, to ja nadal cierpię. Zawsze czuję się samotna. Może to mój krzyż.

Renato ujmuje mnie za rękę.

– Mój też.

Potem odprowadza mnie do domu wuja. Może spotkanie starej miłości w wieku pięćdziesięciu lat daje człowiekowi jedynie wgląd w czasy, gdy był młody. Może stare miłości mają potwierdzić słuszność ówczesnych wyborów dokonywanych bez obaw o konsekwencje. Może mają przypomnieć, żeby być dzielnym i odważnym, zamiast cofać się z obawy przed potencjalnym niepowodzeniem. Dodajemy sobie staroświeckiego animuszu, myślę, trzymając Renato za rękę i czując obok jego ciepło. Kiedy podchodzimy pod drzwi domu, widzę w oknie pojedyncze światełko. Jest późno, wszyscy już leżą w łóżkach.

– Dziękuję – mówi Renato, gdy zwracamy się ku sobie. We Włoszech księżyc jest chyba bliżej ziemi. Jest jasno jak w dzień, tyle że to niebieska poświata, nie światło słoneczne. Wolałabym, żeby było inaczej, lecz Renato nadal jest tak samo pełen wigoru, tak samo przystojny i czarujący jak przed laty. Kiedy jest się młodym, trudno myśleć o własnej starości. A kiedy wreszcie starość przychodzi, trudno w to uwierzyć. Nie zmieniliśmy się prawie wcale. Ja nadal próbuję jakoś sobie z tym poradzić, a Renato jest równie trudny do zgłębienia, równie wygadany i równie czarujący jako ksiądz, jak kiedyś jako poeta.

– Nigdy mi nie powiedziałeś...

– Co mam ci powiedzieć? – mówi po dłuższej chwili milczenia, patrząc na mnie badawczo.

– Czemu mnie zostawiłeś.

Renato przygląda mi się jeszcze przez chwilę, po czym wolno odwraca wzrok.

– Bałem się.

– Że cię złapię i zmuszę do pracy w fabryce?

– Nie. – Renato patrzy gdzieś przed siebie ponad moim ramieniem. – Zostawiłem cię, żebyś ty mnie pierwsza nie zostawiła.

Pochyla się, całuje mnie w policzek i odchodzi. Chcę go zatrzymać, lecz tego nie robię. Teraz, kiedy już go rozumiem, nie potrzebuję jego obecności. Należy do innego świata, robi to, co kocha, a ja muszę zbudować swoje życie na nowo. W pojedynkę. Gdybym tylko umiała docenić chwile spędzone z Frankiem. Gdybym tylko pierwszego dnia, kiedy pożyczył mi chustkę, wiedziała, że zegar tyka. Niestety, nie słyszałam tego tykania.

Celeste wbija mi paznokcie w ręce, zostawiając na skórze ślady w kształcie półksiężyca.

– Przyj, skarbie, dasz radę, przyj! – powtarzam. Moja Celeste rodzi swoje pierwsze dziecko w szpitalu w Easton. Giovanni siedzi w poczekalni z innymi przejętymi ojcami. Przyjechałam natychmiast po otrzymaniu wiadomości, że poród się zaczął. Kiedy skurcze stawały się coraz częstsze, córka złapała mnie za rękę i powiedziała: – Zostań.

Lekarz nie jest zachwycony moją obecnością. Ale skoro córka mnie potrzebuje, musieliby mnie zabić, żeby mnie z nią rozdzielić. Żadna kobieta nie powinna być w takiej chwili sama. A jeśli to możliwe, powinna być przy niej matka. Po śmierci Assunty mama towarzyszyła każdej ze swoich rodzących córek. Ten nowoczesny lekarz nie oderwie mnie od córki.

– Jestem tu, skarbie, nie zostawię cię – uspokajam ją.

Celeste jest waleczna, prze prawie od godziny. Wreszcie nadchodzi długo wyczekiwany moment. Celeste krzyczy i prze, jej brzuch faluje i w końcu pojawia się wypchnięte ostatnim skurczem dziecko.

– To dziewczynka! – wrzeszczę.

Pielęgniarki zabierają maleństwo, by wykonać przy nim rutynowe czynności.

– Co z dzieckiem? – pyta Celeste.

– Dobrze. Wszystko idealnie. – Trzymam Celeste za rękę i ocieram jej twarz wilgotną szmatką. Na ułamek sekundy wraca do mnie wspomnienie Assunty i tamtej straszliwej chwili. Szczęśliwie moja córka jest zaróżowiona i rozpromieniona, zupełnie jakby dopiero co wróciła z wyczerpującej wspinaczki na szczyt. Pielęgniarka podaje Celeste nowo narodzoną córkę. A ona płacze, trzymając dziecko w ramionach.

– Jest taka śliczna. Prawda, mamo?

– Jak ty. Też byłaś taka śliczna.

– Dam jej na imię Francesca. Po tacie. Dobrze?

Nie umiem powstrzymać łez. Celeste patrzy na mnie.

– Kocham cię, Celeste – mówię.

– Ja też cię kocham, mamo – szepcze Celeste. – I ciebie, Francesco.

Kto by przypuszczał, że dopiero narodziny wnuczki pomogą mi zrozumieć wiarę? Nigdy jej nie miałam, a teraz widzę ją w swojej wnuczce. Nawet urodzenie własnych dzieci nie doprowadziło mnie do tego punktu. Dopiero twarzyczka wnuczki – może dlatego, że choć maleńka jest częścią mnie, nie ja rodziłam ją w bólach – każe mi spojrzeć na wiarę z właściwej perspektywy. Wiara to przekonanie, że życie jest ciągłością i że nigdy nie umieramy. Życie to nieprzerwany proces. Francesca dopiero co pojawiła się wśród nas, a już przyniosła nam wieczny dar.

Zamknąwszy drzwi, spoglądam na zegarek i ruszam po Garibaldi Avenue do „Mary Bert's", najlepszej i jedynej restauracji w Roseto. Jak niewiele się tu zmieniło od czasów mojego dzieciństwa. Nasze miasteczko jest nadal prawie w całości włoskie, choć przybyła nam rodzina greckich producentów słodyczy. Kościół Matki Bożej z Góry Karmel nadal stoi na wzgórzu niczym zamek, a pobliskie szkoły przydają miastu młodzieńczej energii. Barbara Renaldo, moja przyjaciółka, mawia: „Roseto jest dla nowożeńców albo stojących nad grobem". Czasem przyznaję jej rację.

– Tutaj, ciociu! – moja siostrzenica Assunta macha do mnie zza przepierzenia na końcu sali. Całuje mnie na powitanie.

– No to powiedz, jak ma wyglądać ślub – zagaduję.

– Wiem, że to ckliwe, ale chciałabym, żeby Francesca sypała kwiatki. Żadnej świty. Tylko ona – wyjaśnia Assunta nad filiżanką kawy. – Na litość boską, przecież mam czterdzieści jeden lat, powinnam wziąć ślub potajemnie! Wielka pompa jest dla młodych.

– Och, proszę... Niech będzie wielka pompa, płatki róż i ryż. Zasługujesz na piękny ślub. I posłuchaj swojej starej ciotki, która ma pięćdziesiąt cztery lata: czterdzieści jeden lat to cholernie młody wiek.

Assunta odrzuca głowę do tyłu i wybucha śmiechem.

– Michael namyślał się przez jedenaście lat. Nauczyciele, a mówię tu też o sobie, uczą się bardzo wolno.

– Ale w końcu dochodzą do słusznych wniosków. Dlatego Bóg wymyślił gąbki do wycierania tablicy, nie zapominaj.

– Przepraszam za spóźnienie. – Do stolika dosiada się Elena. Jest grubsza niż w dniu swojego ślubu, lecz ciągle ma ten sam ujmujący wyraz twarzy. – Mówiłaś już cioci Nelli o hotelu „Bethlehem"?

Assunta zwraca się do mnie.

– Zarezerwowaliśmy miejsca. Mamo, ty dostałaś ten mały pokój, tak?

– Prezydenta... jakiegoś tam. – Elena wręcza Assuncie folder. Jak naturalnie brzmi w ustach Assunty słowo „mama" kierowane do Eleny.

– Chcę, żeby wszyscy przyjechali. Ciocia Dianna, ciocia Roma, kuzynostwo. Chcę zrobić coś szczególnego na cześć babci i dziadka.

W pogodny słoneczny poranek dwudziestego szóstego kwietnia tysiąc dziewięćset sześćdziesiątego szóstego roku Assunta Maria Pagano poślubia Michaela Castigliano w kościele Matki Bożej z Góry Karmel w obecności nielicznej, lecz szczęśliwej grupy gości – rodziny i przyjaciół. Assunta poprosiła moich rodziców, by poprzedzili ją i Alessandra w drodze do ołtarza. Poczuli się zaszczyceni, mogąc być częścią ślubnego orszaku.

Jestem taka dumna ze swojej siostrzenicy, nauczycielki w naszej parafialnej szkole średniej imienia Piusa X, a teraz jeszcze panny młodej. Moja czteroletnia wnuczka Francesca rozsypała płatki róż na dany znak, a potem obserwowała ceremonię jak urzeczona.

Rodzice tańczyli w hotelu „Bethlehem" do ostatnich taktów. Wrócili do Roseto na lato. Odkąd tata przeszedł na emeryturę, dzielą czas między Włochy i Pensylwanię. Nie wyobrażają sobie, że mogliby opuścić doroczne obchody Wielkiego Dnia, odbywające się pod koniec lipca.

– Tato, coś mi przyszło do głowy – mówię następnego dnia przy śniadaniu. – Dzierżawcy opuszczają farmę w Delabole, prawda?

– Nikt nie zagrzewa tam miejsca. Co się dzieje z tymi ludźmi? Powiem ci, co. Nikt nie chce już tak pracować – psioczy tata.

– Chciałabym się tam przeprowadzić.

– Co? Zawsze marzyłaś o życiu w mieście.

– Wiem, ale mam już dość. Tęsknię za spokojem – tłumaczę.

– A co z fabryką?

– Rodzina Menecolów złożyła mi ofertę.

– Dobrą?

– Najlepszą z możliwych. Chcę ją przyjąć. Sprzedam ten dom i wrócę na farmę. Chciałabym, żebyście zamieszkali tam ze mną, jeśli oczywiście taka będzie wasza wola. Co ty na to?

Tata uśmiecha się do mnie. Widzę, że chce wracać na farmę.

– Mama będzie zachwycona.

Dom wymagał remontu. Podjęłam w banku trochę pieniędzy na ten cel. Trzeba było wymienić instalację elektryczną, odmalować ściany, postawić nowy piec. Łazienka zawsze była za ciasna, więc powiększyliśmy ją i wstawiliśmy do środka głęboką wannę na nóżkach, taką jaką miał u siebie wuj Domenico. Rodzice nie posiadali się ze szczęścia, że mogą znów zamieszkać na farmie. Ustawiliśmy wszystko tak jak kiedyś. Śmialiśmy się, że nie wiadomo tylko, gdzie ma stać telewizor. Kiedy byłam dziewczynką, nie mieliśmy tego zmartwienia.

Strumyk płynący przy bramie wjazdowej ciągle szemrze. Nie jest tak głęboki jak kiedyś, ale kamyki w wodzie nadal błyszczą niczym monety. Kiedy wędruję po polach, zbierając liście mniszka lekarskiego na sałatkę albo zrywając trybule do wazonów, myślę o Assuncie, o jej zamiłowaniu do ładnych rzeczy. Stara obora wymaga podpór, ale skoro nie ma już krów, stała się czerwonym pomnikiem naszej farmerskiej przeszłości.

Odpowiednio zabezpieczona finansowo, mogę być pełnoetatową babcią. Kiedy tylko mam ochotę pobyć z Francescą, pędzę do Allentown. Czasem jadę do Jersey i nocuję u Frankiego i jego żony Patricii (mają dwóch synów: Frankiego III i Salvatore noszącego imię po pradziadku). Patricia jest z pochodzenia Walijką. Nie mogłabym sobie wymarzyć lepszej synowej. Kiedy mój syn zalezie jej za skórę, Patricia drażni się z nim, przypominając, kto tu jest Brytolem.

Jestem szczęśliwa, że rodzice mają zabezpieczenie na starość. Zimę spędzają we Włoszech, a resztę roku z córkami w domu. Ich wnuki i prawnuki przyniosły im chlubę i spokój, na które zasłużyli po latach ciężkiej pracy i wychowywania córek.

Na pole, gdzie chodziłam z mamą i siostrami zbierać truskawki, nawiozłam świeżej ziemi. Teraz jest tam ogród warzywny, w którym hoduję pomidory, sałatę, marchewkę i bazylię, a jesienią dynie. Uwielbiam wstawać wcześnie rano, jak w czasach, gdy kierowałam fabryką. Robię sobie *gabagule*, zagryzam piętką czerstwego chleba z masłem, a potem ruszam w pole pielić, okopywać i podlewać w promieniach wstającego słońca.

Nadal obserwuję słońce według wskazówek, jakich dawno temu udzielił mi tata. Każdy odcień, drobna jego zmiana jest sygnałem: różowa tarcza słoneczna to wezwanie do sadzenia, żółta – do zbierania. Ufam temu jak wszyscy prawdziwi farmerzy, bo to zapewnia roślinom odpowiednią dawkę światła i ciepła. Im jestem starsza, tym większym cudem jest dla mnie fakt, że żyjące istoty, małe żyjące istoty jak moje rośliny czy kundel przybłęda, który u nas został (nazwaliśmy go Reks), uczą mnie, jak żyć. Na podobieństwo Reksa dużo odpoczywam, a wzorem swoich roślin prę naprzód.

Z biegiem lat coraz bardziej doskwiera mi brak Franca. Tylko wdowy znają to uczucie. Nadal dotykam jego części łóżka w nadziei, że tam go znajdę, i wyobrażam sobie, jak smakowałyby dziś jego pocałunki. We wspomnieniach są tak słodkie, że czuję je wyraźnie. Tęsknię za skórą Franca, zwłaszcza za chwilami, gdy wtulałam twarz w jego szyję pachnącą wanilią i tymiankiem. Nie zapomniałam, jaką byłam szczęśliwą żoną, a teraz z nadzieją czekam na ponowne z nim spotkanie. Nie chcę być zachłanna. Miałam go przez dwadzieścia sześć lat, kawał czasu.

Epilog

Przez witraże do środka kościoła Matki Bożej z Góry Karmel wlewa się słońce, opromieniając ławki złocistą poświatą. Czterej ministranci przygotowują kościół do nabożeństwa żałobnego. Jest ciepły kwietniowy dzień, chłopcy otwierają okna, układają modlitewniki i programy na brzegach każdej ławki. Dwie kobiety z sodalicji wyjmują z długiego pudła wykrochmalone obrusy i starannie rozkładają je na ołtarzu. W kościele pojawia się kwiaciarz niosący wielki kryształowy wazon z trzema tuzinami białych róż o długich łodygach. Bukiet jest tak gęsty, że mężczyzna musi szukać szpar między kwiatami, by widzieć, którędy iść. Dwaj pomocnicy niosą identyczne wazony z mnóstwem róż. Kobiety z sodalicji odbierają od nich bukiety i stawiają na ziemi przy ołtarzu.

– Trzeba spytać księdza o świece – mówi jeden z ministrantów.

– Zajmę się tym – odpowiada kobieta. Po wejściu do zakrystii widzi księdza siedzącego w szatach liturgicznych z głową ukrytą w dłoniach. – Przepraszam, proszę księdza… Duchowny podnosi głowę.

– Tak?

– Ministranci pytają o świece.

– Mogą je zapalić.

Ksiądz Lanzara spogląda w małe lusterko na ścianie i kręci głową. Dobiega siedemdziesiątki, ale jego niebieskie oczy nadal iskrzą się młodym ogniem. Rozgląda się po dobrze sobie znanej zakrystii, patrzy na szafę z szatami liturgicznymi, na drewnianą ławkę pod oknem, figurę Matki Boskiej na parapecie. Otwiera podniszczony modlitewnik w skórzanej oprawie i zaczyna czytać. Z kościoła dobiegają go stłumione odgłosy szurania. To żałobnicy zajmują miejsca w ławkach. Najwidoczniej spodziewają się, że potem zabraknie miejsc siedzących. Na słodki dźwięk skrzypiec ksiądz uśmiecha się smutno. Ktoś puka do drzwi zakrystii.

– Proszę księdza, nie wiem, czy ksiądz mnie pamięta... – Celeste Zollerano Melfi wyciąga rękę na powitanie. Jest wysoką i szczupłą brunetką, a jej brązowe duże oczy wyglądają tak znajomo.

– Jesteś córką Nelli. – Duchowny patrzy na Celeste. W wyrazie jej twarzy widzi Nellę. Odwraca wzrok.

– Znalazłam coś, co mama pewnie chciałaby księdzu przekazać. – Celeste podaje mu list. Ksiądz poznaje swój charakter pisma. – Był w jej kasetce z biżuterią.

Ksiądz Lanzara hamuje łzy i wkłada list do modlitewnika.

– W kasetce było coś jeszcze... Ten wiersz. – Celeste podaje mu kartkę. – Nie pamiętam, żeby mama mi go czytała, ale leżał obok listu od księdza. Miałam nadzieję, że ksiądz będzie wiedział, co to znaczy.

– Spojrzę na to.

Do zakrystii wchodzi ministrant.

– Proszę księdza, przysłał mnie pan Fiori. Karawan przyjechał.

Ksiądz wraca na chwilę pamięcią do przeszłości. John Fiori, którego znał jako chłopiec, dawno nie żyje. Ten, o którym mowa, jest jego wnukiem. Wzmianka o karawanie prowokuje Celeste do płaczu. Skrywa twarz w dłoniach.

– Kochała cię z całego serca – pociesza ją ksiądz Lanzara.

– Wiem. – Celeste opanowuje się i wychodzi z zakrystii.

Ksiądz Lanzara otwiera list. Kiedy czyta własne słowa mówiące Nelli, że nie może się z nią więcej widywać, wybucha płaczem. Wsuwa list do modlitewnika. Potem rozkłada kartkę z wierszem. Nie poznaje tego charakteru pisma. Znajome słowa Yeatsa „Kiedy już siwa twa głowa..." są starannie wykaligrafowane. Sam nigdy nie czytał Nelli tego wiersza, ale musiał on mieć dla niej jakieś znaczenie. Ksiądz Lanzara zawiesza na szyi stułę, bierze modlitewnik i zamyka za sobą drzwi zakrystii. Idzie za ministrantem przez kościół i wychodzi na zewnątrz.

Na widok rodziny zebranej przy schodach na placu przed kościołem ksiądz Lanzara czuje silne poruszenie, lecz nie płacze. W tłumie dostrzega wiele znajomych twarzy. Pośród nich Chettie Marucci z mężem. Ksiądz Lanzara wraca myślami do podwójnej randki, kiedy to pojechali na film z Gretą Garbo. Na państwu Maruccich, tak jak i na nim, czas odcisnął swoje piętno.

Ksiądz rusza w stronę karawanu, gdzie leży mahoniowa trumna. Opiera dłoń o drewno i pochyla głowę, jak w modlitwie. To, co szepcze, nie jest jednak modlitwą. Ksiądz Lanzara powtarza:

– Przepraszam, Nello. Wszystko zrobiłem nie tak.

Obok, w garniturach i białych rękawiczkach, stoi kilku młodych przystojnych mężczyzn o włoskiej urodzie. Ksiądz Lanzara sądzi, że to wnukowie i siostrzeńcy Nelli czekają gotowi do zabrania Nelli Castelluki Zollerano do kościoła. Ksiądz udziela im szczegółowych instrukcji, a oni słuchają jego słów z natężoną uwagą.

Kościół jest wypełniony po brzegi pracownikami fabryki reprezentującymi różne pokolenia, rodziną i przyjaciółmi. Chór też jest pełen, a miejsca stojące są tylko w bocznych nawach.

Ksiądz Lanzara nigdy nie widział w tym kościele takiego tłumu. Rozmyślając o tym, zbliża się do ołtarza, by rozpocząć mszę. Z ciężkim sercem, ponieważ nie jest to zwyczajne nabożeństwo żałobne. To msza za kobietę, którą kiedyś kochał. Trudno pogodzić obowiązki kapłańskie z poczuciem osobistej straty. Recytując dobrze znane modlitwy, odnajduje ukojenie w ich powtarzalnym rytmie i otuchę w znaczeniu ich słów.

Kiedy nadchodzi pora mowy pogrzebowej, ksiądz Lanzara powoli zbliża się do pulpitu, unosi do ust dłonie złożone jak do modlitwy, pełen nadziei, że odnajdzie sposób na wyjaśnienie zgromadzonym w kościele ludziom, ile Nella dla niego znaczyła.

– Jestem równie wstrząśnięty odejściem Nelli jak wy wszyscy – zaczyna i urywa, tocząc spojrzeniem po zebranych. – Umarła nagle, w ogrodzie na farmie w Delabole. Może wierzyliście, jak i ja wierzyłem, że Nella, tak silna i sprawna, będzie żyć wiecznie. Niestety, stało się inaczej. Nella była kobietą, która przez całe życie usilnie szukała wiary. Wiele lat temu ksiądz Impeciato poprosił ją o stworzenie Towarzystwa Maryjnego w naszym kościele. Zrobiła to mimo wątpliwości. Na moje pytanie, czemu przyjęła tę odpowiedzialność, odparła zwyczajnie: „Zostałam poproszona". Nigdy nie znalazła w kościele odpowiedzi na nękające ją pytania i nie omieszkała dać mi tego do zrozumienia, kiedy zostałem księdzem.

Na te słowa z ławek zajętych przez szwaczki, pracownice Nelli, dochodzi cichy szmer. Kobiety patrzą po sobie i uśmiechają się.

Ksiądz Lanzara kontynuuje:

– Nella przyznała, że w końcu odnalazła wiarę w szpitalnej sali, w której jej córka Celeste urodziła pierwszą wnuczkę, Francescę. Zrozumiała wtedy, że życie toczy się dalej.

Wielu spośród was dziś tu zgromadzonych wie, że kochałem Nellę Castellucę... Kochałem ją w młodości, ale Nella, jak to Nella, miała własny rozum, własną mądrość we wszystkich ważnych kwestiach, a na koniec znalazła lepszego kandydata na męża. Franco Zollerano był jej prawdziwą miłością. Miała z nim dwoje wspaniałych dzieci.

Wielu z was pracowało z nią albo dla niej w fabryce. Wiecie, że miała wysokie wymagania, lecz nigdy nie poprosiłaby nikogo o zrobienie czegoś, czego nie podjęłaby się sama. Była wdzięczna losowi za możliwość pracy i nigdy nie brała chwilowego powodzenia za coś oczywistego. Była wspaniałomyślna i życzliwa, była filarem tej społeczności. Nie zajmowała się plotkami, nie była zazdrosna ani fałszywa. Nigdy nie wynosiła się nad innych.

Była włoską dziewczyną, która zawsze pamiętała, że najszczęśliwsze lata przeżyła, mogąc chodzić boso po ziemi na farmie w Delabole. Kochała swoich rodziców, którzy są tu dziś z nami, i zawsze czuła wdzięczność za ich wskazówki i przekazane doświadczenie. Ujawniła talent do interesów, choć marzyła o byciu nauczycielką. Tego marzenia nie mogła spełnić, gdyż w wieku piętnastu lat musiała iść do pracy w fabryce, kiedy jej ojciec uległ wypadkowi w kamieniołomach. Jej późniejszy upór i determinacja miały źródło w tamtym wypadku. A jej energia i ambicja pomogły mieszkańcom Roseto.

Nella i Franco ofiarowali pieniądze na budowę szkoły. Nie byłaby zadowolona, że wam to zdradzam, ale ja czuję, że należy publicznie wyrazić im uznanie. Nikt nie wiedział, od kogo pochodziły te pieniądze. Sporą sumę uzyskaliśmy ze zbiórek, a kiedy poszedłem do Nelli i Franca, podarowali mi brakujące pieniądze. Po śmierci Franca Nella przeniosła się na farmę, a dom przekazała miastu na bibliotekę publiczną. Była nie tylko bezinteresowna. Była wizjonerką. Wiedziała, czego potrzebują mieszkańcy Roseto, by ich dzieci osiągnęły taki sam sukces jak jej.

Kolejnym punktem zwrotnym w życiu Nelli była śmierć jej siostry Assunty przy porodzie. Opłakiwała tę stratę do końca życia. Po latach opłakiwała też męża, lecz się nie poddała. Często bierzemy determinację i wolę życia za coś wrodzonego, zapewniam was jednak, że w pewnych momentach Nella była tak zdruzgotana, że nie wiedziała, czy sobie poradzi. Z życia Nelli możemy się nauczyć, by być otwartym na zachwyt, by patrzeć na świat jak ona w ostatnich latach i widzieć w nim ogród możliwości. Opowiedziała mi, jak kiedyś Franco obudził ją o północy, jak wsadzili małego Frankiego do samochodu i zawieźli go do Filadelfii, by zobaczył, jak się stawia namiot cyrkowy. Zapamiętała tamtą noc na zawsze, ponieważ była ona przypomnieniem, jak ważna jest spontaniczność i oglądanie świata oczami dziecka.

Kiedy spotkałem ją we Włoszech, w Roseto Valfortore, wyraziła żal, że za mało podróżowała. Miała wyrzuty sumienia, że nie wyjeżdżała częściej z Frankiem, zamiast ciągle pracować i czekać na emeryturę. Nauczyła się kochać samotność i spokój, dwa dary, które ją ominęły w młodości z racji licznej rodziny i w dorosłym życiu pędzonym w ciągłym huku maszyn do szycia. Na koniec odnalazła je oba. Napisała do mnie w liście: „Gdybym wiedziała, jakim balsamem na duszę będzie życie na farmie, dawno przeniosłabym się tu z Frankiem. Byłam jednak głupią dziewczyną uwielbiającą zgiełk Main Street i fabryczny gwar. Tak bardzo bym chciała mieć swojego najdroższego Franca i ukochaną Celeste przy sobie na farmie, gdzie się urodziłam. Bylibyśmy tylko my. Przez całe życie nigdy nie byliśmy tylko my. A po śmierci Franca rozwiały się nadzieje, że mogę to naprawić". Śpij spokojnie, droga Nello, i… czekaj na nas.

Ksiądz Lanzara staje na ołtarzu i celebruje mszę. Recytuje wszystkie modlitwy z pamięci, lecz ze złamanym sercem, co widzą wyraźnie wszyscy zebrani w kościele Matki Bożej z Góry Karmel.

Nikt nie pamięta tak długiego konduktu żałobnego na Main Street. Ksiądz Lanzara gromadzi żałobników przy grobie, by odmówić ostatnią modlitwę. Pochód kroczy wolno, mijając wszystkie drogie Nelli miejsca: cukiernię „U Marcelli", Columbus School, dom teściów i dom, w którym mieszkała z Frankiem. Karawan skręca przy końcu Garibaldi Avenue, kondukt przechodzi więc obok fabryki, którą Nella założyła razem z mężem. Jadąca w pierwszym samochodzie Celeste odwraca się. Trudno jej uwierzyć, że aż tylu ludzi przyszło pożegnać jej matkę. Bierze Frankiego za rękę.

– Pamiętasz, jak mama zmuszała nas do brania udziału w procesji podczas Wielkiego Dnia?

– Odmawianie różańca w upale? Jak mógłbym zapomnieć – uśmiecha się Frankie. – Wskazywała na posąg Matki Boskiej i mówiła: „To prawdziwa królowa Wielkiego Dnia".

Brat i siostra śmieją się na to wspomnienie.

Gotowy już kamień nagrobny Nelli głosi:

Nella Castelluca Zollerano
Żona i Matka
23 stycznia 1910 – 10 kwietnia 1971

Ksiądz Lanzara zwraca się do tłumu:

– Pamiętajcie, ile Nella dla was znaczyła. Miłość nigdy nie umiera. Zapewniam was.

Kiedy słońce chowa się na zachodzie za pasmem Gór Błękitnych i zboczami hałd, rzuca na miasto różową poświatę, przypominając wtajemniczonym, że to dobry tydzień na siew i sadzenie roślin.

Podziękowania

Mam wiele cudownych wspomnień związanych z moją babcią Yolandą „Violą" Trigiani. Snuła niezwykłe opowieści o pracy w fabryce odzieżowej i życiu na farmie w Pensylwanii. Najbardziej lubiłam chwile, kiedy odwiedzaliśmy ją całą rodziną, a potem moja mama, siostry i ja przesiadywałyśmy w jej pokoju do świtu, opowiadając sobie różne historie i świetnie się przy tym bawiąc. To właśnie opowieści mojej babci posłużyły za kanwę tej książki. Resztę dopowiedział jej syn, a mój ojciec, Anthony, który umarł w 2002 roku. Obdarzeni nadzwyczajnym talentem gawędziarskim, nigdy nie zanudzali słuchaczy. Ich brak odczuwam każdego dnia. Mój cioteczny dziadek, Don Andrea Spada z Schilpario we Włoszech, tchnął w moją powieść życie, za co jestem mu niezmiernie wdzięczna.

Jest wiele osób, którym chciałabym podziękować. W Random House są to: moja redaktorka Lee Boudreaux, której dziękuję za serce i wyjątkowy intelekt, dwie cechy niezmiernie przydatne na polu działalności wydawniczej; żywiołowy Todd Doughty, który pracuje za dziesięciu i osiąga wspaniałe efekty; tryskająca pomysłami Gina Centrello oraz członkowie idealnego zespołu: Laura Ford, Anna McDonald, Jennifer Jones, Allison Saltzman, Vicki Wong, Libby McGuire, Janet Cook, Anthony Ziccardi, Patricia Abdale, Karen Richardson, Beth Thomas, Allyson Pearl, Kim Monahan, Lauren Monaco, Carol Schneider, Tom Perry, Sherry Huber, Ed Chen, Maureen O'Neal, Stacy Rockwood-Chen, Johanna Bowman, Allison Heilborn, Kim Hovey, Allison Dickens, Candace Chaplin, Cindy Murray i Beth Pearson.

Jeśli potrzeba wam kogoś niezawodnego w każdej sytuacji, taką osobą jest moja agentka Suzanne Gluck, którą podziwiam jako profesjonalistkę, a prywatnie darzę wielką sympatią. Serdeczne podziękowania kieruję do innych pracowników William Morris, wśród których są: Jennifer Rudolph Walsh, Cara Stein, Alicia Gordon, Tracy Fisher, Karen Gerwin, Eugenie Furniss, Erin Malone, Michelle Feehan, Andy McNicol oraz Rowan Lawton. Składam serdeczne podziękowania i wyrazy wdzięczności mojej mistrzyni, nieocenionej Nancy Josephson, oraz drogiej Jill Holwager z ICM. Lou Pitt, Jim Powers, Todd Steiner, Michael Pitt i Susan Cartsonis z Movieland oraz Julie Durk, Missy Pontious, Amy Schwarz, Felipe Linz, David Friendly, Marc Turtletaub, Michael McGahey i Megan de Adrade z Deep River Productions to następna grupa osób, którym chciałabym wyrazić wdzięczność.

Dziękuję Mary Teście za bycie pierwszym – i najlepszym na świecie – krytycznym odbiorcą moich tekstów; Lorie Stoopack i Jean Morrisey za sokoli wzrok; Jake'owi Morriseyowi za wnikliwość i poczucie humoru; Karen Fink za nadzór nad wszystkim (mam szczęście, że z nią pracuję) oraz June Lawton za nieocenione rady. Ksiądz John Rausch udzielił mi wielu cennych informacji na temat dogmatów wiary katolickiej sprzed Soboru Watykańskiego II, za co jestem mu dozgonnie wdzięczna. Pat Bean dziękuję za pomoc w zebraniu informacji na temat mody lat dwudziestych ubiegłego wieku.

Elena Nachmanoff i Saul Shapiro, Dianne Festa i Stewart Wallace byli źródłem inspiracji, wspierali mnie i zapewniali dobry humor, co cenię równie wysoko jak samą ich przyjaźń. Kroki Michaela Patricka Kinga na schodach są moim ulubionym odgłosem zaraz po dźwięku gwizdka w czajniczku do herbaty.

Każda włoska rodzina, jeśli sprzyja jej szczęście (a nam sprzyjało), ma wspaniałego irlandzkiego wujka. Moim wujkiem był czcigodny Michael F. Godfrey, ukochany mąż bliźniaczej siostry mojej mamy, cioci Irmy, ojciec Michaela i Paula. Wujek Mike był pełnym godności i porządnym człowiekiem o wielkim poczuciu humoru. Pracował jako sędzia sądu okręgowego w St. Louis w stanie Missouri. Zostawił świat lepszym, niż go zastał. I ja stałam się lepsza dzięki temu, że go znałam.

Pozostają jeszcze: Ruth Pomerance, Sharon Watroba Burns, Nancy Bolmeier Fisher, Kate Crowley, Elaine Martinelli, Emily Nurkin, Adina T. Pitt, Eydie Collins, Tom Dyja, Pamela Perrell, Carmen Elena Carrion, Jena Morreale, Rosanne Cash, Ian Chapman, Suzanne Baboneau, Nigel Stoneman, Melissa Weatherhill, Jim i Jeri Birdsall, Ellen Tierney i Jack Hodgins, Sally Davies, Dolores i dr Emil Pascarelli, Charles Randolph Wright, Bill Persky i Joanna Patton, Stephanie Trinkl, Larry Sanitsky, Debra McGuire, John Melfi, Grace Naughton, Dee Emmerson, Gina Casella, Sharon Hall, Constance Marks, James Miller, Wendy Luck, Nancy Ringham Smith, John Searles, Helen i Bill Testa, Cynthia Rutledge Olson, Jasmine Guy, Jim Horvath, Craig Fissé, Kate Benton, Ann Godoff, Joanne Curley Kerner, Max Westler, Dana i Richard Kirshenbaum, siostra Jean Klene, Daphne i Tim Reid, Caroline Rhea, Kathleen Maccio Holman, Susan i Sam Frantzeskos, Beàta i Steven Baker, Mary Ellinger, Eleanor Jones, dr Dana i Adam Chidekel, Brownie i Connie Polly, Aaron Hill i Susan Fales-Hill, Karol Jackowski, Christina Avis Krauss i Sonny Grosso, Susan Paolercio, Greg Cantrell, Rachel i Vito DeSario, Mary Murphy, Matt Williams i Angelina Fiordellisi – im wszystkim składam serdeczne podziękowania i wyrażam głęboką wdzięczność.

Proszę Jima Burnsa, by nadal czuwał nad nami w niebie.

Rodzinom Trigianich i Stephensonów dziękuję za wszystko.

A mężowi i córce, najlepszym towarzyszom, jakich mogłam sobie wymarzyć w radosnej wędrówce przez życie, dedykuję całą swoją miłość.

Książkę wydrukowano na papierze
Amber Volume 70 g/m²

www.arcticpaper.com

Warszawskie Wydawnictwo Literackie
MUZA SA
ul. Marszałkowska 8, 00-590 Warszawa
tel. (0-22) 629 04 77, 629 65 24
e-mail: info@muza.com.pl

Dział zamówień: (0-22) 628 63 60, 629 32 01
Księgarnia internetowa: www.muza.com.pl

Warszawa 2005
Wydanie I

Skład i łamanie: MAGRAF s.c., Bydgoszcz
Druk i oprawa: P.U.P. ARSPOL, Bydgoszcz